정도전 암살 미스터리
태종 이방원의 **고백**

태종 이방원의 고백

초판 1쇄 인쇄   2021년 12월 13일
초판 1쇄 발행   2021년 12월 18일

지은이   이재운
펴낸이   이춘원
펴낸곳   책이있는마을
기 획   강영길
편 집   이경미
디자인   강혜린
마케팅   강영길

주 소   경기도 고양시 일산동구 무궁화로120번길 40-14(정발산동)
전 화   (031) 911-8017
팩 스   (031) 911-8018
이메일   bookvillagekr@hanmail.net
등록일   2005년 4월 20일
등록번호   제2014-000024호

ISBN 978-89-5639-347-6 (03810)

정도전 암살 미스터리

태종 이방원의

고백

이재운 장편소설

책이있는마을

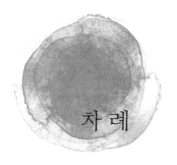

차 례

프롤로그

- 정도전, 유방과 창해역사를 구하다

아들아, 소쩍새가 우는 걸 보니 자시子時가 되려면 아직 멀었구나. 할아버지께서 강신하시기 전에 우리 부자간에 공부 좀 하자. 오늘은 할아버지 정도전께서 목숨 걸고 이루신 혁명 전 얘기를 해보련다.

혁명, 특히 역성혁명이란 참으로 무서운 말이지. 무너지는 쪽은 피바람 몰아치는 가운데 시퍼런 칼끝에 목을 갖다 바쳐야 하는 날벼락이지만, 새로 서는 쪽은 무지개 뜬 궁궐 옥좌에 앉는 것이니 어찌 무섭고 가슴 떨리는 일이 아니겠느냐.

너도 알다시피 네 할아버지이자 내 아버지 정도전은 스스로 해동장량이라고 말씀하셨다. 무슨 뜻이냐 하면, 아버지는 장량 못지않은 지모智謀가 있는데 다만 칼 잡을 사람이 없어 수소문 끝에 이성계라는 장수를 찾았다는 얘기지. 장량도 고르고 고른 끝에 떠돌이 건달 유방을 발탁하여 앞장세운 것처럼. 그러나 장량은 진시황이 만든 진秦나라를 훔쳐다가 한漢나라로 이름만 고쳐 유방에게 주었지만 내 아버지 정도전은 달랐다. 아버지는 고려를 완전히 없애고, 하얀 백지 위에 조선이라는 전혀 다른 나라를 만들어 이성계 전하에게 주셨단다. 유방의 한 나라는 모든 제도가 진나라와 다를 바가 없었다. 다른 건 황제가 영嬴 씨에서 유劉 씨로 바뀌었다는 것뿐 천 가지 만 가지가 다 진나라 때와 다를 바가 없었다.

그런데 아버지가 만든 조선은 고려와는 완전히 딴판이다. 몽골 피가 흐르는 왕실을 깨끗이 없애고, 그 더러운 피가 흐르는 왕씨 일족까지 모조리 처단했다. 불교를 없애고 유교를 세웠으며, 개경을 버리고 한양을 건설했다. 주춧돌에서 대들보까지 모두 새 것으로 바꾸셨다. 더더욱 다른 것은 장수들이 차지했던 고려와 달리 학문이 깊고 덕이 있는 선비들이 모여 나라를 경영한다는 점이다. 국왕은 위位를 누리는 자리이고 국사는 선비들이 처결하는 것이다.

장량하고 아버지 정도전은 나라를 보는 시각이 좀 달랐거든. 장량은 그저 중원의 땅주인으로 유방을 점지해준 것이지만, 아버지 정도전은 고려 8도를 위지경지緯之經之하고 물명과 물목을 정해 한 치의 빈틈도 없이 나라를 설계하고 건설하여 이성계 전하께 드린 것이다. 그래서 장량은 그저 나라 하나를 훔쳐다 이름만 바꿔 준 것에 불과하지만 아버지 정도전은 철학자의 나라, 재상의 나라, 백성을 위하는 민본

民本의 나라 조선을, 주춧돌부터 대들보에 기왓장까지 직접 다듬고 놓아 자리를 잡아 주신 것이다. 이걸 모르면 너는 정도전의 손자라고 할 수 없다. 늘 말하지만 네 할아버지이자 내 아버지인 정도전은 조선을 설계하고 건설하신 분이다. 사람들은 말한다. 정도전은 타고난 반골이라 싸움 잘하는 아가바토르 이성계 등에 올라타 고려를 멸망시키는 역성혁명으로 새 왕국을 만들었다고 말이다. 하지만 내 아버지 정도전은 반골이 아니라 정골이셨다. 어려서부터 학문을 좋아하고 스스로 겸양하여 게으른 적이 없었다.

다만 다른 유자儒者들이 기껏 더 높은 조정 벼슬자리나 노릴 때 내 아버지 정도전은 고려 왕국 대신 공자, 맹자, 주자가 그토록 부르짖었건만 끝내 뜻을 이루지 못한 〈선비의 나라〉, 사서삼경의 주옥같은 말씀이 바람 불 듯 물 흐르듯 하는 〈군자의 나라〉를 실제로 만들어 볼 꿈을 꾸신 것이다. 고려 최고 학자라는 이색도 정몽주도 조준도 권근도 이숭인도 미처 그런 상상을 하지 못했는데 하필 네 할아버지 정도전만 고려 왕국을 뒤엎어 판판하게 다진 다음 거기에 전혀 다른, 일찍이 공자, 맹자, 주자도 구경해 보지 못한 새 왕국을 만들려고 꿈꾸셨단다.

우리 아버지 이야기를 하자면, 이성계 이방원 말고도 세 분을 잊을 수 없다. 아버지의 스승 이색, 아버지의 친한 형 정몽주, 정몽주의 문하생 권근이다. 아, 명나라 황제 주원장도 있지.

주원장이야 앞으로 이야기할 게 많으니 그때 하더라도, 내가 존경하던 이색과 정몽주 두 분은 여기서 말해야겠다.

이색 선생은 여러 번 뵌 적이 있다. 원래 우리 할아버지(정운경)의 친구 중에 이곡이라는 분이 있는데, 그이의 아들이 이색이다. 그러니 아버지가 열네 살이나 많은 이색을 스승으로 모시고 따른 것은 당연지사다. 그때 아버지는 남은, 조준 등과 함께 그의 제자로서 성리학 연구에 진력했다. 남은은 아버지보다 어린 띠동갑이신데, 두 분은 매사를 같이하셨다. 주원장과 한판 각오로 군사 훈련을 할 때도 남은이 앞장섰고, 아버지가 가시던 날에도 같이 가셨다. 조준은 아버지보다 네 살 낮은 분인데, 조선 건국 때까지는 동지로서 계속 같이 가다가 나중에 아버지와 남은이 방석을 밀 때 그는 방원에게 붙어 버렸다. 아버지의 절친 형 정몽주의 제자인 권근이야 말할 것도 없다. 권근은 정몽주가 죽은 뒤 이방원에게 딱 붙어 사사건건 의견을 달리했으니 달리 원망할 일도 없지만, 시치미 떼고 날 위로하는 척 이 먼 데까지 잘 지내는지 묻는 서찰을 보내올 때는 소름이 돋는다. 난 정말 이런 인간이 싫다. 뚜렷한 적이건만 아닌 척 징그러운 웃음을 지으며 안부를 묻는 이 더러운 간신은 정말 다시는 보고 싶지 않다.

사실 아버지 정도전과 이색 선생, 정몽주 선생은 스승과 제자 사이를 떠나 매사 의기투합한 동지 사이셨다. 이색은 스승이고, 그 문하에서 정몽주와 아버지 정도전은 열심히 공부하는 동창이셨다. 그러면서 세 분은 저 몽골 피가 흐르는 조정을 뒤엎고 새 나라를 만들어야 한다고 부르짖곤 하셨다.

다만 이색과 정몽주가 고려에서 높은 자리를 차지해 조정을 개혁하겠다고 부르짖을 때 아버지 정도전은 엉뚱한 생각을 하셨단다. 아버지가 남긴 자료를 정리하다 보니 그 계기는 바로 정몽주가 만들어 주었더구나.

아버지 정도전은 스물다섯 살에 부친상을 당하고, 이어 몇 달 뒤에 모친상까지 당하셨다. 그 슬픔으로 3년 시묘살이를 하셨지. 당시 선비들은 100일 정도 시묘하고 탈상하는 게 관습이었는데, 아버지는 유독 3년을 꼬박 지켰어. 모르는 사람들은 아버지가 철저한 성리학자라 주자가례를 따른다고 그러셨을 것이라고 짐작한다. 사실은 그게 아니었는데 말이다.

그때 이런 일이 있었어.

아버지 정도전이 남들과 다르게 3년이나 시묘살이를 한다는 소문을 들은 정몽주 선생이 무료함을 달래라며 〈맹자孟子〉 한 권을 보내 주셨다. 정몽주야 고자장구告子章句를 들여다보며 참으라는 뜻이었겠지. 있잖으냐, 그 뻔한 내용, 너도 과거 공부할 때 달달 외웠잖느냐.

하늘이 큰일을 맡기려 할 때엔 반드시 그 마음을 괴롭게 하고, 그 몸을 아프게 하고, 그 육신을 굶주리게 하고, 거듭 실패하게 하고 하는 일마다 어긋나게 한다. 그렇게 함으로써 심기일전 참을성 있게 하여, 이제까지 하지 못하던 일을 능히 할 수 있게 하려 함이다. (天將降大任於是人也 必先苦其心志 勞其筋骨餓其體膚 空乏其身行拂亂其所爲 所以動心忍性曾益其所不能)

하지만 우리 아버지가 어찌 이만한 글귀에 뒤늦게 감동했겠느냐. 물론 순舜은 밭 갈다 임금이 되고, 부열傳說은 길 닦는 부역을 하던 중에 재상이 되고, 교격膠鬲은 생선과 소금을 팔다 일어나고, 관이오는 옥에 갇혀 있는 중에 일어나 역시 재상이 되고, 손숙오는 바닷가 촌에서 났지만 재상이 되고, 백리해는 소를 치던 노예였지만 승상이 되었다는 구절구절이야 뼈마디가 시리도록 보고 또 본 내용이었으리라.

그럼 대체 맹자의 무슨 말씀이 아버지의 눈길을 붙잡았을까. 맹자께서는 도대체 무슨 말씀을 하셨길래 네 할아버지 정도전의 가슴에 불을 질렀을까.

이 책 한 권이 네 할아버지 정도전의 인생을 바꿔 버렸다.

시묘살이 하는 동안에는 시간이 많으니 아버지는 〈맹자〉를 펼쳐놓고 열심히 읽었지. 그런데 그만 양나라 혜왕梁惠王편을 읽으시다가 기름을 들이부은 듯 온몸에 불이 붙은 거야. 몽골의 내정간섭으로 망친 고려, 그런 세상을 한탄하던 한 젊은이가 눈을 번쩍 뜬 거지.

인仁을 해치는 자는 그저 도적에 불과하고, 의義를 해치는 자는 한낱 강도일 뿐입니다. 그런즉 도적과 강도는 쓸모없는 범부에 지나지 않는 것입니다. 저는 일개 범부가 된 걸桀과 주紂를 쳐 죽였다는 말은 들어 보았으나 그것을 가리켜 임금을 시해한 것이라고 하는 말은 들어 보지 못했습니다. (賊仁者謂之賊 賊義者謂之殘 殘賊之人謂之一夫 聞誅一夫紂矣 未聞弑君也)

하나라의 걸왕과 상나라의 주왕은 유명한 폭군이다. 그런 폭군을 죽이는 것은 임금을 죽이는 것이 아니라 그저 인심을 잃은 도적이나 강도 따위를 죽이는 것에 불과하다는 맹자의 이 서늘한 말씀, 그것은 아버지에게 속삭이는 하늘님의 천둥소리였다. 걸왕, 상왕을 죽인 것이 아니라 저 흔하디흔한 죄인 한 놈을 응징한 것에 불과하다는 맹자의 이 말씀을 접한 아버지는 심장이 쿵쾅거려 도무지 견딜 수가 없었단다. 묘막을 걷어붙이고 나가 하늘을 향해 마구 소리를 지르셨지.

내가 고려 도적, 고려 강도를 다 쳐 죽이고 이 나라를 다시 세우리라!

아버지 정도전은 이때부터 몽골 피와 중 신돈의 피가 흐르는 고려왕을 끌어내릴 결심을 하셨다. 다만 새 나라를 세우리란 결심은 미처 서지 않았다. 아버지는 3년 내내 남모르게 웅지를 품고 기르셨다. 불같은 열정으로 꿈을 기르신 것이다.

그러던 중 아버지는 상국인 원나라가 시키는 대로 하지 말자고 반대하다가 기어이 유배를 가셨다. 사람들은 아버지를 가리켜 고려의 반항아라고들 했지. 우리 아버지 정도전은 맹자를 읽은 뒤로는 유배를 밥 먹듯이 다니셨단다. 가슴속에 남모르는 꿈이 자라고 있으니 유배가 두렵지 않으셨던 것이다. 하고 싶은 말씀 마음껏 하셨으니 유배를 피할 길이 없었다. 아버지는 일면 그런 역경을 즐기셨는지도 모른다. 그때 아버지는 피가 용암처럼 끓는 서른네 살, 네가 올해 서른세 살이니 너만 하실 때로구나.

을묘년(1375년) 5월, 아버지는 터벅터벅 배소지인 나주로 내려가셨다. 아버지는 나주 유배 26개월 동안 마침내 아버지가 꿈꾸는 나라를 설계하셨단다. 그해 12월, 아버지는 '내가 묻고 하느님이 답하다'라는 〈심문천답心問天答〉 두 편을 지으셨단다. 이 책에서 아버지는 통쾌한 말씀을 많이 하셨다.

하느님에게 묻습니다.

신은 하느님의 명을 받아 사람의 영靈이 되었습니다.

사람은 한 번은 죽습니다!

천명天命을 배반하며 거역하고도 장수하고 영달하는 자는 하늘이 무엇을 사랑하시기에 그렇게 후하게 대하는 것이며, 천명을 순종하고도 요절하거나 빈천하게 사는 자는 하늘이 무엇을 미워하여 그리 박하게 하신 것입니까?

선하여도 혹 화禍를 받고 악惡하여도 혹 복福을 얻는 일이 많습니다. 선을 복주고 악을 벌주는 하늘의 이치가 분명하지 못한 바가 있습니다. 그래서 하느님에게 그 연유를 따져 묻습니다.

하느님께서는 진실로 사람을 주재하시면서 어찌 시始와 종終이 어긋나며, 주고 빼앗는 것이 그리 편벽됩니까? 생각해 보니 의심이 나서 묻습니다.

하느님이 답하시다.

하늘은 덮는 것을 맡고 땅은 싣는 것을 맡았으며, 하늘은 낳는 것을 주로 하고 땅은 기르는 것을 주로 하였으니 천지도 진실로 다하지 못하는 바가 있는 것이다.

　비록 하늘인들 어찌할 수 있으랴! 하늘이 따로 마음을 두어 하는 바가 있는 것은 아니니 너는 마땅히 그 이치의 바른 것을 굳게 지켜 기다려야 하리니 의심치 말고 몸을 닦으며 기다려라.

　사람이 많으면 하늘을 이기고 하늘이 정하면 또 능히 사람을 이긴다. 하늘과 사람이 비록 서로 이길 수 있으나, 사람이 하늘을 이기는 것은 잠시의 일이요 항상恒常한 일은 아니며, 하늘이 사람을 이기는 것은 오래 될수록 더욱 정해지는 것이다. 그러므로 음란한 자는 반드시 그 나중을 보존하지 못하고 착한 자는 반드시 후일에 경사가 있는 것이다.

아들아, 어떠하냐? 가슴속이 후련하잖느냐?

　아버지께서는 하느님과 문답을 하면서 의식衣食이 풍족해야 염치를 알고, 창고가 가득 차야 예의가 일어난다는 이치를 깨우치셨다. 더불어 나라는 백성을 근본으로 삼고, 백성은 먹을 것을 하늘로 삼는다는 걸 아셨다.

　내 아버지 정도전은 유배 중에도 흉중에 품은 큰 꿈을 꺼내 이리 다듬고 저리 깎으면서 키워 나간 것이다. 심문천답으로 꿈을 또렷이 새긴 아버지는 마침내 지방 아전으로 일하던 유방을 찾아낸 장량처럼 고려의 유방을 찾아 곳곳을 유랑하셨다.

　사실 해동장량을 자처하신 아버지는 아마 그때부터 장량이 구사한 계책들을 깊이 연구하신 듯하다. 장량은 아버지처럼 뛰어난 학자셨다. 이 분의 조상들은 대대로 전국 7웅 중 하나이던 한韓나라의 재상을 지냈다. 당시 장량의 집에는 일하는 사람이 300명이나 되었단다. 우리 가문처럼 명문가란 얘기지. 그런 그가 조국 한나라가 멸망한 뒤 재산을 털어 창해역사를 찾아내고, 그에게 박랑사에 숨어 기다리다가 순유 중인 진시황을 쳐 죽이라고 시켰던 것이다. 창해역사가 진시황을 뒤따르던 엉뚱한 수레를 때려 부수는 바람에 거사는 실패하고, 이 거사를 사주한 장량은 변성명하여 깊이 은거했다. 이 무렵 유방은 허풍이나 치고 다니는 아전 출신 건달에 불과했고, 한신은 남의 바짓가랑이 사이를 기어 다닐 때다.

그런 중에 진승과 오광의 난이 일어나면서 건달 유방은 졸지에 수천 명을 이끄는 말장이 되었다. 이 무렵 진시황을 피해 다니던 장량과 우연히 만났지. 장량은 이때부터 사람 좋은 유방을 갈고 다듬기로 결심했어. 꾀 많은 장량은 고비 고비마다 죽을 위기에서 유방을 살려내고, 패지에서 승리를 거두도록 현란한 계책을 냈다. 역발산기개세를 자랑하던 항우에게 잡혀 죽을 위기에서도 그는 깜짝 놀랄 묘수를 내어 유방을 지켜 냈고, 마침내 은인자중 때를 기다리다가 단 일격으로 그 무서운 항우를 잡아 버렸다.

아버지는 장량과 당신의 처지를 수없이 비교하셨다. 그러면서 아버지 정도전은 조선의 창해역사를 찾아다녔다. 또 조선의 유방을 수소문했다. 그때 뜻밖에도 정몽주가 답을 가져왔다.

"삼봉, 자네가 찾는 게 조선의 유방이라면 내가 그런 사람을 하나 알고 있지."

"형님, 그게 누굽니까? 심문천답 이래 7년을 눈 빠지게 찾아다니고 있습니다."

"3년 전 황산대첩[1]을 기억하는가?"

"여진 장수 이성계가 왜구를 크게 이긴 전쟁 아닙니까? 형님이 종사관으로 출전하셨잖아요?"

"사실 나는 20년 전 서른 살 젊은 장수 이성계가 기마군을 이끌고 북쪽 변경의 여진족을 토벌할 때[2] 그이 부대에 종군한 적이 있어. 나보다 두 살밖에 더 먹지 않았지만 인품이 너무 좋아 대번에 매력을 느꼈지. 아, 이 사람 영웅호걸이구나, 한 눈에 알아봤지. 몇 년 전 왜구 토벌 때도 내가 조전원수助戰元帥로 참전했는데 그의 용맹과 기상이 어찌나 늠름한지 참으로 존경하지 않을 수가 없더군. 그런데 그 뒤 황산대첩을 치르고 나서 이성계 장군이 회군 길에 전주에 들렀는데, 웬일인지 전주 이씨 종친들을 불러 모아 소 잡고 돼지 잡아 큰 잔치를 열더라고. 가만히 술잔을 기울이며 주고받는 말을 엿들었는데, 아 글쎄 고려를 엎을 수도 있다는 속내를 은근히 비친 거야. 정중부나 최충헌이 또 나오는구나 싶어 깜짝 놀랐지만 뭐, 입을 다물었지."

"그래요? 난 그이가 여진족 장수라서 별로 신경을 쓰지 않고 있었습니다, 형님. 참말로 그이가 유방 같은 호걸입니까? 기껏 거사를 치르

---

1) 1380년에 왜구를 물리친 전투.
2) 1364년, 이성계는 여진족이 웅거하는 삼선, 삼개 부락을 쳐서 이겼다.

고 난 뒤 우릴 배신하지는 않을까요?"

"에이, 절대 그럴 사람이 아니야. 하여튼 자네가 찾는 사람이 고려의 유방이라면 그이는 틀림없는 이성계 장군이야."

"그래요?"

아버지 정도전은 정몽주와 둘도 없는 평생지기셨다. 드디어 아버지는 날개를 펴고 함주[3]막사로 이성계 장군을 찾아가셨다.

사실 이 당시 아버지의 신분은 유배 뒤 바람처럼 떠도는 지친 나그네에 불과했다. 다만 가슴에 이글거리는 불덩이를 담고 있는 나그네였지만 그걸 아는 사람은 정몽주밖에 없었다. 이성계 장군도 야인으로 사는 아버지 정도전을 만나고 싶어 만난 게 아니라 자신의 종사관으로 복무했던 정몽주 체면을 봐서 만나준 것이지. 어쨌든 정몽주의 명자를 들고 간 아버지 정도전을 이성계 장군은 기꺼이 환대하셨다. 아버지는 심지가 깊고 바위처럼 묵직한 이성계 장군을 만나자마자 "아, 내가 찾던 그 유방이로구나." 하고 손뼉을 치며 기뻐했다. 이성계 장군은 참말이지 유방 못지않게 인품이 좋아 휘하 장수들이 그를 아비처럼, 형처럼 따르고 있었다. 유방이 히죽히죽 사람만 좋았던 것에 비해 이성계는 눈매가 날카로운 백전백승의 걸출한 장수였다. 게다가 은근히 역모를 꿈꾸던 이성계도 조정 안팎을 잘 아는 아버지 정도전과 정몽주 같은 신진세력이 필요했던 거야. 아버지와 이성계 장군은 만나자마자 곧바로 의기투합했다.

---

3) 함경도의 명칭이 함주와 경성의 머릿글자를 따온만큼 함주는 함경도의 대표 지역이다. 이성계 고향 함흥은 함주에 속한다.

용비어천가에는 아버지가 이성계 전하를 처음 만나던 장면이 잘 그려져 있다.

정도전은 태조를 쫓아 함주막사로 갔다. 이때 태조는 동북면도지휘사로 있었다.

태조의 호령이 엄숙하고 대오가 질서정연한 것을 보고 정도전은 은근히 말하였다.

"참 훌륭합니다. 이런 군대라면 무슨 일인들 못하겠습니까!"

태조가 "무슨 뜻인가?" 하고 묻자, 정도전은 "동남방의 근심인 왜적을 칠 수 있다는 뜻입니다."라며 짐짓 딴청을 부렸다. 그러고는 "군영 앞에 노송 한 그루가 있으니 소나무 위에다 시를 한 수 남기겠습니다."라며 다음과 같은 시를 남겼다.

아득한 세월에 한 그루 소나무
푸른 산 만 겹 속에 자랐구나
잘 있으시오, 훗날 서로 뵐 수 있으리까
인간세상이란 잠깐 사이에 묵은 자취인 것을

정도전은 이미 천명의 소재를 알고 따른 것이다.

그렇게 하여 두 분은 비밀리에 군사를 기르면서 송골매처럼 때를 보았지. 그 뒤로도 아버지는 함흥을 몇 번이나 더 찾아갔다. 그러다 위화도 회군을 벌여 개경을 들이친 거고.

아, 명나라를 치러갔던 이성계 장군이 군대를 휘몰아 개경으로 밀어닥치는데, 개는 짖지 닭은 날아다니지 저잣거리는 온통 난리였다. 거사를 성공시킨 뒤 아버지는 으뜸에 서셨다. 까짓 거 왕을 갈아 치우고, 또 갈아 치우면서 한껏 위세를 누렸지. 공양왕을 올리기까지 이성계 장군과 아버지는 고려 정사를 마음대로 처결하셨다. 이 무렵 아버지와 정몽주는 그야말로 동지 중의 동지로서 몽골장수 이성계를 끌어들여 150여 년간 시궁창처럼 흘러오던 고려왕실의 원나라 핏줄을 과감히 잘라버린 분들이시다. 이때까지만 해도 두 분은 모든 면에서 의기투합했다. 겨우 아홉 살짜리 창왕마저 의심스럽다며 곰 같은 순진한 왕족 왕요를 데려다 임금으로 삼았으니 말이다. 이때 사단이 나기 시작했다. 금이 가기 시작했다.

1년 전에 두 분의 마음은 아무리 따져도 터럭만큼의 차이밖에 나지 않았고, 10년 전에는 바람 한 점도 드나들 수 없을 만큼 두 분 마음이 한마음이었다. 솔직히 말해 선악을 가리지 않고 한편이셨다.

두 분이 힘을 합치고, 정몽주가 그 좋은 머리로 폐가입진廢假立眞 넉 자를 명분으로 삼아 어린애 창왕을 끌어내렸다. 그것도 모자라 그 어린 것이 섭정인 이성계 장군을 죽이려 했다고 뒤집어씌워 강화 유배길에 기어이 죽여 버렸다. 군자며 삼강오륜 운운하는 유자들이 벌인

짓으로는 좀 멋쩍은 일이지만 두 분 중 누구도 반대가 없었다. 기꺼이 고려 역적이 되었다.

이후 왕요는 나이 좀 먹었다고 섭정이던 이성계 장군과 폐가입진을 주창한 정몽주는 나란히 수문하시중이 되고, 나이가 가장 어린 아버지는 한 등급 아래 정2품직을 맡았다. 그때까지만 해도 아버지와 이성계 장군과 정몽주 세 사람은 고려역적임을 자랑으로 여기셨다.

폐가입진이라는 전대미문의 혈통 조작에 가담한 분들을 중흥공신 즉 9공신이라고 하여 기렸는데, 아버지 정도전과 이성계, 정몽주는 기본으로 들어가고 나머지 여섯 분은 심덕부沈德符, 지용기池湧奇, 설장수偰長壽, 성석린成石璘, 박위朴葳, 조준趙浚이다.

아, 해가 뜨면 아침 이슬이 마르고, 바람이 불면 붉은 먼지가 일어나던가.

그로부터 몇 달 지나지 않을 무렵 수문하시중 정몽주가 아버지를 찾아 우리 집에 오셨다. 그러면서 이제 다 끝났으니 앞으로는 고려 왕실을 굳게 지키면서 유자儒者들이 꿈꾸던 조정을 만들어 보자고 제안하셨다. 깜짝 놀란 아버지는 대답을 하지 않으셨다. 마침 우리 집에 와 계시던 이성계 장군은 눈을 끔벅거리며 아버지 눈치만 보셨다.

생각해 봐라. 진나라를 무너뜨리고 한나라를 일으킨 장량을 꿈꾸던 아버지가 그래 대제학을 노리랴, 문하시중을 노리랴. 망한 나라 고려의 벼슬로는 아버지 가슴에서 불타오르는 그 꿈을 끌 수가 없었던 거야. 암, 어림도 없었지. 고려는 망해 없어져야 하는 나라인데, 같은 고려역적 정몽주는 글쎄 그건 안 된다, 여기서 멈추자 이러면서 왕을 잡은 장기를 한 수 무르라는 거 아니었겠니. 이성계 장군은 난 모른다면서 뒤로 물러나 앉아 식은 녹차만 홀짝거리고, 그새 핏빛이 부챗살처럼 펴진 아버지 정도전의 얼굴만 힐끔거리셨다.

아버지 정도전에게 정몽주란 누구던가. 젊은 시절, 아버지가 정몽주에 대해 쓴 글이다.

나의 벗 달가達可[4]는 비록 높은 지위는 없다 하더라도, 학자들이 본래부터 달가의 학문이 올바름에 감복했고 그의 덕이 뛰어남에 감복하였다. 나처럼 용렬한 사람도 세상의 비웃음을 아랑곳하지 않고 개연히 이단을 물리치는 데 뜻을 두게 된 것은 역시 달가에게 의지하기 때문이다. 하늘이 달가를 내신 것은 참으로 우리 도의 복이다.

정몽주도 아버지에게 시를 보내 화답했다.

나라를 돕고 세상을 바로잡으려던 계획 다 틀렸으니
어려서 나온 나 머리털 하얗게 센 것을 슬퍼하네
은자 삼봉과 뉘라서 비교하리
처음에 세운 그 뜻 평생 변함없이 지키는구나

---

4) 정몽주의 자(字).

두 분이 나란히 유배를 간 적이 있는데, 나주 배소에 계실 때 언양으로 유배간 정몽주에게 "마음을 같이 한 벗이여! 곧고 굳은 지조를 지키며 평생 동안 서로 잊지 맙시다."는 편지를 보내기도 했다. 이색 선생도 정몽주에 대해서는 극찬을 남겼다.

정몽주는 횡설수설도 모두 적당하지 않은 것이 없다.

아버지는 이처럼 평생 친하게 지내온 정몽주에게 흉금을 털어놓고 계획을 말씀드렸다. 기왕지사 솔직하게, 분명하게 얘기하자고 생각하신 거지.

"형님, 고려 왕실을 폐하고 새 나라를 세웁시다. 우리 선비들이 손잡고 다스리는 나라, 백성이 하늘인 나라, 공자와 맹자와 주자가 꿈꾸던 나라, 그래서 형과 내가 늘 그리던 그런 좋은 나라 좀 함께 만드십시다. 저는 이미 경국대전, 경제문감, 경제의론, 심기리, 진법, 태을 72국도, 강무도, 경제에서 병법까지 두루 다 만들어 놓았습니다. 몇십 년 애태우며 길러 온 꿈입니다."

"자네가 나더러 역성혁명을 하라고 부추기는 건가?"

"형님도 고려를 엎어 버리자고 하셨잖아요? 형님, 위화도에 가 있는 이성계 장군더러 회군하라, 때는 이때다, 그렇게 말씀하지 않으셨나요? 우왕을 폐할 때, 최영 장군을 죽일 때, 창왕을 끌어내릴 때 우리 세 사람은 혈맹 동지 아니었던가요?"

"그래, 우리 뜻대로 썩은 조정, 몽골피에 물든 조정을 뒤엎었잖은가. 지금 우왕, 창왕까지 폐하고 몽골 피라곤 한 방울도 섞이지 않은 왕요(공양왕) 전하를 임금으로 모시지 않았는가. 이렇게나 큰일을 이뤘으면 됐지 더 무슨 피를 보겠다는 건가. 정도전 그대는 정녕 피에 굶주린 맹수런가."

"형님, 저는 새 나라를 세워 이성계 장군을 임금으로 모시겠습니다. 장군은 나와 형님이 앞장서서 공자와 맹자와 주자가 꿈꾸던 바로 그 나라를 만들어 보라고 권하셨습니다. 나는 그렇게 할 것입니다. 형님을 모시고 그렇게 하고 싶습니다. 임금은 밤마다 경연에 나와 성현들의 말씀을 공부하고, 재상들은 성현들이 짜놓은 강륜綱倫에 따라 정사를 빈틈없이 볼 것입니다. 백성들은 풍족하고 관리들은 청렴하여 산이 춤추고 강이 노래하는 해동성국을 만들겠습니다."

이성계 장군은 눈을 감은 채 고개를 끄덕였다. 그래, 내가 그렇게 약속했다, 그런 뜻이었다.

그렇건만 정몽주는 고개를 가로저었다. 그는 전날 비분강개하던 선비가 아니라 대고려국 수문하시중인 것이다.

"아, 왕의 성씨가 달라진다고 나라가 달라져야 얼마나 달라지는가? 왕후장상 있고, 동반 서반 귀족이 있고, 사농공상이 있어 톱니바퀴처럼 백 년 천 년 굴러가는 거지 특별할 게 뭐 있나. 솔직히 말해 공자, 맹자, 주자도 못한 일을 자네와 내가 무슨 수로 하겠다는 건가? 진정하게. 나와 이성계 장군이 둘 다 수문하시중이고, 자네가 종2품 정2품이면 더할 수 없는 극귀極貴지 더 무얼 원하는가. 이성계 장군은 수문하 시중 자리가 마땅치 않으면 옛날 정씨들처럼 최씨들처럼 도방이라도 거창하게 차려 마음껏 권세를 누리시면 되는 것 아니겠나. 궁녀를 데 려간다고 뭐라겠나, 첩년을 둔다고 뭐라겠나. 지나친 욕심은 화를 부 르는 법이네. 우리 스승 이색 선생도 과유불급이라면서 여기서 멈추라 고 말씀하시었네."

물론 정몽주의 주장이 틀리다, 나쁘다 그런 것은 아니었다. 다만 그 러기에는 아버지의 꿈이 너무 큰 게 문제였다. 이성계 장군은 흠흠, 헛 기침을 하면서 아버지에게 모든 걸 떠넘겼다. 알아서 하라, 그뿐이었 다. 두 분이 함주막사에서 의기투합한 이래 목표는 새 나라 새 왕실을 만드는 것이었다. 그러니 그 말이 무슨 뜻인지 아버지는 잘 알아들었 다. 갈라서자, 해 보자, 이 말 아니겠는가. 게다가 정몽주가 우리집을 나설 때 예의상 대문까지 따라나선 아버지에게 뭐라고 한 줄 아니?

"일개 무부武夫에 불과하거늘 꿈도 야무지군."

아버지더러 야만족인 여진족의 일개 싸울아비 하나 데리고 황당한 꿈 꾸지 마라, 이런 경고였지. 아버지도 질세라 말씀하셨다. "이게 자 네를 배웅하는 마지막 길이네."

서로 독한 말을 주고받은만큼 두 분은 이승에서 다시 만날 기회가 없 었다.

아버지는 마침내 〈목자득국木子得國〉, 즉 이 씨가 나라를 얻는다는 노래를 지어 퍼뜨렸다. 이성계 전하의 꿈 얘기도 지어내셨다. 전하가 불 타는 집에서 서까래 세 개를 지고나왔는데, 무학대사가 해몽하시기를 서까래 세 개를 등에 졌으니 곧 임금 왕王이라고 하셨다는 얘기도 그때 나온 것이다. 내가 나중에 무학대사를 뵐 때 직접 여쭤봤는데 "자네 부친 삼봉은 재주가 여간 아니야." 하시며 웃으시더라.

남해 보리암을 품은 산 보광산을 비단 금錦 자를 넣어 금산이라고 지어주었다는 전설도 이때 만들어졌다. 전하가 왜구 소탕 때 보리암에서 백일기도를 했는데, 나중에 왕이 되면 이 산을 비단으로 감싸겠노라 약속했다는 거지. 비단으로 감쌀 수는 없으니 이름을 금산으로 고쳐주었다는 얘기야. 말이 그렇지 전하가 100일 동안 어떻게 보리암에서 기도할 시간이 있었으랴. 다 우리 아버지 정도전의 장난이셨다. 그럴수록 아버지와 정몽주의 사이는 더 멀어지고, 더 금이 갔다.

게다가 어부지리로 임금이 된 왕요(공양왕)까지 엉뚱한 미련을 갖기 시작했다. 그는 항상 예의로 대하고 겸손하기만 한 이성계 장군은 아무 문제가 없는데 눈을 부릅뜨고 다니는 정도전이 골칫거리라고 여겼다. 그러면서 아버지와 각을 세우는 정몽주의 어깨를 토닥거렸다.

꾐에 넘어갔는지 그분 생각이었는지 어느 날 정몽주는 이색 문하생들을 총동원하고, 또 우현보라는 재수 없는 인간을 끌어들여 아버지의 어머니, 그러니까 우리 할머니가 여종의 딸이라고 참소했다. 그러면서 역성혁명을 꿈꾸는 아버지 정도전을 잡아 죽이라는 극언까지 올렸다.

아버지는 혼비백산했다. 다른 사람도 아니고 형님, 아우 하면서 저

열여섯 어린 시절부터 친하게 지내 온 혁명동지 정몽주가 무고하는 걸 보고는 밤마다 오열했다. 정도전을 몰아내라, 정도전을 죽여라, 상소문이 빗발쳤다. 철없는 성균관생들이 정몽주가 불러주는 대로 적어 놓으면 이번에는 정몽주가 사주하는 대간들이 집어다가 마구 던지는 것들이었다.

다시 말하지만 더 없이 친하던 혁명동지 정몽주와 우리 아버지 사이에 금이 가기 시작한 것은 왕요王瑤를 고려왕으로 세운 이후부터다. 이전에는 정몽주와 아버지 사이에는 일점일획도 다른 의견이 없었다. 네 말이 내 말이다, 내 말이 네 말이다, 두 분은 매사 일치하셨다.

정몽주는 그간 20년 넘게 섬겨 오던 이성계 장군을 버리고 공양왕 왕요에게 자꾸만 기울어 갔다. 끝내 자기가 진짜 임금인 줄 착각한 왕요는 정몽주에게 몰래 지령을 내렸다. 우쭐해진 역적 정몽주는 이성계와 아버지를 제거하고 고려왕실을 좌지우지할 욕심으로 아버지와 적대하기 시작했다. 조정에서 마주쳐도 인사는커녕 흥흥 콧방귀를 뀌며 쿵쿵 발을 굴러 지나쳤다. 거기까지야 살다 보면 그럴 수 있다. 그렇게 믿는다. 하지만 그는 비겁하게 비열하게 우리 아버지를 음해했다. 세상에 없는 말로 아버지를 능멸한 것이다. 아, 천추에 맺힌 이 한을 다 풀기 전에 내가 어찌 이 목숨을 놓으랴.

정몽주의 수하들은 두 번이나 아버지를 음해했다. 전날 우왕, 창왕을 신돈의 핏줄이라고 우기면서 멀쩡한 왕우, 왕창이라는 성명까지 신돈의 신씨를 갖다붙여 신우, 신창이라고 불렀다. 그러면서 두 왕은 가짜이니 폐해버리라고 참소하던 정몽주의 수법 그대로였다. 그때 정몽주의 비겁한 참소를 눈감았던 게 그만 아버지에게 똑같은 화禍로 돌아온 것이다. 정몽주는 아버지를 가리켜 이런 거짓말을 지어냈다.

가풍家風이 부정不正하고, 파계派系가 불명함에도 큰 벼슬을 받아 조정을 어지럽히고 있다.
천지賤地에서 기신起身하여 당사堂司의 자리를 도둑질했고, 천근賤根을 감추기 위해 본주本主를 제거하려고 모함했다.

정몽주는 이 무고를 위해 아버지가 전에 탄핵한 적이 있는 우현보란 가증스런 인간의 세 아들을 동원했다. 우현보의 자식들은 우리 아버지 정도전의 외할머니가 종의 핏줄이라고 우겼다. 이 외할머니의 아버지 김전은 일찍이 출가하여 승려로 살았는데, 그런 중에 수이樹伊라는 종의 아내를 간하여 딸 하나를 낳았단다. 이 딸이 아버지의 외할머니라는 억지 주장이었다. 우현보의 자식들은 아버지 정도전의 외할아버지 우연禹延의 종실로서 저간의 사정을 잘 안다고 떠들며 상소문을 지어 정몽주의 사주를 받는 대간들에게 올린 것이다.

이 모든 것은 악랄한 정몽주가 뒤에서 꾸미고 칠하여 이색의 문하생들을 시켜 누항에 퍼뜨린 요언이다. 하지만 우리 아버지의 외할아버지는 우연禹延이 아니라 우연禹淵이다. 엄연히 함자가 다르다. 아버지가

직접 쓰신 우리 할아버지 정운경의 행장에 분명히 그렇게 적혀 있다.[5]

게다가 우현보의 세 아들이 대간들에게 이런 소문을 퍼뜨렸다고 하지만, 사실 이 아이들은 당시 갓난아이거나 어린아이였다. 우현보의 아들 5형제 중 맏이 홍수가 5살, 둘째 홍부가 4살, 셋째 홍강이 3살, 넷째 홍득이 1살, 막내 홍명이 갓난아이였다. 이 아이들이 무슨 상소문을 짓고, 입을 놀려 거짓말을 퍼뜨릴 수 있는가.

더구나 나중에 이 세 아이를 우리 아버지가 다 죽었다고 실록에 몰래 써넣도록 했지만 실은 각자 다른 죄를 지어 저마다 죽었을 뿐 아버지와 아무런 관계가 없다. 아버지는 이 모든 게 정몽주가 아버지를 죽여 없애기 위해 지어낸 소문이라는 걸 잘 알았다. 겁 많은 왕요(공양왕)는 "정도전을 살려 놓고 이성계를 죽이는 건 하지하책이요, 이성계를 살려 놓고 정도전을 죽이는 것은 상지상책."이라는 정몽주의 끈질긴 간언에도 불구하고 혁명세력의 핵심인 아버지를 차마 죽이지 못했다. 그렇게 이성계 장군 눈치를 보며 안 된다, 안 될걸 하던 왕요는 웬일인지 아버지 정도전을 봉화로 유배 보냈다.

한 달 뒤에는 직첩과 공신녹첩까지 빼앗아가고, 느닷없이 전라우도 나주로 이배시켰다. 그때 전농정典農正 벼슬을 살던 나도 파직되어 폐

---

5) 세조 1년 박팽년, 하위지 등이 고려유신 차원부의 죽음에 얽힌 사건을 기록한 〈차문절공유사〉란 책이 있다. 이 책에 차원부와 관련 없는 정도전의 족보가 기록되어 있다. 이 기록에 따르면, 목천우씨(木川禹氏) 우연(禹淵)은 중랑장 차공윤(車公胤)의 딸을 아내로 맞이하였다고 되어 있다. 즉 정몽주와 이방원이 조작한 실록에는 단양우씨 우연(禹延)이 김전의 딸과 혼인한 것으로 되어 있고, 《차문절공유사》에는 목천우씨 우연(禹淵)이 차씨와 혼인한 것으로 되어 있어 내용이 서로 다르다. 한자가 다르고 각각 우연의 본관과 생존연대가 같지 않기 때문에 실록의 기사가 터무니없이 조작된 것이다.

서인되었다. 숙부며 조카들까지 모조리 벼슬자리에서 끌려 내려와 폐서인되었다. 봉화에 간 게 9월 20일, 나주로 이배된 게 10월 23일, 이때 정몽주는 자객을 보내 아버지를 고문하는 척하다가 죽이라는 밀계를 내렸다고 한다. 우왕, 창왕을 죽이듯이 그렇게 쥐도 새도 모르게 죽이라고 했지만, 뻔한 낌새를 알아챈 아버지가 급히 피신하는 바람에 가까스로 화를 면했다. 그러다 다시 봉화로 이배된 게 12월이다. 아버지의 손발을 묶기 위해 정몽주는 유배지를 정신없이 돌렸다. 그럴수록 정몽주와 우리 아버지는 철천지원수가 되었다. 아버지는 그때 뼈저리게 느꼈다.

"정몽주 형이 다시 한 번 나를 가르치시는구나. 아, 적을 칠 때는 이처럼 모질게 사납게 잔혹하게 쳐야 하는 것이로구나. 몽주 형은 나를 위해 나찰이 되셨구나."

그런 지 얼마 안 되어 마침 이성계 장군이 말을 타다 낙마하여 크게 다쳤다. 몸을 운신할 수 없어 병석에 누운 채 끙끙 앓았다. 문병 차 다녀온 어의가 이성계 장군은 이삼 년은 말에 오르기 어려울 것이라고 말한 뒤로 왕요와 정몽주 두 사람은 입이 쭉 찢어져 귀에 걸쳐 버렸다. 낙마하기 이전에도 이성계 장군은 정도전에 대한 참소며 유배며 파직, 폐서인에 대해 묵묵부답이었다. 왕요와 정몽주는 손뼉을 치며 좋아했다. 이성계와 정도전의 난은 이제 진압되었다고. 싸움질밖에 모르는 이성계는 이제 필부에 지나지 않는다, 해동장량이라던 정도전이 저렇게 쭈그러들었는데 그가 무슨 수로 덤비랴, 그렇게 희희낙락하며 밤마다 잔치를 즐겼다.

아, 해동장량 정도전이 아무려면 그토록 시들하게 지고 말 것인가. 우리 아버지는 무서운 분이다. 다른 이도 아닌 정몽주에게 배신당한 이후 아버지는 정말 독해지셨다. 아버지는 참담한 듯 좌절한 듯 배소에 앉아 연일 술을 퍼마셨다. 아니, 정몽주의 첩자들이 보기에 정도전은 매일같이 말술을 사다 마시고, 꺼이꺼이 울면서 폐인이 다 돼 간다잖는가.

물론 아버지는 그때 폐서인되어 내려간 나를 시켜 매일같이 주막에 나가 말술을 사오라고 했다. 그런데 내가 술독을 지고 배소로 돌아오면, 아버지는 밤이 되어 그걸 몰래 수채에 들이부었다. 그러니 정몽주의 첩자들이 뭐라고 보고했겠는가.

아버지는 인편으로 이성계에게 밀서를 보내 죽은 듯이 자중하라, 말 타다 떨어졌다 칭탁하고 아예 쓰러져 누워 있어라, 그런 계책을 올렸다. 그해 2월, 마침 세자가 명나라에 갔다가 돌아온다 하여 이성계는 마중 가는 척 나섰다가 낙마했다고 소문을 냈다. 그러고는 개경도 아니고 그곳 황주 땅에 누워 버렸다.

아버지는 급히 창해역사를 구했다. 정몽주가 이쪽을 살피다가 딱 찍어 정도전을 죽이려 들었듯이 아버지 역시 왕요를 둘러싼 무리 중에서 딱 찍어 정몽주를 죽여 없애기로 결심했다. 그러자니 정몽주는 분서갱유焚書坑儒한 폭군 진시황이 되어 줘야 했다. 아버지는 창해역사를 구해 그를 처단하기로 결심하고 비밀리에 거사를 준비했다. 위화도 회군도 아버지 작품인데, 아무려면 정몽주 하나 죽이지 못할 아버지가 아니었다.

아버지는 유배지에 앉아 은밀히 수하들을 불러 모았다. 그러고는 또다시 혁명을 계획했다.

"다시 한 번 위화도 회군을 한다. 창해역사를 불러 진시황을 찍어 죽여라."

아버지는 누가 창해역사가 될지 점찍었다. 그러고는 작전을 적은 밀서를 몰래 이성계에게 보냈다. 낙상에 좋은 한약재 속에 밀서를 숨겼으니 정몽주 일파는 알 리가 없었다. 화가 잔뜩 나 있던 이성계는 이 밀서를 "틀림없이 시행하라."며 아들 방원에게 주었다. 이방원은 곧 아버지가 원하는 덩치 크고 날래며 힘 좋고 담력 있는 진짜 역사들을 구했다. 혈기방장한 스물여섯 살의 청년 이방원은 지체 없이, 그러면서 비밀리에 움직였다. 사람들이 찾아오면

"아, 우리 아버지는 영영 못 일어나시겠네. 부러진 다리가 붙질 않아 대소변도 못 가리니 이를 어쩔꼬."

한숨을 쉬며 위장했다. 그러면서 역사力士를 구했다. 조영규, 조영무, 고여, 이부, 조평 등 모두 여남은 명이나 되었다.

"우리 아버지는 일어나지 못한다고 소문내라. 정도전은 이성계를 원망하며 술주정뱅이가 되어 세월을 한탄한다더라. 그러면 거북이가 대가리를 쭈욱 내밀고, 고슴도치가 가시를 접을 것이다. 우린 그때를 노

린다."

그 무렵 아들 이방원은 몸져누운 이성계를 수레에 태워 개경 사가로 모셔 놓았다. 아버지 정도전이 보낸 밀계에는 병이 중한 듯 위장한 뒤 정몽주를 불러 안심케 하라는 내용이 있었다.

나이 어린 이방원은 정몽주를 찾아가 그를 유인했다.

"부친께서 병이 깊어 수문하시중 인수를 차고 있을 수 없다면서 죽기 전에 시중께 반납하고 싶으시답니다."

소문이 효과가 있었는지 정몽주는 그러마고 화답했다. 필시 이성계가 진짜 일어나지 못하는지 제 눈으로 보고 싶은 것이다.

4월 4일, 정몽주가 조당에 나갔다가 곧 문병 온다는 소식에 이성계는 더 초췌한 얼굴로 두껍고 무거운 이불 속에 몸을 묻었다. 창호에도 검은 비단을 걸쳐 빛이 들어오지 못하게 막았다. 병실을 어두컴컴하게 해 놓고 햇빛 못 본 지 오래 되어 창호가 밝아 오면 눈이 아프다고 둘러대었다. 그러잖아도 이성계는 속마음을 잘 드러내지 않는 사람이다. 그는 아버지 정도전이 보내 온 밀계에

"아픈 척, 관심 없는 척, 포기한 척, 무력한 척하여 정몽주가 자만하도록 숙이고 굽히고 낮추소서."

하는 간언을 다시 외웠다.

이방원을 따라 병실로 들어선 정몽주는 게슴츠레 눈을 뜨고 더듬더듬 사은하는 이성계를 위로했다. 이성계는 그 와중에도 이불 속을 뒤

져 거기서 수문하시중 인수를 꺼내 정몽주 손에 올려 주었다. 이때까지 고려 제일의 정일품 수문하시중은 이성계와 정몽주 두 사람이 공동으로 맡고 있었다.

"앞으로는 임자가 수문하시중을 독단해 주셔야겠소. 소장은 아마, 못 일어날 듯하오."

인수를 내놓는 이성계의 손이 부들부들 떨리는 걸 본 정몽주는 쾌차하라, 기운 내라, 용기 잃지 마시라 온갖 아첨을 다 떨다가 가뿐하게 일어섰다.

대문을 나서는 정몽주의 낯빛이 득의양양하더라는 하인들의 보고가 들어왔다. 그러고는 궁으로 돌아가지 않고 성 밖으로 조문 간다는 첩보가 잇따라 들어왔다. 웬일인지 마부 두 놈만 데리고 콧노래를 흥얼흥얼, 황금으로 수놓은 등자로 말 옆구리를 툭툭 차면서 가더라는 것이다. 경계심을 푼 것이 틀림없었다. 이방원은 때는 이때다 하고 대기 중이던 역사들을 긴급 소집했다.

이들은 저마다 무쇠 철퇴를 들고 선죽교 아래며 위며 근처에 뿔뿔이 숨었다. 그런 중에도 정몽주 뒤를 밟는 첩자들은 "그가 독한 소주를 다섯 잔이나 마셨다, 이숭인을 만나더니 대작하며 이색 문하가 고려를 잘 이끌어 보자고 말했다, 뒷간에 가서 오줌을 갈기다 비틀거려 쓰러질 뻔했다." 시시콜콜 이방원에게 보고하고, 선죽교로도 튕겼다.

마침내 조문을 마치고 터덜터덜 말 타고 지나가던 정몽주는 느닷없이 달려드는 역사들을 보고 기겁했다. 역사들은 먼저 말대가리를 철퇴로 내리쳐 주저앉히고, 털퍼덕 떨어져 내린 정몽주의 머리통이며 등짝을 향해 무수한 철퇴를 날렸다.

장량은 창해역사를 시켜 진시황을 죽이는 데 실패했지만 아버지 정도전은 빈틈없이 그물벼리처럼 계획을 짜고 준비를 시켜 정몽주의 살가죽이며 뼈마디를 모조리 으깨 버렸다.

래야, 오늘은 여기까지만 얘기하자. 이후 아버지가 꿈꾸던 나라 조선을 어떻게 세웠는지는 네 귀에 딱지가 앉도록 많이 얘기했으니 눈물나는 이야기가 나오기 전에 오늘은 여기서 그치자. 촛불을 켜라.

정도전이 꿈꾸던 나라

-나는 고백한다

지란은 불탈수록 향기 더하고
좋은 쇠는 벼릴수록 빛이 더 나네

정도전이 정몽주에게 보낸 시의 일부.
두 사람 모두 이 시대로 되었다.

송현방의 웃음소리

8월 26일(양력 10월 14일), 1398년.

아버지는 요동수복군 20만 명을 소집하여 대규모 진법陣法 훈련을 끝냈다. 명나라 군대를 공격하기 위해 보군을 깨는 송곳전법을 익히고, 이어 기마군들이 승마 자세로 활을 쏘고 칼을 쓰는 훈련을 했다. 군기軍旗에 따라 모이고 흩어지고, 북과 징 소리에 따라 군진을 맺기도 하고 풀기도 했다. 경복궁 뒤편에 마련된 훈련장은 연일 함성으로 가득 찼다.

"조리모리! 조리모리를 해야 활을 쏘지 이놈아, 그렇게 내달리기만 해서야 어디 화살 한 대라도 맞히겠느냐!"

아버지는 기마군이 타고 가는 말이 발걸음을 따로 놓지 않고 저 편한 대로 터벅터벅 달리자 등편藤鞭을 마구 휘두르며 소리를 쳤다. 네 발을 각각 놓아 조리모리 주법6)으로 말을 뛰게 해야 안장이 흔들리지 않는데 말이 흥분하면 앞발은 앞발끼리, 뒷발은 뒷발끼리 두 발씩 모아 달리기 십상이다.

지척에 경복궁이 있고, 그래서 태조 전하께서 정사를 보고 계시지만 아버지는 요동수복군의 함성이며 북소리, 징소리를 아끼지 않았다. 함성이 클수록 태조 전하께서 기뻐하시기 때문이었다. 그도 그럴 것이, 지존께서 군사들의 함성을 듣다가 흥이 오르면 내관을 시켜 아버지에게 어주를 보내 주기도 하셨다.

아버지가 요동수복군을 맹훈련시키던 이 무렵 아버지를 잡아 보내라고 갖은 시비를 걸며 툭하면 사나운 조서를 보내오던 명나라 황제 주원장은 윤5월 24일(양력 7월 16일)에 속절없이 죽었다. 하지만 그가 죽었다는 소식은 여름이 지나 가을이 되도록 압록강을 건너오지 않았다. 아버지가 기다리고 기다리던 그날이 왔지만 정작 우리는 그 사실을 알지 못했다. 만일 주원장이 죽었다는 사실을 알았더라면 아버지는 아마도 군진 훈련을 더 할 필요 없이 요동수복군에게 곧바로 진군령을 내렸을 것이다. 그랬더라면 그 일도 일어나지 않았을 것이다.

---

6) 말이 다리 네 개로 각각 땅을 짚어가며 달리는 주법으로, 승마 안정성이 높아 몽골 군마는 대개 이 주법으로 훈련되었다. 조리모리라는 말에서 조랑말이란 우리말이 나왔다고 한다.

아버지는 이해 초 주원장이 죽을병에 걸렸다는 비밀 정보를 입수하고 그해 2월 4일(양력 2월 28일)부터 국경 시찰에 나섰다. 이 무렵 아버지가 깔아놓은 세작들이 남경 금릉에서 활동 중이었는데, 주원장이 몇 달째 조회를 열지 않고, 어의들이 자주 들락거린다는 첩보가 요동을 건너 급히 날아온 것이다. 나이를 헤아려 보니 무려 일흔한 살, 때가 된 게 틀림없었다. 그 나이에 병석을 잡았으면 그 길로 죽을 자리까지 잡았다고 본 것이다.

아버지의 국경 시찰이란 명군의 동태를 보자는 게 아니라 국경 밖으로 늘어선 연합군 여진족들의 출전 준비 상황이며, 그들의 각오가 얼마나 굳은지 점검하자는 것이었다. 명군은 감히 국경 근처에도 오지 못하고 있었으니 그들이 조선을 넘본다는 건 어불성설이었다.

이때 아버지는 은밀히 요동 진군로와 보급로를 살폈다. 주원장이 죽기만 하면 명나라가 혼란스러운 사이 요동을 수복하고 아버지가 직접 군대를 이끌고 주둔하면서 관부를 설치할 예정이었다. 수복한 요동 땅은 동서남북 10개 도로 나누고, 거기에 50개 주를 설치할 참이었다. 요동도, 건주도, 발해도, 여진도, 연해도 등 이름까지 다 지어 놓았다.

주원장이 일단 죽기만 하면 인산因山까지 1년이 넘게 걸릴 것이므로 그 사이에 요동을 차지할 수 있으리라고 계산했다. 장례가 공고되면 변방에 나와 있는 그의 자식들이 금릉으로 몰려갈 것이고, 그때 군대를 휘몰아 산해관까지 돌파하여 그곳을 틀어막으면 승산이 크다고 보았다.

이방원, 권근 등은 명나라가 그리 만만하지 않다며 요동수복을 반대했지만, 아버지와 국왕이신 이성계 전하는 요지부동이었다.

주원장에게는 일찍이 태자가 있었지만 급살을 맞는 바람에 대신 어린 손자를 태손으로 지명해 놓고 있었다. 따라서 그가 죽고, 그 어린애가 황제가 되기만 하면 명나라 조정은 두려워할 상대가 아니었다. 게다가 변방에 나가 있는 번왕들이란 대개가 주원장의 아들, 즉 태손의 삼촌들이므로 정변이 일어날 가능성을 배제할 수 없었다. 아버지는 그 놈들이라고 왜 황제 자리에 욕심이 없으랴 장담하셨다. 내란은 자명하다는 말씀이었다.

아버지가 이처럼 집요하게 요동수복을 강행하려 하신 것은 그곳이 고구려의 옛 땅이요, 또한 고구려 백성이던 거란족의 요나라와 여진족의 금나라가 차례로 수복한 적이 있고, 얼마 전까지만 해도 고려 왕자들이 심양왕[7]을 맡아 오면서 실제로 지금도 고려인들이 많이 살고 있기 때문이었다.

아버지는 요동수복을 결심하신 뒤 많은 첩자들을 명나라로 들여보내 정탐을 시키고, 요동에 사는 고려인[8]과 여진족[9]을 압록강 인근 초지로 불러 정착시키며 군마 조련을 맡기기도 했다. 그래서 아버지는 고려군만 훈련시킨 게 아니라 여진족으로 구성된 기마군까지 비밀리

---

7) 심양왕은 모두 고려인으로서 총 5명이 재위했다.
8) 원나라 시절 고려국 왕자가 심양왕을 맡았는데 이 무렵 많은 고려인이 요동으로 이주했다.
9) 여진족을 정확하게 표현하면, 고구려와 발해가 멸망한 뒤 고려에 편입되지 않고 고토에 남은 백성들이다.

에 준비하신 것이다.

이 무렵 요동수복을 적극적으로 지지하셨던 태조 이성계는 국왕 신분임에도 불구하고 송헌松軒 거사라는 익명을 내세워서 아버지에게 정을 담뿍 담은 편지와 잿빛여우털옷을 보내 주셨다. 아버지는 사적으로 말씀하실 때는 이성계를 가리켜 반드시 폐하라고 부르며 화답했다. 요동을 수복하여 반드시 조선국을 황제국으로 끌어올리겠다는 의지의 표현이었다.

아버지는 압록강을 넘어 며칠이면 요하까지 닿을 수 있는지, 보급로는 어떻게 정할지 일일이 따져보았다. 요동수복군에 참여할 여진 각 부의 추장들도 비밀리에 만나 약조를 하고, 그들이 원하는 화살촉과 창날 같은 병장기를 보내주기도 했다. 고구려의 후예로서 금나라를 세운 경험이 있는 여진족 추장들은 요동수복 계획이 마치 자신들 일인 것처럼 적극적으로 참여했다. 그들은 언제나 자신들이 고구려의 후손일 뿐만 아니라 지금도 고구려인이라고 자처했다. 이들은 자신들이 고구려의 적손이라며 아버지에게 따지곤 했는데 금나라를 세운 경험을 잊지 않고 구전으로 전하고 있었다. 따라서 여진족들은 금나라가 멸망하면서 원나라에 빼앗겼던 요동을 형제국인 고려와 함께 되찾을 수 있기를 간절히 바라고 있었다.

아버지는 요동수복 계획을 수립한 뒤 한양으로 돌아와 사병을 해체하고, 이 사병들을 소집하여 단일 관군 체제로 바꾸었다. 적게는 수십 명에서 많게는 수백 명까지 사병을 데리고 있던 공신들과 왕자들이 불만이 많았지만 아버지는 이들을 의흥삼군부의 일사분란한 지시를 받는 관군으로 조련해냈다. 이 모든 게 국왕 이성계가 아버지의 든든한 후견인이기 때문에 가능한 일이었다.

그러고는 5월부터 8월까지 맹렬하게 훈련을 했다. 8월 9일(양력 9월 27일)에는 진법 훈련을 게을리한 이방원에게 곤장형을 내렸다. 이방원의 신분이 왕자이니 직접 곤장을 칠 수 없어 대신 이방원의 부하 한 놈을 잡아다가 무지막지하게 때렸다. 매 맞은 자가 소근이라는 종이었는데 이놈은 거의 죽을 지경이 되어 돌아갔다. 이방원에겐 모욕적인 일이었다. 그래도 그는 승복하는 듯했다. 제 아버지 이성계를 찾아가 하소연하지도 않았다. 이방원까지 사병 혁파에 동의한다면 나머지는 신경 쓸 것도 없다고 아버지는 안심했다.

어쨌거나 아버지는 8월에는 한가위가 있으니 천고마비 9월 초에 길일을 잡아 거병하고, 10월(양력 11월말)에는 압록강을 건너는 것으로 계획을 잡았다. 때마침 여진 각부에도 여름 가을에 풀을 많이 뜯어 먹은 전마들이 충분히 살찌고 잘 조련되었다는 보고가 들어왔다.

그때쯤이면 주원장이 죽거나, 혹은 살아도 사람 노릇은 하기 어렵다고 보고 여진족 추장들에게도 진군 날짜를 통지했다. 전선에는 미리 세작단을 보내 명나라 군대의 동향을 수집하게 했다. 이때까지도 아버지는 주원장이 죽은 사실을 알지 못했다. 그저 몸이 아프니 무슨 수로 덤비랴, 그런 배짱이었다.

또 거병 날짜를 이때로 잡은 것은, 명군은 장강 주변 출신 수적이 많아 날씨가 추워지면 북으로 올라오지 못할 것이라고 보았기 때문이다. 아버지는 일부러 추운 겨울에 요동을 수복하려고 했다. 여진족들도 찬성이었다. 일단 날씨가 추우면 명나라가 자랑하는 남경의 황제근위군은 추운 북녘으로 올라오지 못할 것이고, 주로 북방에 배치돼 있는 황자군들이 대응할 텐데, 이 경우에는 결속력이 강하지 못해 조선이 더 유리할 것으로 판단했다.

게다가 아버지는 명나라 몰래 몽골고원에 비밀사신을 보내 그쪽의 확답도 받아두고 있었다. 9월초 아무 날이나 때를 보아 몽골군이 음산산맥 서쪽을 따라 내려가 태원 일대를 적당히 쳐 주기로 약조를 받아 낸 것이다.

북경에 있는 군대를 서쪽으로 빼내 요동으로는 아무도 들어오지 못하게 하려는 아버지의 계책이었다.

몽골, 여진 연합 작전까지 수립한 뒤 군사들에게는 산청 사람 문익점이 만들어 낸 무명으로 옷을 지어 따뜻하게 입도록 하고, 장수들에게는 동물 가죽과 볏짚 따위를 충분히 확보하여 추위에 대비하라고 명령했다.

8월 26일이 되어 전선으로 나갈 치중이며 병장기와 군마 점고를 끝냈다. 군사들은 출병에 앞서 마지막 휴가를 보냈다. 때마침 국왕 이성계는 몸살이 나서 누워 있었기 때문에 시끄러운 군사 훈련도 중지했다. 이제 며칠만 더 있으면 휴가 나간 군사들이 돌아오고, 부대별로 압록강을 건너 여진족 기마군과 합세하여 서쪽으로 진군하기만 하면 되는 것이다. 모든 준비는 그렇게 끝나고, 아버지는 전장에 나가기 전에 한양성을 지킬 당상관들을 불러 모아 술자리를 열었다. 군사들이 대규모로 빠져나가면, 한양성을 지키고 국왕을 보좌하는 것도 큰일이기 때문에 미리 단속을 하려는 것이었다.

이성계가 위화도에서 회군하여 개경을 칠 때 도성을 지키던 최영 등 고려 장수들은 허무하게 무너졌다. 그런 전례에 따라 왜구가 쳐들어오든, 내란이 생기든 튼튼하게 궁성을 지키려는 것이었다.

송현방.

실록에는 이렇게 전한다.

집주인인 남은, 그리고 심효생, 장지화, 이근, 이무 등 아버지의 최측근들이 모여 있었다. 실질적으로 조정을 맡고 있는 분들이다.

"궁궐 수비는 누가 맡고 있지?"

"예, 박위와 조온입니다."

"군사는?"

"일부 군사들을 휴가 보내긴 했지만, 전군이 휴가 중인데 무슨 일이야 있겠습니까? 충청도, 경상도, 전라도로 다 흩어졌답니다."

박위는 정도전에게 충성스런 장수고, 조온은 이성계를 외삼촌으로 부르는 인물로 이성계가 "온아!" 하고 이름이라도 불러 주면 어린애처럼 얼른 뛰어와 엎드릴 만큼 잘 따르는 사람이다. 다 믿음직하다.

"마음이 좀 놓이는군. 오늘 폐하께서 환후가 깊어 왕자들이 예궐한다니 무슨 일이야 있겠나. 군사들도 휴가를 보냈으니 우리도 모처럼 허리띠를 풀고 향후 대비태세를 논의해 보세. 전하께서 환후가 있으시니 그럴수록 걱정을 끼쳐 드려서는 안 되네."

아버지는 출정 뒤의 국사에 대해 일사천리로 지시해 나갔다. 국왕 이성계를 지킬 궁궐수비 병력, 한양성과 성 밖 요해처의 수비 병력을 두루 배치하고, 정사에서도 빈틈이 없도록 분야별로 지침을 내렸다. 사실 이 무렵의 아버지는 의흥삼군부 부사 자리도 내놓았기 때문에 실직은 갖고 있는 게 없었다. 그래도 사람들은 정도전의 말이라고 하면 곧 국왕의 말로 알아들었다. 직책이야 있든 없든 조선의 2인자라는 지위는 변함이 없으니, 조선 땅에서 아버지가 말하는 대로 이루어지지 않는 게 없었다. 그런 만큼 책임도 져야 하는 것이다.

"한 잔 잡숫고 편히 말씀하소서."

"어, 그럴까? 그간 내가 너무 긴장했지?"

아버지는 만사 다 잘 풀려 나간다고 생각하고는 느긋하게 마음을 풀어 놓고 술잔을 기울였다. 따끈한 소주다. 변방을 시찰하면서 얻은 습관이 독한 소주를 마시는 일이었다. 아버지는 추운 계절에 출병하는 만큼 소주 같은 독주를 많이 만들어 두었다.

술이라면 아버지에겐 특별한 추억이 있다. 고려가 망하기 전 언젠가 이숭인, 권근, 그리고 아버지 셋이 몽골 소주를 화롯불에 데워 마시면서 각자 인생에서 가장 즐거운 일이 뭐라고 생각하는지 돌아가며 얘기를 나눈 적이 있다.

세 분은 이색 문하에서 동고동락한 동창생들로 우정이 넘쳐흐르던 시절이다. 이숭인은 조용한 산방에서 시를 짓는 것을 평생의 즐거움이라고 했다. 권근은 따뜻한 온돌에서 화로를 끼고 앉아 미인을 앉혀 놓고 책을 읽는 것이라고 했다. 이 자리에서 아버지가 인생의 낙으로 든 것은 이러했다.

"첫눈이 내리는 겨울날 가죽털옷을 입고 다리 미끈한 준마를 타고, 누런 개와 푸른 매를 데리고 들판에서 사냥하는 것이 가장 즐거운 일이지."

그때만 해도 아버지가 요동수복을 염두에 두고 이렇게 말한 것은 아니었다. 아버지는 천성이 호방했다. 그러면서도 꼼꼼했다. 이런 기개가 있으니 썩은 고려를 적당히 고치는 개혁보다는 혁명을 해서 아예 밑둥을 베고 뿌리까지 뽑아 버리는 것이 옳다고 보고, 혁명 전위대로 이성계 장군과 휘하의 여진족 기마군을 지목하여 함흥까지 달려갈 수 있었던 것이다.

혹자는 아버지를 나약한 유학자로만 보는 분들이 있다. 하지만 아버지 흉중에는 이같이 불끈 치솟는 기마민족의 기상이 서려 있었다. 위화도 회군 이후 집안 형편이 펴지자 아버지는 이따금 교외로 말을 타고 나가 달리기를 즐기셨다. 본래면목이 그제야 드러난 것이리라. 이

때는 어머니도 불만이 없으셨다.

　그런데 이날 술자리에서 밝힌 세 분 동창생의 소원은 어찌 됐을까. 물론 아버지는 그렇게 하려다가 비명에 가셨으니 뜻을 이루지 못하셨다고 볼 수도 있겠다. 하지만 준비 과정에서는 그렇게 하셨으니 반쯤이라도 이루신 셈으로 치자.

　산방에서 시를 짓고 싶어 한다던 이숭인은 어찌 됐던가. 쉰다섯 살인 정몽주가 스물여섯 살에 불과한 어린 이방원에게 맞아 죽을 때 그 역시 다름 아닌 우리 아버지가 보낸 역사에게 맞아 죽어 끝내 소원을 이루지 못했다. 사람들은 흔히 이방원이 정몽주를 때려죽인 것만 알지 아버지 정도전이 감옥에 앉아 있으면서도 정몽주 일파를 제거하는 선봉에 있었다는 사실은 간과한다.

　정치를 떠나 안타까운 일이지만 이숭인이 정몽주와 더불어 개혁도 혁명도 다 막아섰으니 어쩔 수 없는 일이었다고 아들인 나는 생각한다. 그때 죽은 사람이 어디 정몽주와 이숭인뿐이었는가. 우리 아버지가 이방원에게 죽을 때 수많은 사람들이 따라 죽었듯이 그때도 그랬다. 원래 정변이란 그런 것 아닌가.

　세 분 중에 두 분은 이렇게 뜻을 이루지 못했는데, 나머지 한 분 권근은 좀 달랐다. 그는 우리 아버지와 태조 이성계 전하께서 역성혁명을 주도할 때 뒷짐을 진 채 못 본 척하고, 정몽주와 이숭인이 함께 고려 왕실을 지키자고 호소할 때도 그들을 외면했다. 하지만 나중에 불만을 품는 이방원에게 붙어 늙어죽을 때까지 화로도 끼고 미인도 끼면서 호의호식했다.

내가 잊지 못하는 것은 권근이 아버지에 대해 평한 글이다.

온후한 빛 엄중한 얼굴, 그를 쳐다보면 높은 산을 우러러 보는 듯하며, 그를 대하면 봄바람 속에 앉아 있는 듯하도다. 그의 얼굴이 윤택하며 등이 퍼진 것을 보는 사람이면, 화하며 순한 덕이 마음속에 쌓였음을 알 수 있으리라. 이것은 그의 용모를 말한 것이다. 광채는 만 길이나 솟아오르며, 기염은 기다란 무지개를 뱉어 놓은 듯 그가 궁한 때에 있어도 뜻을 꺾이지 아니하였고, 그가 출세함에 이르러서는 그의 인격이 더욱 높았다. 이것은 그의 마음이 넓고 스스로 만족한 때문이니, 반드시 정의가 집적되어 속에 가득 차 있기 때문일 것이다. 이것은 그의 기상을 말한 것이다.

선善을 좋아함이 이렇게 철저하였고, 일을 처리함이 이렇게도 밝았다. 관대함은 바다의 넓음과 같았고, 믿음성과 결단성은 시귀蓍龜의 공정함과 같았다. 곧 그의 국량局量과 규모規模의 크기는 또한 오활하고 괴벽하고, 고루한 자가 따르지 못할 것이었다. 이것은 그의 재능을 말한 것이다. 만일 그 성리性理에 대한 학문, 정치에 대한 공부 이단異端을 배척하여 우리 도의 정대함을 밝혔고, 정의에 입각하여 일어서는 나라의 운명을 도왔다. 문장은 영원히 썩지 않을 것이요. 감화는 한없는 지역에 흡족하였으니, 정말 국가의 중신重臣이며 후학의 스승이로다. 이것은 그의 학문, 사업, 문장을 말한 것이다.[10]

---

10) 권근 〈삼봉선생진찬〉. 정도전의 세도가 높던 시절, 권근이 정도전의 영정에 쓴 찬(讚)이다.

아버지를 이보다 더 잘 표현한 글을 나는 아직 보지 못했다. 하지만 이 글은 아버지에게 잘 보이기 위해 지은 글이라고 확신한다. 권근, 그이는 1389년부터 귀양살이를 시작해 조선왕조 개국 때 시골에 은둔 중이었는데도 나중에 새 왕업을 칭송하는 노래를 지어 이성계에게 바친 인물이다. 그래 놓고 아버지를 죽인 원수 이방원을 따라다니다가 영의정까지 해 먹었다. 참 절개라고는 없는 분이다.

내가 수군으로 노역하는 중에도 권근은 서찰을 보내와 우리 부자를 위로하기도 했다. 그러면서 아버지가 남긴 시문을 추려 『삼봉집』을 재발간하라고 권하기도 했다. 아마도 우리 가족이 폐서인되고 우리 부자가 수군으로 끌려와 고초를 겪는 중에도 그분이 있어 가산적몰만은 면하고 있는지 모른다. 그래도 미덥지 못하다.

아버지를 가리켜 맹자를 계승한 분이라고까지 추켜세우던 분이 기어이 아버지를 죽이고야 말겠다던 이방원을 도왔다니, 세상에 누굴 믿을 수 있는가. 권근, 그는 기회주의자이고, 아버지를 죽음으로 몰아넣은 배신자일 뿐이다. 그가 실제로 어떤 인격인지는 중요하지 않다. 그가 아버지를 칭찬하고 흠모하는 글을 수없이 남겼다고는 하나, 단 한 차례 아버지를 죽이는 반역의 대열에 선 것으로 모든 계산은 끝나 버렸다. 그는 내가 씹어 먹어도 시원찮을 이방원의 오른팔이고, 그러니 내 원수가 되기에 충분하다.

물론 아버지를 평한 분 중에는 스승이신 이색 선생도 있다. 아버지와 이색 선생은 사제지간으로 만났으나 나중 역성혁명 과정에서 서로 원수가 되었다.

벼슬에 나가면 해야 할 일은 반드시 하고 어떤 일을 당해서도 회피할 줄 몰랐으니 옛날의 군자도 정도전과 같은 사람은 많지 않다. 하물며 지금 사람이야 말할 것이 있겠는가. 이것이 내가 그를 존경하고 또 존경하는 까닭이다.

서로 좋아 지내던 시절에야 무슨 덕담인들 나누지 못하랴만 말이란 이처럼 속절없다.

권근, 이색의 평까지 되새겨 보니 더 속절없는 말이 생각난다. 태조 이성계 전하의 말씀이시다.

천명天命의 거취去就와 인심人心의 향배向背를 알고, 백성과 사직社稷의 대의大義로써 의심을 판단하고 계책을 결정하여, 과궁寡躬을 추대하여 대업大業을 함께 이루어 그 공이 매우 컸으니, 황하黃河가 띠[帶]와 같이 좁아지고 태산泰山이 숫돌과 같이 작게 되어도 잊기가 어렵도다!

웃고 말자.

우리 아버지 정도전은 본디 해야 할 일을 앞두고는 맹수처럼 매섭게 해치우시지만 일상에서는 여유있고 웃음이 많은 분이었다. 언젠가 아버지가 말을 타고 조정에 나가려는데, 전날 술을 너무 많이 드신 탓에 그만 신발을 짝짝이로 신으셨다. 마부가 그걸 보고 걱정하니 "이놈아, 이쪽 사람은 이쪽 신만 보고, 저쪽 사람은 저쪽 신밖에 보지 못하는데 짝짝인 줄 어떻게 알겠느냐. 그냥 가자."고 하셨단다.

어쨌든, 다시 그날의 송현방으로 돌아가 보자.

가을이 깊어 가는 때라 마당 꽃밭에서는 귀뚜라미가 울고 날씨는 제법 선선했다. 주인인 남은이 아랫사람에게 마른 장작을 조금 때라고 시켜서 방바닥에는 온기가 흘렀다.

"남은, 자네는 말이야. 내가 군사들을 이끌고 요동으로 진격하거든 폐하와 세자를 잘 모셔 주게나. 나라가 선 지 오래 되지 않아 호시탐탐 빈틈을 노리는 고려귀신들이 더러 있단 말이야. 이 나라, 이 조선은 우리 사람들이 애지중지 보듬어야 할 참 좋은 나라 아닌가. 공자, 맹자도 우리 조선같이 선비들이 이끌어가는 민본民本 나라는 못 만들어 봤거든. 조선은 고금역사에 없는 성인지국이야."

"걱정 마세요. 누가 감히 반역을 꾀하겠습니까? 개미새끼를 풀어 물라고 합니까, 아니면 벌떼라도 있어 쏘라고 하겠습니까? 도성 안에는 군사가 거의 없다니까요. 다 휴가 갔잖아요."

남은은 아버지보다 열두 살 아래다.

"그래도 조심해. 특히 왕자들을 조심해야지."

"폐하께서 멀쩡히 살아 계시고 세자가 버티고 있는데 누가 감히 거역하리까? 더구나 왕자들이 데리고 있던 사병까지 혁파했는데요. 노비 몇 놈 데리고는 아무것도 못합니다. 그런 마당에야 왕자들도 그냥 전주 이씨일 뿐이지요.”

“그렇기는 해. 그래도 방원 나리는 조심해야 해. 불과 스물여섯 살에 정몽주를 죽인 사람이야. 이젠 서른두 살이나 돼. 늘 경계를 늦추지 말라고. 너 이무야, 왜 잔뜩 고개를 숙이고 있느냐? 부른 김에 젊은 네게 한 가지 물어나 보자. 한나라를 세운 게 유방이더냐, 장량이더냐?”

지목받은 이무는 얼른 구부렸던 어깨를 펴며 대답했다.

“유, 유방이지요?”

“이놈, 역사 공부를 다시 해야겠구나. 장량이란 지사가 있어 시골 촌부로 살던 유방을 찾아 쓴 거지, 어째 유방의 머리로 장량같이 훌륭한 분을 찾아 쓸 수가 있겠느냐. 잘 들어라. 진나라 말기의 혼란한 정국을 읽은 장량이란 성인이 사람들에게 내보일 얼굴을 찾다가 허우대 번듯한 유방을 발견하고 그를 몰아 천하를 통일했던 거야. 무슨 말인지 알겠지? 이 나라 조선은 말이야, 이건 내가 세운 나라란 말이야. 썩어 빠진 고려를 치유할 길이 없어 아주 엎어 버리자니 주상 같이 출중한 장수가 필요했던 거야. 나와 우리 폐하가 안 계시면 조선은 안 된다 이거야. 그러니 폐하를 잘 모시고 태자를 탈 없이 지켜 달라 이 말이지. 그래야 한 치 빈틈없이 완벽하게 만든 이 조선을 후손들에게 천년만년 물려줄 수가 있어. 세상 천지에 우리 조선같이 위대한 나라는 없어. 암, 자랑스러운 나라지. 명나라? 흥, 걸승질하던 중놈이 도적떼를 데리고 세운 도적소굴일 뿐이야.”

“예, 명심합지요.”

남은을 비롯해 다들 고개를 끄덕여 아버지의 너스레에 화답했다.

물론 아버지의 말은 다 옳다. 국왕인 이성계 자신이 술에 취하기만 하면 "정도전이 아니면 내가 어찌 오늘 이 자리에 있을 수 있겠는가?"라고 말할 정도였다. 나도 국왕으로부터 직접 이 말씀을 들은 적이 있다. 폐하께서는 워낙 겸손하신 분이라 늘 아버지를 높여 주셨다. 물론 아버지도 스스로 해동장량이라고 자랑하실 때도 있지만 폐하에 대한 충성심만은 언제나 불꽃같으셨다.

사실 중원에서 일어났다 꺼진 수많은 나라를 다 뒤져봐도 조선처럼 기본을 제대로 다듬고 세운 나라는 없다. 명나라만 해도 수적, 비적, 산적, 농민들이 서로 피비린내 나는 전쟁을 벌이다가 살아남은 쪽이 이겼을 뿐 나라를 어떻게 운영해야겠다는 생각을 할 겨를이 없이 황실부터 서 버린 것이다. 그럴수록 아버지에게 조선이란 나라는 자랑스럽지 않을 수 없었다. 길마다 거리마다 가로세로 줄 긋고, 전각 당우를 일일이 세워 이름까지 지었으니 어찌 애착이 가지 않겠는가.

물론 이무 같은 젊은이 생각은 좀 달랐을 것이다. 이미 조선이 선 지 여러 해 되었고, 안팎으로 안정이 되었으니 두 노인들은 빠지고 젊은 이방원이 나서서 좀 더 활기차게 이끌어야 하지 않을까, 이런 생각을 하는 무리들이 간혹 있었다. 국사를 논하는 데 굳이 사서삼경이 왜 필요하냐, 학식은 집에서나 닦고 조정에서는 정사를 다루자는 목소리도 있었다. 아버지가 경연經筵이라는 제도를 만들어 왕과 세자, 당상관들을 밤마다 불러 놓고 주역이며 대학, 중용, 시경, 서경 따위를 공부하라고 했기 때문이다.

아버지가 하신 일 중에는 이처럼 더러 과한 일도 있었으나, 이 무렵 이성계는 곧 세자 방석에게 양위를 하고, 아버지도 더불어 정계에서 아주 물러날 생각을 갖고 있었다. 딱 한 가지, 요동수복만 끝내고. 그래야만 중원에서 벌어지는 정변에 상관없이 독립 왕국을 이끌어갈 국력을 가질 수 있다고 본 것이다.

고려는 약한 나라가 아니었다. 몽골군의 침입을 일곱 차례 막아 내고, 몽골군 사령관을 사살할 만큼 강한 나라였다. 하지만 동쪽 귀퉁이에 웅크려 앉아 있어 가지고는 중원이 어떤 상황인지 눈치를 보지 않을 수 없다. 그러다보니 나라 형편은 날이 갈수록 쪼그라들었다.

그렇기 때문에 아버지는 조선만은 반드시 요동을 수복하여 나라의 크기를 몇 배 키우고, 백성을 몇 배로 불려서 중원에 맞설 수 있는 만전지책을 가지려 한 것이다.

이 무렵 아버지와 이성계는 요동수복이라는 대업을 치르기에 앞서 의기투합한 게 한 가지 더 있었다. 요동을 수복한다는 것은 곧 그곳에 살고 있는 여진족을 끌어들인다는 뜻이기도 했다. 아버지는 내게도 여러 차례 요동수복의 또 다른 중요성에 대해 말씀하시곤 했다.

"고구려는 중국을 위협한 대국이었다. 비록 당나라에 망하기는 했지만 불과 30년 뒤 그 민족 그대로 발해를 건국했다. 발해가 곧 고구려 백성이 세운 나라지. 발해가 망한 지 10년 만에 고려가 후삼국을 통일하고, 그로부터 80여 년 만에 발해 지역 유민들이 힘을 합쳐 금나라를 건국했다. 그 금나라도 망하고 고려도 망해 지금 우리 조선이 섰지만, 요동의 우리 땅은 아직 수복하지 못했다. 고토를 수복한다는 것은 조상들의 유골이 묻힌 우리 민족의 선영을 찾는 일이고, 또 그 땅에 떨어져 살던 우리 겨레를 다시 만나는 것이다. 내가 이번 요동수복이라는 대업을 추진하면서 굳이 여진족과 연합하는 것은 장차 그들과 하나가 되려는 것이다.

나는 일찍이 우리 폐하께서 여진족들을 데리고 최강의 기마군을 조련하신 걸 보았다. 여진족과 우린 그만큼 가까운 것이다. 나와 우리 폐하가 비록 요동수복에 성공한다 해도 마무리는 너희 젊은 세대가 해줘야 한다. 요동이라는 땅만 수복하는 게 아니라 그곳에 남아 있는 고구려 유민들을 되찾아야 한다는 사실을 잊지 말아야 한다. 그래야 우리 조선이 중국에 사대하지 않고 굽실거리지 않고 오직 파란 하늘만 우러르며 떳떳하게 살아갈 수 있다. 명심해야 하느니라."

물론 명심했다. 나도 이성계를 따라 내려온 아리부카며 고루치 등 여진족 친구들을 많이 사귀고, 퉁두란 같은 어른은 가까이서 존경하며 살았다. 하지만 요동수복의 꿈은 하루아침에 날아가 버렸다. 아마도 아버지는 당신의 목숨보다 요동을 수복하지 못하게 된 것, 여진족을 아우르지 못한 것을 더 비통하게 생각하셨을 것이다. 아버지가 꿈꾸는 조선은 요동이 수복되고, 잃어버린 백성 여진족까지 끌어들인 엄청난 대국이었으니까.

나 역시 요동수복을 하지 못한 게 안타깝기는 하지만, 당장 팔뚝에 맥이 뛰고 있다 보니 아버지의 목숨을 빼앗긴 일이 더 분하다. 15년 세월이 흘러도 이 분노는 더 날이 선다. 아무리 굶어도 맥박은 터질 듯이 뛴다. 눈을 떠도 부릅떠지고, 뭘 잡아도 손아귀에 힘이 들어간다. 진달래꽃을 보아도, 노을을 보아도 그때 그 핏빛으로만 보인다.

아버지는 송현방에서도 아마 요동과 여진족에 대해 무슨 이야긴가 하셨을 것이다. 입을 열었다 하면 그 말씀이셨기 때문이다.

눈알을 이리저리 돌리면서 파루 소리에 귀를 기울이던 이무는 가까운 종루에서 2경을 알리는 종소리가 뎅뎅 울려 퍼지자 슬그머니 자리에서 일어났다.

"저, 잠시 집에 좀 다녀와야겠습니다. 조모님 제사가 있는데 시각이 다 돼 가서요."

이무가 자리에서 일어나며 목례부터 했다. 말려도 가겠다는 뜻이다. 물론 삼강오륜이 국법보다 지엄한 조선에서 제사를 말릴 사람은 아무도 없다.

"벌써 통금 시각이 되었군. 대략 얘기는 끝났으니 그럼 자네는 집으로 가 제사를 모시게나. 우린 몇 잔 더 하다가 헤어지기로 하지."

송현방에 모인 사람들이야 삼경이든 사경이든 사대문 안을 마음대로 휘젓고 다닐 특권이 있는 실세들이다. 이무는 아무 의심도 받지 않고 자리에서 물러났다.

"예, 그럼."

이무가 먼저 집을 나갔다. 그러자마자 한 마디 나왔다.

"이무, 저 녀석 요즘 수상한 점이 있습니다. 아무래도 이방원 나리하고 어울리는 것 같은데?"

심효생이 문밖으로 시선을 휘두르며 고개를 갸웃거렸다.

"아무리 왕자라도 이젠 이빨 빠진 호랑이야. 사병을 모조리 빼냈는데 불만을 가진들 무슨 소용인가? 걱정 말라고. 너무 몰아대는 것도 나빠. 이무 제 놈도 머리가 있는 놈이면 이 나라 정사를 누가 좌지우지하는지 뻔히 알 게 아닌가."

남은이 손사래를 치며 술 주전자를 들어 한 잔씩 돌렸다.

"부하들을 무턱대고 의심하면 못쓰네. 의심스러우면 쓰지 말고, 일단 썼으면 믿으라는 말이 있잖은가?"

아버지도 심효생을 나무랐다. 그러면서 아버지답게 호방한 화제를 내놓았다.

"자네들, 요동을 수복하면 말이야. 조선보다 몇 배나 더 큰 땅이 새로 생겨나는 거라고. 관찰사급만 열 명, 병마사나 절도사도 스무 명쯤 뽑아 보낼 수 있지. 무예가 있는 공신 자제들을 골라 보내야겠지. 그래 가지고 북서쪽을 꽉 틀어쥐면 명나라는 대등하게 상대하면 되고, 또 망해 버린 고려 따위는 흔적도 없어지는 거지. 고려가 뭐냐, 5백년이 다 가도록 고구려 고토조차 회복 못하고 어영부영하다가 망했단 말이지. 아, 고구려 백성인 거란족이 요를 세우고, 여진족이 금나라를 세울 때 고려는 저희들끼리 싸움질이나 하다가 허송세월했단 말이야. 그러니 고구려를 이으려면 정신만 이어서는 안 되고, 그 땅과 그 백성을 모조리 되찾아야 하는 거야. 비빌 땅이 있어야 정신도 살아나는 법이거든. 요동평야, 여진족, 거란족, 결코 버려서는 안 될 우리 땅이고, 우리 백성들이야. 그 땅, 그 백성을 되찾고 나면 떠돌이 걸승 주원장이 무슨 수로 우리를 넘보겠나? 암, 어림도 없지. 요 중놈의 해골을 목탁삼아 두드려야 하는데 말이야. 하하하."

"요동을 수복하는 거야 좋지만, 여진족은 오랑캐 아닙니까?"

장지화가 고개를 갸웃거리며 물었다.

"발해가 망한 지 수백 년간 바보 같은 고려는 고구려 백성이던 여진족을 방치했지. 그래서 오랑캐처럼 보인 거야. 하지만 반쪽 고구려인 고려가 한 점 도와주지도 않는데 그네들은 저희들의 힘만으로 북송을 몰아내고 황하 이북을 차지했잖은가. 고구려가 북경 일대 유주를 차지한 후 두 번째 경사였지. 그런데도 여진족이 오랑캐란 말인가!"

"그래도 다들 여진족을 오랑캐라고 말하잖습니까."

"그네들 힘만으로 금나라를 세워 중원을 호령했어. 금나라는 한족들까지 무릎 꿇린 대국이었다고. 오랑캐라니, 가당치 않은 모함일세. 여진족들이 보여 주는 무력이 바로 옛날 고구려와 발해의 기상이었단 말일세. 여진족들이야말로 고구려를 잇고, 발해를 이은 자랑스런 민족이라고 자부한다네. 내가 여진족 추장들과 군사를 논의하면서 늘 부딪쳤던 문제일세. 그러니 같은 민족끼리 이런저런 소리 말게. 조선의 문文

과 여진의 무武가 합쳐지면 천하에 두려울 것이 없어지네. 명나라? 그 거 다 허깨비야."

"삼봉 선생님, 요동을 수복하거든 내친 김에 중원으로 쳐들어갑시 다! 저, 늙거든 북경유수 한번 해 보고 싶습니다!"

남은이 박수를 치며 호응했다.

"이런이런, 내 흉중에 숨긴 비밀을 들켰구나. 핫핫핫. 그러잖아도 요 동을 수복하고 나면 언젠가는 요나라, 금나라처럼 중원으로 쳐 내려가 황하를 굽어볼 생각이었지. 하하하."

"기왕이면 장강까지 내려가 낚시도 해야지요. 물고기가 지천이라던 데요."

웃고 떠드는 가운데 2경이 다가고 3경이 될 무렵이었다.

갑자기 문밖이 밝아왔다.

"웬일인가? 누가 불 썼나? 밖에 누구 없느냐!"

남은이 밖을 향해 물었다. 곧 대기 중이던 종이 응답했다. 군사들은 다 휴가 보내고 종들과 겨우 군사 넷이 남아 밖을 지키고 있었다.

"예, 이웃집에 불이 난 듯합니다."

"어서들 나가 봐. 금화군에도 알리고."

남은은 별일 아니라는 듯 도로 자리에 앉았다. 그러자마자 또 종들 이 다급히 보고를 올려왔다.

"어? 다른 집에 또 불이 붙었습니다. 불이 세 채에 옮겨 붙었습니다. 바람도 안 부는데?"

"어서 군사들을 불러 불을 끄라고 해라. 금화군을 부르라니깐."

"다 자는 시각이라서……."

순간 아버지는 자리에서 벌떡 일어났다. 작은 기미라도 놓친 적이 없던 분이니 한꺼번에 세 채에 붙은 불이 무슨 뜻인지 모를 리가 없었을 것이다.

"뭔가 이상하군. 내가 나가 보지."

아버지는 일 앞에서 머뭇거리는 분이 아니셨다. 즉시 방문을 열고 나가 밖을 내다보았다. 사방에서 불길이 치솟고 있었다.

'예사 불이 아니다.'

얼핏 남은의 집 밖으로 분주히 오가는 그림자들이 보였다. 불을 끄러가는 그림자가 아닌 듯했다. 남은에게 말할 틈도 없었다. 결심하면 바로 움직이는 게 아버지 성격이었다.

아버지는 주저 없이 불이 붙지 않은 이웃집 담장을 넘어 뛰어들었다. 아차 싶은 게 있었지만 이제 그런 걸 따질 때가 아니었다. 담을 넘은 다음 남은의 집을 넘겨다보니 곧 그림자의 정체가 드러났다. 대문이 활짝 열리면서 칼과 창을 쳐든 군사들이 들이닥치는 중이었다. 가만히 보니 제사 지내러 간다던 이무가 앞장서고, 이방원과 한패라고 소문이 돌던 안산군수 이숙번이 군사들을 몰고 있었다. 이방원의 처남인 민무구와 민무질도 뒤따랐다. 그렇다면 어딘가에 이방원도 있다는 말이었다.

'이놈들이 작정을 하고 반란을 일으켰구나.'

아버지는 몸을 피할 데를 찾아보았다. 남은의 집을 둘러싼 세 집이 불타는 중이고, 그가 담을 넘은 집마저 대문이 우지끈 부서지는 소리가 나면서 창검을 치켜든 군사들의 함성이 들려왔다. 그러고 보니 담을 넘어갈 다른 집이 없었다. 외통수에 걸렸다.

담 너머 남은의 집에서는 창칼이 부딪히는 날카로운 소리가 쨍쨍거리더니 외마디 비명과 함께 조용해졌다. 살짝 넘겨다보니 군사들과 종들이 널브러져 있고, 심효생, 이근, 장지화의 머리가 떨어져 나와 마당에 굴러다니는 게 보였다. 피가 흥건했다.

'남은도 죽었겠지. 젠장, 피할 수도 없게 됐구나.'

꼼짝없었다. 사방팔방으로 포위됐다. 어디 뒷간이나 부엌에라도 숨을 수는 있으나 끝내 들킬 것이다. 그럴 바에야 정정당당하게 나서는 수밖에 도리가 없었다.

아버지는 마당으로 나아가 자신을 드러냈다.

"나 정도전, 여기 있다."

곧 그림자들이 횃불을 쳐들고 밀려들었다. 그중 거구의 그림자 하나가 앞으로 달려들었다.

"넌 누구냐?"

"소근이옵니다. 왕자님 종입지요."

낭패다. 소근이라면 얼마 전 군사훈련에 불참한 이방원을 대신해 매를 맞은 하인이다. 하늘이 무너지는 듯했다. 왕자란 물어볼 것도 없이 이방원이다.

"정안군 나리 짓이로군."

이방원 집 종 소근이라는 자가 아버지의 두 손을 묶어 버렸다.

"잘 아시네요? 아무튼 죄송합니다."

호시탐탐 세자위를 노리던 이방원이 거사를 한 것이다. 이날 이방원은 휴가 나온 자신의 사병들을 불러 모으고, 다른 왕자들의 사병들까지 일시에 소집하고, 비밀리에 안산군수 이숙번을 시켜 그곳 군사들을 대동하고 성내로 잠입할 것을 명령해 두었었다. 휴가를 보내면 각자 집으로 돌아갈 줄 알았는데, 알고 보니 주인에게 돌아간 것이다. 그러니 이방원만이 아니라 이방원의 형과 동생들이 거느리던 사병들도 있고, 누군지는 몰라도 이방원에게 붙어먹은 조정대신들의 사병도 가세했을 것이다.

과연 아버지의 독주를 시기하는 공신들도 여럿 참여했다. 이방원은 이들에게 미리 숨겨둔 창과 칼을 나누어준 채 대기하다가, 이무가 정도전이 군사들 호위도 없이 송현방에서 술을 마시고 있다는 정보를 전하자마자 거병한 것이다.

이날 아버지가 술을 마시던 곳에는 지키는 군사가 불과 네 명에 불과했고, 나머지는 말고삐나 잡는 종들뿐이었다고 전한다. 이런 일을 미처 상상하지 못했기 때문에 아버지는 연일 훈련을 해 온 군사들을 조금이라도 더 쉬게 하기 위해 일부러 경계를 강화하지 않았던 모양이다. 적이라면 그저 명나라 황제 주원장뿐이려니 여겼으리라. 군사훈련의 목표도 어디까지나 주원장의 손아귀에 놓여 있는 우리 조선의 고토를 회복하고자 하는 것일 뿐 국내 문제가 아니었다. 그런데 내부에 적이 있었다니. 아뿔싸, 휴가 보낸 장병들이 고향이나 집이 아닌 제 주인에게 돌아가 버렸다니.

크나큰 실수였다. 아버지는 꼼짝없이 현장에서 체포되고, 이윽고 장본인인 이방원이 얼굴을 드러냈다. 그도 긴장했는지 얼굴이 술 취한 사람마냥 벌겋게 달아올랐다. 비록 갑옷을 입고 투구를 썼으나 그는 불과 서른두 살의 청년이다. 어리다면 어린 나이다. 하지만 그가 정몽주를 때려죽인 게 불과 스물여섯 살 때의 일이니 어찌 어리다고만 할 수 있겠는가. 아버지는, 맏아들인 내 나이가 서른여덟이니 서른두 살의 이방원쯤은 언제나 막내아들쯤으로 생각해 크게 경계를 하지 않은 듯하다.

이방원은 정몽주를 때려죽일 때처럼 얼굴이 잔뜩 상기되어 있었다. 그때 아버지와 이방원은 운명을 같이하는 한편이었지만 이제 처지가 바뀌어 필살의 적으로 마주 섰다.

아버지는 아마도 당신의 불찰을 탓했을 것이다. 정몽주를 철퇴로 때려죽일 때의 그 스물여섯 살 이방원을 오판하신 것이다. 선죽교 사건이 나던 해에 아버지는 쉰한 살이셨으니 스물여섯 살 난 이방원을 그저 친구의 어린 자식쯤으로 여겼을 뿐 경계심이란 조금도 없었다. 큰아들인 내 나이가 서른둘이었으니 그럴 만도 한 것이다. 같은 이치로 쉰여섯이나 되었던 정몽주 역시 어린 이방원이 자신을 죽이려 한다는 소문을 듣고도 설마 했던 것이다. 아, 나도 스물여섯 시절을 겪어 봐서 알지만 그 나이에 못할 일이 대체 뭐란 말인가.

아버지는 그제야 이방원이 서른두 살이라는 걸 느꼈으리라. 아버지 나이 서른두 살에 고려를 뒤엎을 야망을 품던 생각을 하고는 그만 현실을 받아들였을 것이다.

"불이 났다길래 가만히 생각해 보니 신하들 중에는 반역을 할 만한 사람이 없습디다. 아니나 다를까 늘 불만이던 나리가 이번 일을 꾸미셨군요? 어떻게 아버님의 나라를 뒤엎을 생각을 하셨소?"

아버지의 꾸지람에 이방원은 얼굴이 화끈거리는지 몇 번이고 눈을 껌벅였다. 그는 다혈질이라서 쉬 분노하고, 쉬 감동한다. 일은 저질렀지만 그래도 그는 우리 아버지를 그의 아버지 이성계의 벗으로 알고 있는 인물이다.

"미안하오, 삼봉. 하다 보니 일이 이 지경이 되었소. 돌이킬 수 없으니 그만 잘 가시오. 길이 멀 테니 마음의 짐이라도 가벼이 하시구려."

"폐하와 내가 어떻게 해서 세운 나란데 이토록이나 허무하게 무너뜨린단 말이오? 하필 왕자가? 병상에 계신 전하를 한 번만이라도 생각해 보셨소?"

이방원은 고개를 돌렸다. 길게 얘기해 봤자 좋은 소리를 듣기는 틀렸다는 표정이었다.

"그 갑옷 입고, 그 투구 쓰고 고구려의 기치를 높이 세워 요동 벌판을 말 달린다면 참 좋았으련만, 겨우 제 아버지의 나라를 뒤엎는데 쓰다니, 얼마나 어리석은 짓을 했는지 깨닫고는 있소? 역사가 용서하지 않을 것이오."

"내가 그 역사를 바꾸겠소."

그러고는 이방원은 목청을 길게 뽑았다.

"여봐라, 역적 정도전의 목을 쳐라. 그리고 정도전의 집에 쳐들어가 그의 자식들을 죄다 죽여 없애라!"

"예잇!"

이숙번이 뚜벅뚜벅 앞으로 나와 단칼에 아버지의 목을 베어 버렸다.

머리가 뚝 떨어지자 이방원의 종 소근이가 상투를 잡아 번쩍 쳐들었다. 아버지는 그렇게 모욕을 당하면서 돌아가셨다.

"천세! 정안군 천세!"

피를 뿜는 아버지의 머리를 바라보는 이방원의 얼굴이 더 붉게 타올랐다. 그에게는 승리의 징표요, 아버지에게는 돌이킬 수 없는 패배의 증거다. 그 한 칼에 요동수복의 꿈이 날아가고, 우리 집안이 이슬처럼 말라 버렸다.

"날랜 군사들을 뽑아 대신들 집마다 보내 모조리 체포하라. 특히 정도전에게 꼬리를 쳐 온 졸개들은 일가족을 죄 묶어 내라. 반항하는 자가 있거든 너희들이 칼을 얼마나 잘 갈았는지 시험해 봐도 좋다. 자, 나머지는 나를 따라 궁궐로 진입한다!"

이 모든 과정을 내 눈으로 직접 보지는 못했으나 들리는 말이 그러하다. 거기서 한두 마디 틀린들 바뀔 게 무엇이 있겠는가. 반역자는 이방원이고, 아버지와 이성계 전하는 패배자가 된 것을. 그리하여 시류에 영합하는 사관놈들은 이방원의 난이 아니라 정도전의 난이라고 사초에 적었을 것이다.

난신적자

굴욕은 아버지로 끝나지 않았다. 이방원은 그의 아버지 이성계 전하까지 굴복시키기 위해 나섰다.

이방원은 조선의 실질적인 창업자인 아버지 정도전을 해친 후 그의 아버지 이성계가 아파 누워 있는 경복궁을 접수하러 군사들을 휘몰아 미친 듯이 달려갔다. 난신적자亂臣賊子들이다.

여기서 한 차례 칼부림이라도 일어났어야 했다. 궁에는 아직 많은 군사들이 남아 있었다. 그 정도면 이방원의 반란쯤은 거뜬히 진압할 수 있었다. 아, 아버지를 따르던 그 정예 부대며 아버지 행차 때마다 갑옷 쇳조각이 부딪히는 소리가 척척척 요란하게, 전후좌우에서 눈을 부릅뜨던 그 용맹한 호위 무사들은 다 어디 있었단 말인가. 적을 보면 굶주린 맹수 떼처럼 달려간다던 삼군부의 그 용맹스런 군사들은 무얼 했단 말인가. 이방원은 송현방으로 쳐들어오기 전에 심복들을 놓아 궁궐 밖 대부분의 전략 거점을 장악했다고 한다. 문제는 궁궐이었다.

궁궐을 수비하는 도성경비대는 총원 846명이다. 846명이면 이방원쯤은 눈 한 번 꿈쩍하는 것으로 제압할 수 있다. 이날 당직 장수는 박위, 조온 두 명이었다. 하지만 이 중 이방원의 고종사촌인 조온은 이미 왕자들에게 포섭되어 있었다. 박위만이 아버지와 이성계 전하에게 충성하는 장수였다. 조온은 궁성 남쪽을 지키던 자신의 휘하 병사들 중 따르지 않을 것 같은 장병들을 미리 휴가 보내고 심복들만 남겨 경비를 서게 하고 있었다.

이방원도 여기가 고비라는 걸 잘 알고 있었다. 그로서는 아버지의 심복이자 국왕 이성계 전하에게 충성하는 박위를 꼭 제거해야만 했다. 그는 박위를 불렀다.

"박위 장군, 나 이방원이오."

"정안군 나리, 웬일이십니까?"

이방원의 신분이 왕자라는 것은 거사를 하기에 여러 모로 유리했다. 덕분에 궁궐 밖 문무 각사를 쉽게 장악했으니 말이다.

"우리 아버지 주상 전하께서 병환이 얼마나 깊은지 알아보러 왔소."

아들이 아버지 문병을 왔다는 데야 명분이 뚜렷하다.

박위는 밖을 내다보았다. 이방원이 사람들을 이끌고 궁문 밖에 도열해 있었다. 왕자이니 사람들 데리고 다니는 게 이상할 건 없다. 박위는 아직 송현방에서 일어난 비극을 전해 듣지 못하고 있었다 한다. 그러니 모든 게 그저 일상으로 보일 뿐이었다. 평화로운 일상, 아버지가 호령하고 국왕 이성계가 다스리는 선비의 나라에서 왕자가 문병을 온 것이다. 얼마나 아름다운 일인가.

박위는 곧 휘하 부하들을 대동하고 문루에서 내려섰다. 궁궐 덧문을 열고 나서니 이방원이 보였다. 그 뒤로 사람들이 죽 늘어서 있는데 이방원의 집에서 일하는 사람들인 것처럼 보였다. 하나같이 무기를 들고 있지 않아서 박위도 깜빡 속았다. 이방원의 사병들은 저마다 옷 속에 무기를 감추고 있었는데.

박위는 안심하고 이방원을 향해 다가갔다. 그리고 말소리가 들릴 만한 20보쯤 앞에 서서 물었다.

"나리, 무슨 일이신데 야심한 시각에 이렇게 많은 사람들을 대동하고 궁에 찾아오셨소?"

"전하께서 위중하시다는 말이 있어 문병차 왔네."

"전하께서는 지금 잘 주무시고 계십니다. 아무 일 없습니다."

"자식인 내 눈으로 확인해야만 하겠네. 자식이 부친 문병을 간다는데 왜 그리 복잡한가?"

박위는 명분으로 밀렸다. 왜 그의 형인 방과나 방간이 나서지 않고 넷째인 그가 나서는지 의문을 가질 새가 없었다. 어쨌거나 그를 막아야 할 이유가 없었다.

"나리 혼자 들어오시겠소? 야간 출입 규정이 까다로워서 저도 마음대로 못합니다.”

“그러리다.”

“그럼 조온 장군과 상의해 보겠소.”

박위는 별일 아닌 것으로 판단하고 뒤돌아서서 궁문을 향했다. 이 순간의 판단이 모든 걸 갈랐다.

조온하고 상의를 하든지 말든지 이방원의 목표는 오직 한 가지였다. 조온은 이미 포섭했으니 박위를 죽이기만 하면 곧바로 궁궐로 진입할 수 있는 것이다. 이방원이 왼손을 쳐들었다.

“쉿! 쉿! 쉿!”

이방원의 사병들이 숨겨 두었던 활을 꺼내 일제히 화살을 날렸다. 박위를 과녁 삼아 날아간 화살들은 그의 등짝에 무수히 꽂히고, 옆에서 호위하던 군사들 어깻죽지에도 박히고, 나머지는 궁궐 문짝을 때리면서 반은 박히고 반은 떨어져 나갔다.

“으, 바, 반란이다!”

박위가 외마디 소리를 질렀지만 화살만 더 받았다. 비명을 들어 줄 군사조차 없었다.

그가 쓰러지자 이방원의 반란군이 우우 하는 함성을 내지르며 궁문을 향해 달렸고, 안에서 상황을 지켜보던 조온이 앞으로 썩 나서며 칼을 높이 쳐들었다.

“우리 왕자님을 막지 말라! 누구든 왕자님을 막는 놈은 내 칼에 죽으리라!”

조온[11]과 그를 따르는 심복들이 재빨리 뛰어나와 궁문에 늘어섰다. 졸지에 장수 박위를 잃은 도성경비대는 우물쭈물했다. 이러지도 저러지도 못하는 고약한 상황이다. 박위도 상급자지만 조온도 상급자다. 게다가 상대는 왕자다. 왕을 지켜야 할 것인가, 왕자를 막아야 할 것인가. 함흥에서부터 이성계 전하와 고락을 같이 해 온 여진족 장수나 병사들이 있었다면 아마도 그들은 목숨을 걸고 싸웠을 것이다. 하지만 퉁두란 등 전하의 심복들은 너무 멀리 있었다. 그런 그들에게 어둠 속에 숨어 있던 안산군수 이숙번이 군사들을 이끌고 앞으로 내달리며 소리쳤다.

"괴수 정도전은 이미 죽었다! 역적이 되려거든 덤비고 그렇지 않으면 칼을 버리고 그 자리에 앉아 무릎을 꿇어라!"

자신들은 반란을 일으켰고, 정도전이 죽었으니 거의 성공했다는 뜻이다. 정도전이 죽었다는 말에 도성경비대는 그만 풀이 죽어 들고 있던 칼을 멀리 집어던지고 뒤로 몇 걸음 물러서서 엉거주춤 무릎을 꿇었다. 조온의 부하들이 뛰어나가 궁문을 활짝 열었다. 그 사이로 이방원이 이끄는 반란군이 저마다 무기를 쳐들고 궁성으로 밀어닥쳤다.

도성경비대는 순식간에 무너졌다. 박위라도 살아 있으면 결사 항전을 벌였겠지만 그가 죽은 마당에는 누구도 목을 내놓고 싸우려 하지 않았다. 남은 장수 조온이 반란군에게 대항하지 말라는 명령을 내렸기

11) 조온은 이성계의 외조카다. 하지만 이방원의 고종사촌이기도 하다. 조온은 이 공로로 2등공신에 책봉돼 토지 150결, 노비 15명, 말 1마리, 금은 장식 띠 1개, 안팎옷감 1필씩을 받았다. 그보다 더 중요한 것은 그의 고손자가 바로 중종대의 개혁가 조광조라는 사실이다.

때문이다. 왕자인 이방원을 막아서는 군사는 아무도 없었다. 그는 거침없이 경복궁을 내달려 모든 궁실을 장악했다. 궁녀들이 속치마 바람으로 뛰쳐나와 우왕좌왕하고, 환관들이 이리저리 숨을 자리를 찾는 바람에 경복궁은 온통 비명이었다.

이 비극은 곧 잠을 자던 이성계 전하에게도 전해졌다. 이윽고 한밤중에 날벼락을 맞은 세자 방석과 그의 형 방번이 울면서 아버지의 침소인 강녕전으로 뛰어들었다. 국왕의 품이니 거기라면 목숨을 지킬 수 있을 줄 알았다. 아버지는 국왕이니 성곽보다 높고 철갑보다 튼튼한 줄 알았다.

"아바마마, 방원 형님이 반란을 일으켜 정도전 대감을 참수하고, 궁을 지키던 박위 장군도 활을 쏴 죽이고 이리 쳐들어오고 있답니다!"

"방원이 이놈이!"

이성계는 눈을 질끈 감았다. 그가 굳이 방원을 밀어두고 방석을 세자로 삼은 이유가 바로 이러한 일이 있을까 걱정해서였다. 그 일말의 불안이 정체를 드러낸 것이다. 걱정만 하고 차일피일 미루면서 아무 조치도 취하지 않은 그의 불찰이었다. 자식인 방원이 이렇게까지 나올줄 이성계는 미처 상상하지 못한 일이다.

이성계가 조선의 태조로 등극하기까지 아들 방원의 공은 컸다. 하지만 그는 민심을 안고 있던 정몽주를 대낮에 인적이 잦은 선죽교에서 보란 듯이 때려죽였다. 아무리 아버지를 위해 한 일이지만 너무 잔혹하고, 포악하고, 무도했다. 쇠망치를 휘둘러 때려죽였다니 골수가 튀어나오고, 시커먼 피는 하늘높이 솟구쳤을 것이다. 지나가던 백성들이 그걸 보았고 소문이 파다하게 퍼졌다. 스물여섯밖에 안 된 놈이 쟁쟁한 맹장들을 다 제치고 손수 일을 저지른 것이다.

자식이 한 일이지만 도저히 잘했다고 칭찬할 수가 없었다. 잘했다고 말하면 이성계가 명분을 잃는 것이다. 더구나 개국을 하는 마당에 그런 방원을 세자로 삼는 건 여러 모로 말이 안 되었다. 그것은 방원이 스스로 감내해야 할 운명이라고 그는 생각했다. 그렇게 방원에게 말한 적도 있다. 그때 아버지 정도전도 역사를 보내 이숭인 등 정몽주 잔당을 죽였지만 그건 어디까지나 정변에 따른 조치이고, 이성계의 어린 아들이 대낮에 정몽주를 때려죽인 것하고는 차원이 다르다고 그는 믿었다.

이처럼 방원이 정몽주를 죽여 주는 바람에 이성계가 무사히 왕위에 오르긴 했지만 이방원은 늘 눈엣가시였다. 이성계만 그런 우려를 한 게 아니라 아버지와 측근들도 다 그렇게 생각하고 있었다. 이방원은 나이가 어리긴 하나 너무 급진적이다, 언제 뒤집고 나설지 모른다는 것이었다. 그는 하고 싶은 말이 있으면 참지 않고 아무 데서나 내뱉고, 하고 싶은 일이 있으면 주저 없이 해치우고 보는 성미였다. 왕자 신분이라 용납되지 그렇지 않았으면 공신들이 그냥 둘 까닭이 없을 만큼 시시때때로 불퉁거리는 제 고집을 놓지 않았다. 아버지가 나오라는 훈련에도 불참할 정도로 배짱이 있었다.

과연 이런 우려답게 이방원은 마침내 이성계의 오른팔인 아버지를 불시에 죽이고, 이어 친아버지인 이성계 전하가 64세의 늙은 나이로 몸져누워 있는 강녕전까지 쳐들어간 것이다.

"세자야, 아무리 그래도 방원이가 동생인 너를 죽이기야 하겠느냐? 너무 무서워하지 말고 이리 와 애비 옆에 앉거라. 방원이 그 애가 본시 성질이 급하기는 하나 너희들을 귀양이나 보내지 달리 어쩌지 못할 것이다. 애비가 이렇게 살아 있잖느냐?"

친아버지조차 자식의 본래면목을 알지 못한다. 이날 이후 전하께서는 자식을 둔 게 아니라 원수를 기른 것이라고 두고두고 후회하셨다고 들었다.

이윽고 다급한 보고를 들고 내관들이 들락거렸다.

사태를 파악한 이성계는 세자 방석과 방번 형제의 손을 이끌어 좌우에 앉혔다. 그러자마자 소름 끼치는 목소리가 들려왔다. 자식의 목소리가 이처럼 낯설고 소름 끼친 적은 일찍이 없었다.

"아버님, 소자 방원이옵니다."

올 것이 왔다. 보아하니 저벅저벅 군사들 군홧발 소리며 갑옷에 단 무쇠절편이 부딪혀 절걱거리는 소리가 쉬지 않고 들려왔다. 강녕전을 통째로 포위하는 모양이었다. 자식이 와 있다는데 불안감이 엄습했다. 백주대로에서 정몽주를 때려죽인 솜씨로 개국1등 공신 정도전을 죽이고, 이제 아버지인 자신까지도 왕위에서 끌어내리려는 모양이라고 생각했다. 반역을 마무리 지으려는 것이다.

'제 놈이 정도전이야 죽였겠지만 애비인 나와 제 아우인 방석, 방번이야 설마 죽이겠는가.'

이성계는 한가한 상상을 하며 침을 꿀꺽 삼켰다.

이제 어떻게 할 것인가. 위화도에서 전격적으로 군사를 돌려 개경을 장악한 이래 이 같은 수모는 처음이었다. 아니, 그의 인생에서 이런 수모는 처음이다. 하필 아들에게 허를 찔리다니. 차라리 주원장과 한판 크게 붙어 요동벌판에서 죽었더라면 후회는 없었을 것이다.

그는 머릿속으로 이 국면을 돌릴 묘수를 헤아려 보았다. 정도전이 죽고, 남은이 죽고, 여러 신하들이 죽었다면 누가 대응할 것인가. 그의 여진족 동지인 퉁두란은 중립을 지킨 모양이다. 이 지경이 되도록 그가 나타나지 않는 걸 보면 은근히 이방원을 묵인했다는 뜻 아닌가. 이방원이 강녕전 문밖에 나타났다면 궁궐수비대는 이미 전멸되었거나 한패가 됐다는 뜻이다. 그렇다면 이 국면을 뒤집을 묘수는……, 없다.

졌다. 아들에게 진 것이다. 개국한 지 불과 6년 만에 벌어진 일이니 고려 유신들의 도움을 청할 수도 없다. 다 죽이거나 유폐시켰으니 달리 누굴 불러 도와 달라고 할 것인가. 조선 천지에 이성계 전하를 도와줄 수 있는 세력은 살아 있는 사람이든, 죽은 귀신이든 아무도 없었다.

불과 6년이라니. 그와 정도전이 함께 만든 선비의 나라가 불과 6년 만에 무너지다니.

이성계 전하는 마른 침을 꿀꺽 삼켰다.

"들어오너라."

이성계는 국왕의, 아니 아비의 위엄을 잃지 않으려 애썼다. 몸져누운 지 오래되어 힘이 들지만 허리를 꼿꼿이 세웠다. 이방원을 상대할 수 있는 그의 무기란 아버지란 위엄뿐이었다.

이윽고 내시들이 열어 준 문으로 방원이 척 들어섰다. 갑옷을 입고 있었다. 투구는 벗어 왼손에 잡았다. 이 사태가 매우 위중함을 강조하려는 듯했다. 그래도 아비 앞이라고 칼은 차지 않았다. 이미 피를 많이 본 얼굴이라서 그런지 두 눈이 붉게 충혈되어 있었다.

"네 이놈."

그뿐 이성계는 다른 말을 꺼내지 못했다. 아버지의 위엄보다 죽음을 무릅쓴 자식의 결기가 더 날카로웠다.

"아버님, 조선은 정씨가 아니라 우리 이씨의 나라입니다. 나가는 길에 아우들을 데리고 가겠습니다. 여봐라, 여기 정도전 잔당이 둘 있으니 어서 끌어내라!"

이방원이 강녕전 밖을 향해 소리치자 조온과 함께 우악스럽게 생긴 군사 대여섯 명이 뛰어들어 방석과 방번을 낚아챘다. 전하로서는 모욕의 순간이었다.

"이놈들이."

이성계 전하가 수염을 파르르 떨면서 소리쳤다. 감히 국왕을 돌려놓고 일개 왕자의 명을 받들다니.

"세자와 왕자를 터럭하나 건드리지 말렷다!"

기껏 그뿐이었다. 이성계는 목이 터져라 외쳤지만 어쩔 수가 없었다. 그저 국왕의 자존심으로 외마디 비명을 질렀을 뿐이다. 정녕 고려 최고의 맹장 이성계, 조선의 창업자 이성계 전하가 할 수 있는 일이라고는 그것밖에 없었다.

그가 한때 군대를 몰아 개경을 차지해 놓고 우왕을 어린애 창왕으로 갈아치웠듯이 이제 이방원도 그렇게 할 것이다. 차라리 정몽주나 조민수에게 당했더라면 덜 억울했을 것이다. 상대가 최영이라면 죽어도 부끄럽지는 않을 것이다. 하필 아들의 반역에 무너지다니, 생각할수록 분통이 터졌다.

이성계는 일생일대의 치욕을 받고도 속수무책이었다. 병든 몸으로는 아무것도 할 수 없었다. 아니, 병이 들지 않았던들 뭘 어떻게 할 수 있었을까. 이제 그는 국왕이 아니다. 실권자 이방원의 늙은 아버지일 뿐이다. 경복궁도 더 이상 그의 집이 아니다. 아들네 집일뿐이다.

하루가 안 가 비보가 전해졌다. 이성계 전하는 그나마 앉아 있지도 못하고 누워 버렸다.

세자 방석은 사건이 일어난 다음 날 대궐 밖으로 끌려 나가 길에서 즉시 참수되었고, 방번은 귀양을 보낸다고 군사들을 붙여 성 밖으로 내보냈는데 양화진까지 가서 그를 호송하던 군사들에 의해 처참하게 죽었다는 것이다. 방원의 죄는 하늘을 찌르건만 조선 땅에는 누구도 그를 벌할 사람이 없었다. 하늘도 노하지 않고 귀신도 잠잠했다. 아침

이 되자 태양도 천연덕스럽게 떠올랐다. 이로써 조선은 방원의 차지가 되었다. 조선은 선비의 나라에서 걸핏하면 사람이나 때려죽이는 망나니의 나라가 된 것이다. 그날 그 시각 이후 내 운명도 나락으로 떨어지고, 내 자식이며 일가친척들이 지옥으로 끌려갔다.

늙은 수군

이것이 그 짧은 시간에 일어난 이방원의 난에 관한 줄거리요, 태조
실록에 대략 기록된 내용이라고 들었다. 허망하고 답답하지만 아버지
는 이방원에게 감쪽같이 당했다. 마치 정몽주가 선죽교 대로에서 이방
원 수하들에게 느닷없이 맞아 죽었듯이 아버지도 그렇게 당하셨다. 그
토록 영명하시던 분이 어찌 그리 어설프게 가실 수 있느냐는 질문을
많이 들었다. 나 역시 고개를 갸웃거렸다. 과연 이방원이 무슨 수로 이
성계 전하를 속이고, 세자 저하를 속이고, 우리 아버지를 속일 수 있었
을까. 수군 15년간 난 이 문제를 골똘히 생각하고, 또 연구했다. 일단
그 다음 일이 어떻게 됐는지 먼저 말해야겠다.

아무리 궁금해도 경복궁 안에서 일어난 사태는 그 정도밖에 모르는 일이고, 우리 집 일은 비교적 소상히 안다.

전날 아버지가 이방원의 칼에 맞아 돌아가시자 이 소식은 가까운 수진방 우리 집에도 알려졌다. 나는 마침 외지에 나가 일을 보던 중이라 도성 안에 없었고, 동생 영과 유가 달랑 칼 한 자루씩 잡고 아버지를 구한다고 밤 깊은 송현방으로 달렸다. 우리 집에도 전에는 사병이 수백 명 있었지만 아버지가 사병혁파를 실시한 뒤 우리 집 사병들부터 가장 먼저 해산시켜 버려 막상 큰일을 당해서는 데리고 나갈 병사가 없었다. 아우들이 몇 안 되는 젊은 하인만 데리고 무모하게 나선 것이다.

하지만 형제는 집을 나서기 무섭게 초저녁부터 배치돼 있던 반란군들과 맞닥뜨려 기어이 죽고, 하인들은 다치거나 꼬리가 빠져라 도망쳐 오고 말았다. 하나 남은 동생 담은 아버지도 이미 처형되고, 제 형 유와 영도 반란군들에게 죽었다는 소식을 듣고는, 어머니의 만류를 뿌리치고 스스로 목을 매었다. 큰형인 나도 연락이 되지 않았으므로 막내는 나까지 죽은 줄 알았던 모양이다. 졸지에 아버지와 내 형제 셋이 황천으로 떠나간 것이다. 잠깐 사이에 내 핏줄 네 명이 죽고, 가솔들 몇이 목숨을 놓았다. 살아 있는 사람도 차마 살아 있다고 볼 수 없는 지경이었다. 어머니며 내 아내, 제수씨들 등 가족들은 서로 부둥켜안고 언제 노비 관비로 끌려갈지 몰라 다들 혼이 빠져 있었다고 한다.

내가 참사가 일어났다는 소식을 들은 건 이튿날이었다. 난 그때 판중추원부사로서 종2품의 매우 높은 관리였다. 내가 무슨 청을 해서 거절할 수 있는 사람은 조선을 통틀어 사실상 아버지밖에 없었다. 정1품직에 있는 분들조차 내게 '해라'를 쓰지 못하고 '해줬으면 좋겠네'라고 점잖게 말하는 게 고작이었다. 그렇다고 거들먹거렸다는 건 아니다. 아버지가 워낙 엄히 다스렸기 때문에 우리 형제들은 매사 조심조심 세상을 살았다.

판중추원부사는 단지 겉으로 달고 다니는 벼슬 이름일 뿐이고 사실 정도전의 장남이라는 명패가 더 빛나던 시절이었다. 정도전의 오른팔이니 왼팔이니, 혹은 측근이니 하는 수식어만 가지고도 조선 팔도에서 통하지 않는 일이 없을 시절이니 장남이라고 할 때는 그 위세가 어떠했겠는가. 하지만 사태가 이렇게 돌아가자 그런 지위며 수식어는 잠시 잠깐 맺히는 새벽이슬처럼 아무런 의미가 없었다. 아버지 정도전이 죽었다는 것은 정도전의 세계가 꺼졌다는 말이 되었다.

아버지의 오른팔, 왼팔, 측근, 자식들, 일족, 심지어 목청에 힘주던 하인들까지 한꺼번에 힘을 잃는 것이다. 그런 만큼 아버지와 형제들이 죽었다는 소식을 듣는 순간 나는 조선 땅에서는 더 이상 목숨을 부지하기 어렵다는 걸 깨달았다. 나는 판중추원부사 정진이 아니라 그냥 정도전의 아들 정진일 뿐이다. 그것도 역적 정도전의 장남이다. 선택할 수 있는 것은 아무것도 없었다. 내가 모르는 사이에, 내 동의도 없이 운명이 정해진 것이다. 알고 보니 내 운명이란 아버지 정도전의 이름에 걸려 있는 한 줄기 바람이나 흐릿한 그림자 같은 것이었다. 그러므로 나는 피할 데가 없었다. 바람이 부는 대로 누우라면 눕고, 꺾이라면 꺾여야 하는 것이다. 그렇다면 정면으로 나가는 수밖에 없었다.

나는 위험을 무릅쓰고, 아니 그런 생각조차 하지 못한 채 도성으로 들어갔다. 아버지가 죽고 형제 셋이 다 죽었는데 대체 내가 뭘 두려워한단 말인가. 죽음조차 두렵지 않았다. 죽더라도 이방원의 손에 죽어 그가 죽는 날까지 한 가닥 죄의식이라도 안고 살아가게 하고 싶었다.

저와 내가 얼마나 가까운 사이였던가. 개경에 살 때는 형, 형 목청 높이며 날 따르지 않았던가. 그런데 어찌 우리 아버지를 죽일 수 있으며, 우리 형제들까지 죽일 수 있단 말인가. 이방원 이놈은 본디 악마이거나 아니면 미친 게 틀림없다고 믿었다. 악마든 미치광이든 조선은 이미 그의 차지가 되었으니 그의 낯짝이라도 보고 죽고 싶었다.

이걸 말해야겠다. 내가 반역이 벌어진 도성으로 향한 데는 본디 용기가 있어서가 아니었다. 아버지와 형제가 몰살했대서 분노가 치밀어 그런 것만도 아니었다. 거듭 말하지만 난 정도전의 큰아들이다. 그렇다면 정도전이 유배가고 폐서인될 때 장남인 나 역시 그랬던 것이다.

정몽주 격살 사건이 나던 전 해, 앞서 아버지가 체포되어 옥에 갇혔을 때 전농정으로 출사해 일하던 나 역시 몸이 뒤틀리도록 쓴맛을 보았다. 그때 정몽주 일파가 우리 아버지를 죽이려고 대간들을 동원하여 갖은 악담을 적어 바치며 연일 성토하는 걸 직접 보았다. 이숭인도 그 패거리였다. 그들의 조종을 받는 형조에서는 아버지를 참형하라는 극언이 줄기차게 나왔다. 그래도 이성계가 두려웠던 공양왕은 아버지를 차마 죽이지는 못하고 폐서인시켜 나주로 유배를 보냈다. 덕분에 장남인 나 역시 폐서인되어 직첩을 빼앗기고, 갖은 수모를 당해 보았다. 그런 만큼 이런 시련이나 고난쯤은 충분히 맛보았기 때문에 새삼스럽게 놀라고 허둥댈 필요가 없다.

이미 반란이 성공해서 그런지 뜻밖에도 도성은 조용했다. 벌써 조정 대신들 대부분이 이방원에게 줄을 섰음이 틀림없었다. 아버지하고 친인척으로 엮이지 않은 사람들이야 창피를 무릅쓰고 그들에게 귀순하면 그만이다. 아버지가 그토록 믿고 아끼던 좌의정 조준, 우의정 김사형이 이미 이방원에게 무릎을 꿇고 반적들과 어울리고 있다는 소문이 돌았다. 내가 한양성으로 들어서는데도 막아서는 사람이 없었다. 이미 모든 게 제압되었다는 뜻이리라. 관문에서 마주친 이방원의 수하들은 나를 알아보고는 "제 발로 죽으러 오다니 미친놈 아닌가." 하는 표정들이었다.

어쨌든 어떤 제지도 받지 않고 수진방 우리 집[12]으로 들어갈 수 있었다. 우리 집에는 빙 둘러가며 창을 쳐든 반란군들이 도열해 있었다. 그들 허락 없이 누구도 드나들 수 없으련만, 그들은 내가 정도전의 장자 정진이라는 걸 알아보았는지 일부러 시선을 외면하고 못 본 척했다. 그들이 쳐 놓은 함정이라고 해도 할 수 없고, 덫이라고 해도 어쩔

12) 지금의 종로구 수송동에 있는 종로구청 자리

수 없었다. 우리 집인 걸 장자인 내가 안 들어가면 어쩌겠는가. 사지라도 들어가야 했다.

밤새 잠을 자지 못하고 불안에 떨던 가족들은 하나 남은 자식인 내가 대문을 밀고 들어서자 한꺼번에 울며 달려들었다. 곡성이 진동했다. 어머니, 제수들, 조카들, 내 아내와 자식들, 그리고 우리 집 하인들. 그리고 싸늘한 시신이 되어 누워 있는 내 막내아우 담. 한눈으로 훑어보니 모두 지치고 놀란 모습들이었다.

이제 내가 이 집안의 가장이다. 아, 그리고 잊지 말자. 나는 상주다.

앞으로 몇 시간 동안이나 가장 노릇을 할지는 모르지만 나는 내 일을 해야 했다. 비겁하게 현실을 피할 생각은 없었다. 개기름 흐르는 이방원의 낯짝이 어른거렸지만 애써 물리치고 나는 더 힘주어 어깨를 폈다. 그래야 우리 가솔들이 기운을 낼 것 아닌가.

"어머니, 진정하십시오. 그간 우리 집안이 몇 해간 부귀를 누렸으니 이런 욕도 볼 수 있는 것 아닙니까. 새삼스러울 게 없습니다. 언제는 이런 핍박을 안 받았습니까?"

"오냐. 혀를 물 때 물지언정 떳떳하고 당당하렴."

"그래야지요. 제가 왜 이방원 같은 난신적자에게 머리를 숙이리까. 일단 사람이 죽었으니 장사부터 지내야겠습니다."

가솔들은 내가 없는 사이 장사를 어떻게 지내야 할지 몰라 우왕좌왕했던 모양이다. 하긴 반적들이 대문을 가로막아 지켜 서 있고, 사내라곤 없는데 무슨 수가 있었으랴. 아버지와 아우들의 시신은 아직 집안으로 들여오지도 못한 상황이었다.

"놀라지들 마시오. 내가 아버님과 아우들의 시신을 찾아올 테니 담의 시신이나 잘 지키고 있으시오. 어머니, 염을 해야 하니 수의를 네 채 지어 주십시오. 아니, 하인들도 죽었다니 몇 벌 더 마련해야겠습니다. 여보, 그리고 제수씨들. 울지 말고 베를 잘라 바느질을 해 주시오. 내가 살아 있고, 내 자식이 살아 있고, 내 조카들이 살아 있는데 울기만 할 수는 없소. 하늘 안 무너집니다."

그 말에 또 곡성이 일어났다. 내 목소리가 너무 비장했던 모양이다.

나는 우선 아버지와 영, 유 두 아우의 시신을 찾아 나섰다. 내가 늙은 하인들과 함께 수레를 끌고 송현방에 이르렀을 때 아버지의 처참한 시신은 반란군들이 지키고 있었다. 우리 집에서 지척이건만 아직 집으로 돌아가지 못하고 차가운 길바닥에 누워 있는 것이다.

"내가 누군지 아느냐?"

군사들에게 호령하니 그들은 대답 대신 뒤로 물러섰다. 누군지 안다는 태도였다. 어제만 해도 내 호령 한 마디에 벌벌 떨 그들인지라 아직 바뀐 세상이 낯선 모양이다.

"그렇다. 나는 정도전의 장남 정진이다. 우리 아버님 시신을 수습하러 왔다."

그들은 막지 않았다. 준비해 간 베로 피에 젖은 시신을 감싸 수레에 모셨다. 아버지 머리는 따로 챙겨 간 하얀 비단에 감싸 직접 들었다. 손발이 떨렸다. 피가 엉긴 머리카락을 보니 눈물이 왈칵 쏟아졌다. 옷소

매로 얼른 훔쳤다. 놈들에게 눈물을 보이기도 싫었다.

오는 길에 가까운 골목에 방치되어 있던 유와 영의 시신도 찾았다. 아우들은 송현방에 다 가기도 전에 골목길에서 마주친 반란군들과 교전을 하다 무수히 날아드는 칼에 그만 목숨을 잃은 듯했다. 시신은 형체를 알아보기도 힘들 만큼 많이 찢겨져 있었다. 팔뚝이 잘려나가고, 가슴께에 몇 군데 자상이 뚜렷했다. 떨어져 나간 팔은 옷을 보고 누구 것인지 맞췄다.

"어머니가 보시면 안 되니 염을 하듯이 단단히 묶자."

나는 하인들과 함께 육친 세 구를 꼼꼼하게 수습하고, 이어 우리 집 가솔로서 형제들과 함께 나섰다가 죽은 하인들 여섯 구를 더 수습해 집으로 돌아갔다. 시신 아홉 구가 한꺼번에 집안으로 들어서자 또 곡성이 하늘을 찌르는 듯했다. 아버지와 형제들 시신은 본채로 들이고, 하인들 시신은 별채 마루에 안치했다.

시신을 수습해 오는 사이 상주가 왔다는 소식을 들은 숙부 도존과 도복 두 분이 죽음을 무릅쓰고 찾아오셨다. 숙부들을 뵈니 눈물이 마구 흘렀다. 그제야 숨이라도 쉴 것만 같았다. 사촌들도 어리둥절한 얼굴로 따라왔다. 숙부 두 분은 참판과 판윤 벼슬을 갖고 있지만 이미 나 같은 신세. 나 역시 내 벼슬을 나타내는 인수를 아직 목에 걸고 있지만 숙부들도 그러했다. 혹시나 그게 무슨 도움이라도 되지 않을까 싶어 내팽개치지 못하는 것이다. 무용지물이라는 걸 뻔히 알면서도 그랬다. 이번 사건은 아버지만의 문제가 아니라 우리 집안 전체의 문제가 돼 버렸다. 죽어도 같이 죽고, 살아도 같이 사는 수밖에 달리 수가 없다. 뺀다고 되는 것도 아니고, 방원에게 귀순한다고 받아줄 처지도 아니다. 아버지가 무너질 때 우리 봉화 정씨도 무너진 것이다.

나는 침착하게 장례 절차를 진행했다. 머리와 몸통을 실로 꿰어 잇고, 떨어져 나간 사지를 맞춰 붙였다. 숙부 두 분이 직접 베를 잡았다. 어머니와 제수씨들은 얼마 보지 못하고 실신해 버렸다. 내 자식들과 조카들은 자리를 지키도록 명했다. 대여섯 살 난 조카들이며 사촌들도 일부러 보게 했다. 집안 가솔들도 모두 나와 보게 했다. 하인 여섯 구도 사람으로 태어나 이 세상을 살았으니 어미가 있고, 아비가 있는 이들이다.

"두 눈 부릅뜨고 똑바로 보아 두어라. 그리고 분노를 가슴속 깊이 묻어라. 가을에 묻는 씨앗이니 얕게 묻으면 장차 엄동에 얼어 죽을 것이요, 너무 깊이 묻으면 때가 되어도 싹이 나지 못할 것이다."

나는 법도에 한 치도 어긋나지 않게 제사를 드리고, 장례 절차를 지켰다. 문상객은 없었다. 천하를 호령하던 아버지가 죽었는데 문상객이 한 명도 없는 것이다. 아버지와 함께 가신 분들 댁도 마찬가지일 것이다. 우리 집도 사촌까지는 내 일이다 하여 다들 모였지만 육촌부터는 아무도 오지 않았다. 그 화가 어떨지 다들 알기 때문이다. 안 오는 게 우릴 도와주는 것이요, 그나마 우리 봉화 정씨의 장구한 앞날을 보전하는 길이다.

시신이 온전하다면 며칠 집에 머물게 하고 싶었지만 시신을 감싼 베가 붉게 물들고, 핏물까지 새나와 오래 머물 수가 없었다. 냄새까지 역하게 났다. 즉시 장지를 정해 떠나기로 했다.

고민하다가 한강 너머 우면산에 묘를 쓰기로 했다. 강 이북에 쓰면 역적들이 시신을 또 훼손할지도 모르기 때문이었다. 물론 이방원이 기어이 방해를 한다면 어쩔 수 없는 일이지만 아직까지 아무 기미가 없는 것으로 보아 장례를 지내는 것까지는 막지 않을 모양이다. 하긴 이런 일까지 자신들의 손으로 치르고 싶지는 않을 것이다. 또 한때나마 세상을 호령하던 분의 시신을 아무데나 방치하여 민심을 흥분시키고 싶지도 않을 것이다. 아버지를 흠모하는 백성이 도성 안에도 많다고 들었으니, 이들이 격노하는 걸 바라진 않을 테니까.

피가 빠져 가벼워진 내 피붙이, 그리고 주인 잘못 만나 비명에 간 하인들의 시신을 수레에 실었다. 평소 아버지가 타시던 수레를 내어 아버지를 모시고, 형제들과 하인들은 따로 말이 끄는 수레를 내어 실었다. 만장은 없다. 숙부는 이성계 전하가 친히 내린 '유종공종儒宗功宗'[13] 넉 자만은 내걸자고 했지만 내가 반대했다.

마주치는 행인들은 나와 아들, 조카들, 사촌들이 가까스로 지어 입은 상복이 있어 그나마 장례행렬임을 알아볼 것이다. 또 하인들은 젊은 나이에 죽었으니 자식은 없고, 대신 아비가 있어 땅 파는 연장을 들고 이 행렬을 따르며 눈물을 지을 뿐이다. 빌어먹을, 노비들은 제 자식

---

13) 조선 건국 후 이성계는 "학문으로도 으뜸이요, 공으로도 으뜸(儒宗功宗)"이라는 현액을 정도전에게 내렸다. 이 현액은 이방원의 난 때 잃어졌는데, 후일 고종 때 대원군이 복원해 주었다.

이 죽었는데도 마음껏 울지도 못하고, 제 손으로 묻어야 한다.

어머니와 제수씨들은 문밖으로 나오지 못하게 했다. 늙은 어머니는 몰라도, 아마 제수씨들은 누군가의 첩으로, 혹은 관기로 붙들려 갈지도 모르는 일, 어서 정을 떼는 게 나을 것이다. 정씨가의 며느리로 사는 것도 아마 하루 이틀밖에 시간이 없을 것이다. 살아남은 하인들도 돈으로 거래될 수 있는 재산인 만큼 놈들이 공을 다투어 빼앗아 갈 것이다. 어쩌면 수레를 끄는 말이나 가축들까지 내일이나 모레쯤은 방원의 수하들이 끌어갈 것이다.

아버지 생신 때 이 큰 우리 집이 비좁을 만큼 모여들었던 관리들은 말할 것도 없고, 문안 인사차 수시로 드나들던 친척들마저 반적들이 두려워 얼굴을 내밀지 않았다. 정승 집 개가 죽으면 문지방이 닳고, 정승이 죽으면 문전이 쓸쓸하다는 속담처럼 참으로 허전하다. 오늘따라 바람 한 점 불지 않는다. 지저귀는 새 한 마리 없다.

방원이 네가 아무리 그런들 우리 봉화 정씨를 다 죽이기야 하겠는가. 이 장례 행렬 중 한 목숨이라도 살아남는다면 언젠가는 이 억울한 일을 낱낱이 밝힐 수 있게 될 것이다. 또 알겠는가. 피를 물고 달아난 오원이 초평왕에게 복수하듯[14] 후손 중 누군가 칼을 갈게 될지.

상여가 아닌 수레가 문밖으로 나서자 우리 집을 포위하고 있던 반란군들이 길을 터 주었다. 그들도 사람인지라 장례까지는 허용하는 모양이었다. 이방원의 알량한 자비다. 그는 웃으면서 칼을 쓰는 놈이니, 어제는 반적이었지만 오늘은 자비로운 부처의 몸통이나 말 잘하는 공자의 혓바닥이 되어 있는지도 모른다. 정몽주 같은 적 앞에서 우리 양가가 한 편일 때 그는 얼마나 정답고, 의리 있고, 살가운 아우였던가. 그런데 이런 악행을 저지르다니 나쁜 놈, 정말 인간 말종이다.

마포나루에서 한강을 건너 남쪽 우면산까지 배를 타고 건넜다. 사공은 말없이 노를 저었다. 저도 간밤의 정변 소식을 들었으련만 아는 척도 하지 않고 굵은 팔뚝을 드러내고는 씩씩하게 물길을 휘저었다.

우면산, 아버지는 그곳이 자신이 묻힐 곳이라는 건 상상하지도 못하고 땅을 사 두었을 것이다. 하긴 나도 내가 묻힐 땅이 어디일지 모르는데 아버지인들 아셨겠는가. 살면 집이요, 묻히면 묘지이거늘.

절차랄 것도 없었다. 숙부들이 이리저리 좌향을 살피다 정한 자리가 곧 아버지 묘지가 되었다. 이제 아이들과 함께 구덩이를 깊이 파고 차례로 시신을 묻으면 그만이었다. 다만 뼈대 있는 가문으로서 장례 절차만은 폐할 수 없어 모든 걸 법도에 맞추어 했다. 못한 게 있다면 묘역을 넓게 다스리지 못한 것, 봉분을 높이 올려 세우지 못한 것이다. 힘

---

14) 전국(戰國) 시대 초나라 초평왕(楚平王) 시절, 태자 건(建)의 스승으로 오사(伍奢)와 비무극(費無極)이란 사람이 있었다.
어느 날 태자가 혼인하려고 진나라에서 공주를 데려오는데, 신부를 모시던 비무극이 공주의 미모가 뛰어나자 미리 초평왕에게 달려가 후비로 삼을 것을 종용했다. 어리석은 초평왕은 비무극이 하자는 대로 해서 며느릿감을 빼돌려 자신의 후비로 삼아 버리고, 태자에게는 다른 신부를 구해 주었다.
이렇게 해서 초평왕의 총애를 받은 비무극은 실권을 쥐었는데, 이 비밀이 태자에게 새 나갔다. 그러자 그는 태자를 죽이려다 실패하고 도리어 태자의 스승인 오사에게 죄를 뒤집어씌웠다. 복수를 하지 못하게 하려고 오사의 아들 오상을 함께 죽이고, 오원도 죽이려 했다. 그러나 오원은 천신만고 끝에 오나라로 달아나 복수의 칼을 벼렸다. 오나라에서 공자 광에게 접근한 그는 마침내 그를 왕이 되게 하여 크게 신임을 얻었다. 그가 오왕 합려다. 오원은 오왕을 설득하여 군대를 기른 뒤 마침내 16년 만에 손자로 유명한 손무 장군과 함께 초나라를 침공하여 초나라 도읍을 함락시켰다. 그러나 원수인 비무극은 간신질을 계속하다가 백성들에게 붙잡혀 끝내 참수되었고, 초평왕은 늙어 죽어 버린 뒤였다. 오원은 하는 수 없이 초평왕의 무덤을 파헤쳐 시체를 끌어내어 가죽 채찍으로 3백 번이나 매질을 하였다.

이 들어 그러지 못한 이유도 있지만 반적들이 몰려와 또다시 시신을 훼손할까 봐 걱정하는 마음도 있었다. 그래서 떼는 아예 심지 않았다. 그 대신 보랏빛 쑥부쟁이와 노랗게 핀 감국 여러 포기를 떠다가 떼 대신 심었다. 그러고는 봉분에서 한강을 내려다보며 위치를 외우고 또 외웠다. 특히 어린 조카들에게는 몇 번이고 한강 물굽이를 재가며 봉분의 위치를 알아 두라고 채근했다.

"우리가 집으로 돌아가면 무슨 운명이 기다리고 있을지 아무도 모른다. 나야 죽음을 면치 못하겠지만, 너희들은 노비가 되어 관이나 반가로 끌려갈 것이다. 너희가 죽도록 면천이 되지 못한다면 할 수 없지만, 혹시나 좋은 세상을 만나거든 그때 이곳으로 다시 와 제물도 올려 주고, 봉분도 높여 주고, 푸른 떼도 입혀다오. 한 해나 이태만 되어도 이곳은 풀이나 잡목으로 우거질 것이다. 그러니 잘 봐 두어야 한다. 오른쪽 강건너 보이는 저 봉우리가 아차산 용마봉이고, 강 건너 왼쪽 끝이 마포나루다. 저기 참나무 가지 사이로 남산 봉우리가 보이니 잣대로 삼기 좋겠구나."

하인들의 시신은 아랫자리에 잡아 잘 다듬었다. 혹시라도 반적들이 찾으면 이 묘를 보고 착각하라고 봉분을 더 높이 올렸다. 내가 시킨 게 아니라 죽은 하인들의 늙은 아비들이 주인을 위해 자청했다. 그렇게 해서라도 죽은 자식의 봉분을 높이고 싶었는지도 모른다. 그래서 가져온 떼는 아버지 묘가 아니라 하인들의 묘에 얹혀졌다.

우리는 장례를 마치고 나서 집으로 돌아갔다. 그리고 사랑채에 앉아 이방원이 보내올 저승사자를 기다렸다. 숙부들도 피하지 않았다. 죽이려 들면 죽을 것이요, 귀양을 보낸다면 가리라 작심했다. 작정하니 무서울 것도 없다. 뭐 이런 고난이 내게 처음 있는 일도 아니잖은가. 아버지는 수없이 겪은 일이고 나도 고려조에서 겪을 만큼 겪어 보았다.

보수파 대간들의 공격이 거센 가운데 이성계 장군은 정치에서 손을 떼고 고향으로 돌아가겠다며 수수방관하던 무렵이었다. 결국 보수파의 눈길은 이성계의 복심인 아버지에게 꽂혔다. 그들은 떼를 지어 아버지를 탄핵했다. 아버지 한 분만 물고 늘어졌다. 정도전 없는 이성계는 허수아비라는 말이 공공연히 돌았다. 공양왕을 업고 전날의 동지인 정몽주가 쑤셔 대는 일이니 아무도 막아 줄 사람이 없었다.

공양왕은 처음에는 못이기는 척 아버지를 평양부윤으로 내보냈다. 평양부윤이란, 아버지에게는 미관말직이나 다름없는 자리였다. 하지만 예상 외로 이성계 장군의 반발이 미약하자 공양왕은 열흘 만에 못이기는 척 대간들의 탄핵을 받아들였다. 아버지는 관향인 봉화로 유배되었다. 그러도록 이성계 장군은 한 달간 말이 없었다. 용기를 얻은 보수파 대간들은 아버지를 극형에 처할 것을 주장했다. 공양왕은 끝내 공신녹권을 박탈하고 아버지는 물론 나와 내 아우의 벼슬까지 삭탈해 버렸다. 숙부들도 그때 곤욕을 치렀다. 더욱더 용기를 얻은 공양왕은 우리 집안의 신분마저 서인으로 강등시켰다. 나도 내 아우도 느닷없이 벼슬을 내놓고 집으로 돌아가 근신해야만 했다. 언제 어떤 일이 일어날지 하루 앞도 내다볼 수 없는 캄캄한 시절이었다. 믿을 구석은 오로지 이성계 장군 한 분뿐인데 막상 그분은 말씀이 없으셨다.

그럴수록 정몽주의 무리들은 성을 풀지 않았다. 아버지의 외할머니가 천출이라는 모욕까지 서슴지 않았다. 듣다듣다 별 소리를 다 듣는다고 아버지는 한숨을 쉬셨다. 위화도 회군으로 개경을 점령하기까지 평생을 동지로 두 손 잡고 살아 온 정몽주가, 또 이성계 장군 막하에서 오래도록 함께 지낸 그 정몽주가 이제 와서 저는 공양왕을 받들고, 아버지는 이성계 장군을 받든다고 해서 그토록 악랄하게 군 것이다. 저도 한때 이성계 장군을 섬기어 고려왕실을 엎는 데 앞장섰으니 배신한 건 아버지가 아니라 정몽주 아니던가.

정몽주는 아버지 정도전이 고향에서 유배하는 건 너무 편할지 모르니 더 먼 곳으로 쫓아내라고 우겨 아버지는 다시 먼먼 전라도 나주로 이배되었다. 아버지가 머나먼 나주로 끌려가며 지은 시가 한 수 있다.

세상사는 시운을 좇아 변해만 가고
인정은 세상사를 좇아 옮겨만 가네
만나는 사람들이 나를 묻거든
병이 많아 시 읊기도 폐했다 하오

이런 처절한 배신을 겪고 체험한 내가 무슨 요행을 바라겠는가. 세상사는 시운을 좇아 변해만 가고, 인정은 세상사를 좇아 옮겨만 간다, 이 말에서 틀린 글자가 한 자라도 있는가. 세상이 망하는 날까지 아버지의 이 시는 결코 녹슬지 않을 것이다.

기다리자. 기다리면 이익을 노리거나 이방원의 눈치를 읽은 놈들이 몰려올 것이다. 세상이 바뀌었으니 바뀐 세상에 적응한 무리가 들이닥쳐 우리를 몰락시켜 줄 것이다.

과연 저녁이 되기 전 이방원의 명을 받은 듯한 반란군 무리가 새로 들이닥쳤다. 그들은 나와 우리 어머니, 내 아내, 내 자식, 숙부들과 사촌 등 모든 가속을 체포하여 순군옥으로 끌어다 가두었고, 하인들만 남겨 두었다. 하인들은 다쳐서는 안 되는, 말이나 소 같은 생구生口이기 때문이었다.

아, 어제 낮만 해도 육조거리를 누비는 군사란 군사는 모두 아버지의 명령을 받는 이들 뿐이었는데, 하룻밤 새에 아버지의 군사는 하나도 보이지 않고, 오로지 적으로 가득 차 있다니, 이런 세상사를 어떻게 믿으란 말인가. 누가 시키지도 않았으련만 이놈들은 일부러 내 손을 우악스럽게 묶어 버렸다. 그래, 그것이 내가 예상하던 바요, 우리 가족이 기다리고 있던 운명이다.

막상 옥에 갇히니 사랑방에 앉아 불투명한 운명을 기다릴 때보다 더 마음이 편했다. 목숨에 대한 미련을 버리고 나니 잠도 잘 오고, 역적들이 주는 거친 보리밥도 달게 씹혔다.

이제부터 나와 우리 가족의 목숨은 오로지 미친 이방원의 손에 달린 것이다. 아니, 도성에 들어서면서부터 나와 우리 일족의 목숨은 이방원 그놈의 손에 들어간 것이다. 이날은 8월 27일(양력 10월 15일), 아버지 정도전이 비명에 가신 이튿날이다.

순군옥에 갇힌 지 20일이 더 지나서야 어명이 떨어졌다. 어명이란 이방원의 지시에 의해 둘째왕자 방과가 내린 것이었다. 이성계는 사건이 난 지 열흘 만에 왕위를 내던지고 고향 함흥으로 돌아가 버렸고, 왕위에 바로 오르기가 멋쩍었던 방원은 9월 5일, 일단 맏형 방과[15]에게 왕위를 잇게 했다. 그 이가 정종 이방과다.

이성계 전하는 이러지도 저러지도 못한 채 전전긍긍하다가 병상의 몸을 일으켜 고향으로 물러난 것이다. 전에 정몽주의 공격이 하도 거세어 우리 아버지가 귀양 가고, 몇몇 측근들이 수세에 몰릴 때도 이성계는 그렇게 우유부단하게 처신했다. 툭하면 고향 함흥으로 돌아가리라, 이렇게 말해 따르는 이들의 기운을 쏙 빼 놓곤 했다. 이번에도 단 열흘 만에 달아나는 것으로 보아, 그때 만일 이방원이 정몽주를 때려 죽이고, 아버지가 이숭인을 죽이지 않았더라면 그는 정말 함흥으로 물러갔을지도 모른다. 참으로 무책임하도다. 자신을 왕으로 만든 해동장량 정도전이 죽었건만 방원을 야단 한 번 치지 못했으며, 애지중지하던 세자 방석과 방번이 무참히 살해되었어도 아비의 분노조차 표하지 못했다. 하다못해 이방원의 졸개 한 놈 잡아 죽이지 못했다. 그래도 일국의 왕이요, 반역의 주범 이방원의 친아버지인데 그를 잡아 죽이지는 못할망정 세자를 죽이고 세자의 형을 죽인 군사를 붙잡아 목을 치기로

---

15) 장자 이방우가 죽어 둘째가 실질적인 장자노릇을 했다.

말한다면 아무도 어쩌지 못할 텐데, 그는 끝내 왕이기를, 아버지이기를 포기한 것이다.

우리 아버지는 왜 이 용렬한 인물을 국왕으로 옹립해 놓고 민본民本이 서 있는 나라, 재상들의 나라, 철학으로 다스려지는 나라 같은 불가능한 꿈을 꾸었단 말인가. 아버지가 꿈꾸던 나라라는 게 이토록 허망한 신기루였던가. 전쟁터에서 적의 창검과 기치가 펄럭이고 용맹스런 아군이 내 앞에 도열해 있을 때나 싸울 줄 알지 피아가 뒤섞인 정치판에서는 한 수도 읽어내지 못하는 이런 하찮은 인물, 어째서 해동장량을 자처하던 아버지는 이성계 전하의 속을 들여다보지 못했단 말인가. 진짜 장량은 유방을 앞세워 한나라를 창업한 뒤 스스로 물러나며 고개를 갸웃거리는 아들에게 이런 말을 했다잖은가.

살구꽃은 3월에 피고 국화꽃은 9월에 핀다. 꽃도 스스로 피고 지는 때를 아는 데 하물며 사람이 나아가고 물러날 때를 몰라서야 되겠느냐?

그러고 보면 아버지는 생전에 늘 해동장량이라고 말씀하셨지만 이제 사람들은 토사구팽당한 한신이었을 뿐이라고 비아냥거린다. 그래서 더더욱 내 속이 시커멓게 탄다.

9월 18일. 사헌부에서 우리 집 가산을 적몰하라는 청을 냈는데 가산은 놓아두고 아버지와 나, 그리고 숙부들, 현감 같은 벼슬을 살던 사촌들이 녹봉 삼아 받은 과전科田만 회수하라는 영이 떨어졌다. 나는 뭔가 이방원 놈이 뉘우치는 구석이 있는가 보다 미련을 가졌다. 그러나 그것은 알고 보니 고양이가 쥐를 놀리는 꼼수였다. 어차피 순군옥에 갇혀 있는데 하루 늦은들 이틀 늦은들 이방원이 손해 볼 건 하나도 없잖은가.

며칠이 지나지 않아 놈의 하수인들은 주인은 없고 하인들이나 지키던 우리 집으로 쳐들어가 문갑이며 장롱을 마구 뒤져 끌어내 놓고 그중에서 아버지의 공신녹첩을 빼앗아 가고, 그런 다음 순군옥에 갇혀 있던 우리 집안 식구들을 모조리 폐서인시켜 버렸다. 이성계가 친필로 하사한 '유종공종儒宗功宗' 현액이 사라진 것도 이때다. 서인이 되는 마당에 내 벼슬인 판중추원부사 인수가 떨어진 것은 말할 것도 없다. 난 벼슬아치도 아니고, 양반도 아니고, 서인이 된 것이다. 오늘에야 공식적으로 내 직책이 사라진 것이지만 사실상 이 모든 것은 아버지가 이방원의 칼에 맞는 그 순간 정해진 것이다. 정경부인이던 어머니의 작위는 누가 일부러 떼어가지는 않았지만 낙엽처럼 저절로 떨어졌다.

그뿐이 아니었다. 차라리 서인이라면 어디 밭이라도 갈아가며 여생을 살아갈 수도 있다. 자식의 재롱을 보며, 아내의 손목이라도 잡아 가며 나름대로 재미나게 살 길이 있었을 것이다. 이방원은 그것마저 허용하지 않았다. 선죽교에서 굳이 정몽주의 골통을 부술 때처럼 싹을 아예 잘라 버리는 이방원 특유의 잔인함이 서늘하도록 느껴졌다.

나와 내 아들 래에게 어명이 떨어졌다. 어명은 방과의 이름으로 나오지만 실제로는 방원이 조종하는 것이었다. 유배보다 더한 처벌, 전라도 수군으로 가라는 명령이었다. 우리 부자는 역적의 자손이므로 감시자까지 붙었다. 수군으로 가라는 것은 예로부터 가장 모욕적인 형벌이다. 모든 조선시대 형벌 중에서 무섭기로는 참수형이 제일이라지만 사실 죄인을 가장 모멸스럽고 고통스럽게 하기로는 수군형보다 더한 것이 없다. 죽이는 것도 아까워 죽을 때까지 고생이나 실컷 하다 죽으라는 잔혹한 형벌이다. 그러니 활 잡고 칼 쓰고 대포 쏘는 수군이 아니라, 노를 깎거나 젓고 전함을 수리하는 노역을 하라는 것이다. 역적이라서 칼이고 활이고 무기 근처에는 얼씬도 못한다. 수군이 배에서 내리면 얼른 올라가 청소를 하고, 뱃바닥을 닦고 쓸고, 끙끙거리며 배를 끌어올려 정박시키는 게 형벌을 받은 수군의 일이다. 언제 끝난다는 기약도 없다.

　우리 부자의 처지는 참으로 비참했다. 다행히 집은 빼앗아 가지 않아 노모와 처, 제수씨들과 어린 조카들은 수진방으로 돌아갈 수 있었다. 노모께서는 남편의 공신녹첩을 빼앗기고, 네 아들 중 세 아들이 비명에 가고, 하나 남은 아들마저 큰손자와 함께 수군으로 끌려가니 울고 또 울어 내 발걸음이 모래주머니라도 채운 양 무거웠다. 그래도 가산이 그대로 남아 있어 비록 신분이 서인으로 강등되었다지만 얼마간 버틸 수는 있으리라고 생각했다. 숙부들도 귀양을 간다니 그만한 게 다행이다. 그러나 우리 모두 목숨이나 부지할 뿐 그것으로 대체 무엇을 할 수 있을 것인가. 문밖으로 웃음소리 한 마디 흘려 보내서는 안 되는 역적의 집안인 것을. 봄이 와도 꽃을 즐기지 못하고, 여름이어도 모시옷 입고 정자에 올라가 부채질을 할 수 없으며, 가을이 되어 단풍을 구경해도 안 된다. 사람이 안 사는 것처럼 숨죽이고 대문 밖 출입을 해서는 안 된다.

놀랄 사이도 없이 우리 부자는 전라도 수군이 되기 위해 길을 떠났다. 우리 부자를 호송하는 철없는 군사들은 걸핏하면 창끝으로 등을 쿡쿡 쑤시며 괜한 걸음을 재촉하고, 큰아들 래는 겁에 질려 내내 울어 댔다. 녀석은 제 몸이 아프거나 괴로워 우는 게 아니라 제 애비인 내가 같잖은 군사들에게 모욕을 당하는 게 서러웠던 것이다. 제 아비가 말단 군사들에게 이토록 당하리라고는 차마 상상하지도 못했을 것이다.

원래 망하면 그렇게 되는 것이다. 벼슬이 한 품이나 두 품쯤 떨어지는 게 망하는 것이라면 오죽 좋으랴. 재산이 천 석에서 구백 석이나 팔백 석으로 줄어드는 것이라면 오죽 좋으랴. 그러나 망한다는 것은 있는 걸 다 바치고도 모자라 미래며 희망마저 모조리 빼앗기는 것이다. 목을 바치고도 모자라 아내를 적의 처첩으로 빼앗기고, 자식을 노비로 잃는 것, 이것이 망하는 것이다.

내 나이 서른여덟, 우리 큰아이 래 열여덟. 신체적 고통은 견딜 만한 나이긴 하나 그간 너무 호사스럽게 산 몸이 힘든 것이다. 아들은 태어나서 처음 이런 끔찍한 일을 겪는다.

돌이켜 보니, 우리 아버지가 유학으로도 으뜸이요, 공적으로도 으뜸이라는 태조 이성계 전하의 '유종공종儒宗功宗' 휘호 넉 자를 자랑 삼아 그 주인인 정도전의 자손들인 우리는 한 시절 참 잘 살았다. 아버지 덕분에 우리 형제, 우리 가솔들은 어려움이 뭔지, 고통이 뭔지 잊고 재미나게 살아 왔다. 우리 집 노비들까지 어깨를 펴고 목청껏 소리 지르며 살았다. 그러니 내 아들 래야말로 원래 우리 세상은 그런 줄 알았으리라. 그런데 그 영예로운 휘호를 아버지 장례 때 만장으로도 쓰지 못하다니. 모든 건 잠시 잠깐 이루어지고 또 그렇게 사그라지는 법, 공신이니 시호니 하는 것도 다 받는 그때뿐 영원할 수가 없다. 특히 권력이란 손에 쥔 모래 같아서 언제고 반드시 빠져나간다. 힘을 주면 더 빨리 스러진다.

　길은 한없이 멀었다. 때는 늦가을이라 산기슭마다 단풍이 타는 듯했지만 하나도 눈에 들어오지 않았다. 새하얗게 핀 구절초도 그저 발길에 채일 뿐이었다. 한양에서 남쪽으로 내려가는 길을 나는 내 발로 걸어가 본 적이 없다. 언제나 말을 타거나 수레를 탔다. 하지만 이번에는 백 리를 가든 천 리를 가든 또박또박 내 발로 걸어가야만 한다.
　짚신이 떨어져도 갈아 신을 게 없었다. 맨발로 가다가 군사들이 쉬는 틈을 타서 길바닥에 쪼그려 앉아 내 손으로 짚신을 기워 신어야만 했다. 오줌이 마려워도 참고 걸었다. 우리 꼴이 비루하면 할수록 군사들은 쾌재를 불렀다. 점심으로 술을 마신 군사들은 노래까지 불렀다. 야속했다. 저희들한테 척을 진 것도 없으련만 왜 그리 고소해하는지 모르겠다. 나찰인들 이놈들보다 더 지랄스러울까.

부르튼 발로 밟고 또 밟아 목적지인 전라좌도 수영에 이르렀다. 수영에 이르러 높은 문루를 바라보니 마음이 무거웠다. 내가 지방관으로 여러 곳을 다스려 보고, 수군영도 가 보았지만, 그때는 높은 관리로서 살피러 가는 걸음이니 아무 불편이 없었는데 지금은 다르다. 죄인으로 온 것이다. 그냥 수군도 아니고 나라에 죄를 지어 강제로 끌려온 것이니 다른 수군들이 알아서 죄인 대접을 해줄 것이다. 말하자면 우리 부자는 수군들의 종노릇을 해야만 한다. 사람마다 까마득히 높이 보이고, 다가오는 시각마다 한 점 한 점 무겁다.

아닌 게 아니라 수영은 내가 알지 못하는 끔찍한 딴 세상이었다. 아, 전에 본 수영과 지금의 수영이 이렇게 다르다니. 바닷가로 구경 가시자는 수사는 어디 있으며, 갓 잡아 올린 전복이며 생선을 내놓던 장수들은 대체 어디로 갔단 말인가.

판중추부사였다는 내 과거는 이제 아무런 의미가 없다. 태조 이성계 전하의 최측근으로서 최고의 신임을 받던 정도전의 아들 정진이라는 자랑은 이제 어디에도 통하지 않는다. 도리어 그게 문제를 일으킬 뿐이다.

간적 정도전의 아들놈이라고?

이놈, 파둥파둥 낯짝에 살 오르고 개기름 흐르는 거 봐.

그간 얼마나 후려 먹었을까? 굶든가, 아니면 그거 다 토해 놓거라.

한 달이 넘도록 제대로 먹지 못해 얼굴이 깡마르고 손등이 거칠건만 그들은 그렇게 조롱했다. 세상인심이 그새 변해 나와 우리 아버지를 깔아뭉개는 욕설투성이였다. 불면 꺼질 듯 마르고, 꺾으면 부러질 듯 앙상한 내 몸을 보고도 그들은 야유를 멈추지 않았다.

나와 내 아들은 눈 내리는 바닷가로 나가 가마솥에 소금을 굽거나 때때로 낡은 배를 손질하면서 하루하루 참고 지내야만 했다. 봄이 되면 둔전에 나가 죽도록 농사일을 한다고들 했다. 수군이라고 하여 총포를 쏘거나 화살을 쏘는 일은 없다. 우리 부자는 진정한 수군이 아니라 유배 삼아 붙들려 온 죄인이니 굳이 이름을 붙이자면 수노水奴다. 왜구가 쳐들어오더라도 나와 내 아들은 죽을힘을 다해 노를 젓고 화살을 나르고 포탄을 포대까지 옮겨야 할 형편이었다. 그러니 노비나 다름없다. 아니, 노비일을 하고 있으니 노비라고 한들 무슨 차이가 있을 것인가.

소금을 굽기 위해 솥을 거는 건 진짜 수군들이 할 중한 일이고, 우리 부자는 땔나무가 끊이지 않도록 부지런히 도끼질을 해야만 했다. 소금 가마는 낮밤으로 불을 때야 하는데, 그런 만큼 땔나무도 끊임없이 베어다 바치지 않으면 철없는 수군들이 불호령을 내리곤 했다. 나무가 모자라면 놈들은 차마 나를 건드리지는 못하고 만만한 내 아들을 붙들고 매질을 하거나 기합을 주었다. 저희들이 마구 지껄이는 사투리를 알아듣지 못해도 버럭 화를 내었다. 바닷가라서 나무가 많은 것도 아니고, 수영이 있는 곳 주변은 이미 다 베어다 쓴 탓에 더 멀리 나가야 했다. 그러고도 소금 굽는 나무는 적송이어야만 한다고 해서 껍질이

불그레한 소나무를 찾아다니느라 늘 허둥거렸다. 그걸 지게로 져다 소금가마 옆에 갖다 놓기도 힘든데 죄다 도끼질을 해서 장작으로 패 놓아야만 했다.

이듬해 봄이 되니 둔전도 그랬다. 막걸리를 마시고 참을 먹으며 기분 좋게 모종을 심는 건 수군들의 일이고, 우리 부자는 뙤약볕 아래서 기음을 뽑거나 풀을 베어다 퇴비를 만들어야만 했다. 가문 날 햇빛이 쨍쨍 내리쬐는 마른 밭에 나가면 잡초가 뽑히지도 않았다. 땅이 어찌나 딱딱한지 놈들이 준 나무호미로는 땅을 긁지도 못했다. 손바닥이 부르트는 건 예사고, 햇살에 오래 내놓은 팔이나 다리 짝에 물집이 잡혀 딱지가 질 날이 없었다.

우리 부자의 고생은 그렇거니와 살아남은 가족들이 어떻게 생존하고 있는지 통 알 길이 없다. 숨겨둔 패물이라도 팔아 가며 구차한 목숨이나마 부지하는지, 안 그러면 그도 저도 다 빼앗겨 거지가 되었거나 노비로 팔려갔는지 불안하기만 하다. 바닷바람이 불어와 문풍지를 때리기만 해도 가족들이 질러대는 비명으로 들린다. 천둥이 칠 때마다 아버지가 노여워 야단치는 것으로 들린다. 잠자리에 누울라치면 마음이 저려 견딜 수가 없다.

전라좌도 수군으로 있으면서 내가 겪는 고통에 대해서는 차마 부끄러워 상세히 말할 수가 없다. 판중추원부사를 지낸 고위 벼슬아치가 서인으로 신분이 깎이고 말단 수군이 되었을 때는 그 처우가 어땠을지 가히 상상할 수가 있으리라. 아버지도 한때는 유배지에서 천대를 받았잖은가. 나는 그보다 더한 대우를 받고 있지만 그렇다고 우리 아버지를 원망할 수는 없다. 아버지는 상상 속에서나 가능한 이상적인 나라를 감히 꿈꾸고, 짧은 기간이나마 그 꿈을 실현시킨 분이다. 막상 꿈을 깨고 나니 현실은 이리도 비참하다. 선비의 나라라니, 가당키나 했는가. 6년이라도 지킨 게 기적 아닌가. 기상은 요동벌판을 달리던 아버지건만 기껏 누런 지방 위에 초라한 이름 석 자로 붙어 있을 뿐이다. 그것이 아버지의 결론이란 말인가.

영불서용 永不敍用

오늘은 8월 25일(양력 9월 29일)[16], 그믐이 돼 가는 날이라 문밖이 한층 어둡다. 가느다란 그믐달이 가까스로 서산에 걸려 있다. 곧 넘어가겠지.

어둠 속을 내다보면 한양의 옛집이 더 그리워진다. 웃음소리 그치지 않고 아이들 떠드는 소리가 기와담장을 넘어 만발한 능소화처럼 사철 요란하던 집, 한양에서 대궐을 빼고 나면 가장 넓은 수진방 우리 집, 눈 감으면 사랑채며 안채, 별채, 행랑채 등이 훤히 떠오른다. 창을 쳐든 군사들이 구령을 높이 부르며 뛰어가는 소리들, '예이' 하고 누군가

---

16) 사건이 나던 1398년에는 음력 8월 25일이 양력으로 10월 13일이었는데, 제사를 지내는 이해 1414년에는 양력으로 9월 29일이 된다. 제사이므로 실제 사건이 일어난 음력 8월 26일보다 하루 빠른 25일이다.

아버님에게 불려 가는 소리.

한가위가 지난 지 열흘이 되었다. 지친 몸을 뉘기만 하면 아버지 유품을 안고 우리 집 대문을 들어서는 꿈을 꾸지만 이번에도 또 객지에서 제사를 지낸다. 열다섯 번째다. 이젠 햇수를 헤아리는 것도 지쳤다.

아버지 제사만이 아니다. 비명에 간 동생 둘의 넋도 함께 위로해야 한다. 그러고도 끝이 아니다. 내일은 막내를 따로 불러 달래야만 한다. 막내는 아버지와 동생들이 가는 날 밤 떠나기는 했지만 해시亥時[17]가 지나서야 스스로 목을 맸다. 그래서 기일이 하루 늦다.

형제 중 살아남은 건 나뿐이다. 정진鄭津이라는 내 이름을 아는 사람은 많지 않겠지만, 해동장량 삼봉 정도전의 장남이라고 말하면 조선 팔도에서 나를 모를 사람이 없을 것이다. 정도전의 장남이라는 이 무게 때문에 나는 한때 영화를 누렸고, 또 지금은 고초를 겪는다. 그래서 참아야 한다.

군관에게 사정해 얻은 묵은 기장을 삶아 귀가 떨어져 나간 사기그릇에 담고 수군들이 구운 거친 소금을 조금 쳐서 뭇국을 끓였다. 겨우 한 덩어리 남은 떡 차를 떼어 끓는 물에 우려 수영에서 몰래 빌려 온 청자에 담아 내놓았다. 초라한 제상이지만 수군으로 노역 중인 내 형편으로는 정성을 다한 것이다.

"래來야, 절을 올려라."

---

17) 해시 다음 자시부터 날이 달라진다.

래는 내 큰아들이다. 과거에 급제하여 어디 지방관이라도 나가려던 차에 그만 집안이 무너져 제 인생까지 무너져 버린 아이다. 비단 조복을 새로 지어 입으며 한껏 들떠 있던 우리 아들 래, 나는 그날을 잊지 못한다. 래는 며칠 뒤에 밀어닥칠 폭풍 같은 제 운명을, 또 갈기갈기 찢겨나갈 우리 집안의 운명을 상상조차 하지 못했을 것이다. 아무렴 조선 제일의 실력자 정도전의 장손자인데, 대체 이 아이가 무얼 걱정할 필요가 있었겠는가. 투구 쓰고 갑옷 입은 할아버지가 군사들을 호령하는 걸 보며 의기양양 자란 아이다. 파란 하늘에 붉은 태양이 빛나는 한 그런 일은 일어나지 않으리라고 믿었을 것이다. 태양이 떨어지면 떨어지지 어떻게 할아버지가 떨어지랴, 땅이 꺼지면 꺼지지 어떻게 할아버지가 꺼지랴, 내 아들 래는 그렇게 생각했을 것이다. 아니, 그런 불길한 일은 상상조차 하지 않았을 것이다.

하지만 하루아침에 모든 것이 깨지고 부서지고 찢어지고 무너졌다. 연기처럼 사라지고 이슬처럼 마르고 그림자나 메아리처럼 흔적조차 없다. 장작이라면 타다 남은 재라도 있지 우리에겐 아무것도 남은 것이 없다. 봄날의 아지랑이도 그처럼 허무하지는 않으리. 어쩌랴. 종2품 판중추부사로서 위세를 날리던 나도 하루아침에 일개 수군水軍이 되어 전라좌수영으로 끌려오고, 반란 괴수들에게 강제 징집된 지 오늘로 15년이나 되었다. 그 15년간 산에 들어가 군선을 저을 노를 깎고, 대밭에 들어가 쇠촉을 박을 화살대나 깎고 다듬어 왔는걸.

하기야 조선을 세우고 팔도를 호령하던 아버지 정도전도 비명에 간 것을 그 아들인 내가 뭘 한탄하고 있단 말인가. 어디 나만 겪는 고초인가, 하루 종일 울어 대는 저 파도소리도 있는데.

아버지는 이런 고통쯤은 진즉에 몸에 배도록 겪고 또 겪었다. 오죽하면 〈가난家難〉이란 글을 남기셨으랴. 〈가난〉에 보면 유배 중인 아버지에게 보낸 어머니의 한스런 글이 실려 있다.

당신은 평상시에 부지런히 글을 읽느라고 아침에 밥이 끓는지 저녁에 죽이 끓는지를 알지도 못하시니, 집안 형편이 어려워 곳간이 텅 비어서 한 톨의 식량도 없었습니다. 방 안에 가득한 아이들이 춥다고 보채고 배고프다고 울었으나, 제가 끼니를 도맡아 그때그때 꾸려나가면서도, 오직 당신이 독실하게 공부하여 뒷날에 입신양명立身揚名하시면, 처자妻子들을 남이 우러러 보도록 만들고, 가문의 영광을 가져오리라고 생각했습니다. 그러나 끝내 나라의 법을 어겨서 이름이 욕되고 행적이 깎이어, 몸은 남쪽 지방에 귀양 가서 지독한 풍토병을 앓으시고, 형제들은 쓰러져 가문家門이 여지없이 망하니, 세상 사람들의 웃음거리가 된 것이 이와 같은 지경에 이르렀습니다. 현인賢人, 군자君子라는 것이 진실로 이러한 것입니까?

이 글에서 춥다고 보채고 배고프다고 운 건 바로 나와 죽은 내 아우들이다. 아, 그런데도 아버지는 그때 얼마나 의연했던가. 그런 중에도 어머니를 위로하는 이런 편지를 적어 올리셨다.

당신의 말은 다 옳아요. 내게 친구들이 있어서 그 정의가 형제보다 나았으나, 내가 패망한 것을 보고서 그들은 뜬구름처럼 흩어져 버렸다오. 그들이 나를 걱정하지 않는 것은, 그들과의 우정이란 본래 권력으로 맺어진 것이지 은의로 맺어진 것이 아니기 때문이오. 부부의 도리는 한 번 맺어지면 일생토록 변하지 않는 것이니, 당신이 나를 원망하는 것은 나를 사랑해서지, 미워해서가 아닐 것으로 믿소. 당신이 집안을 걱정하는 것과 내가 나라를 근심하는 것이 어찌 다를 바가 있겠소? 각기 자기가 맡은 직분을 다할 뿐이오. 사람의 성공과 실패, 이익과 손해, 영예와 치욕 그리고 잘하고 못하는 것은 하늘에 달려 있지, 사람에게 달린 것이 아닌데, 그 무엇을 걱정하겠소?

그때를 생각하면 지금이나 그때나 처지는 매일반이다. 그러니 우리 가족은 하루 속히 현실을 인정해야만 한다. 우리는 귀족도 양반도 아니다. 그저 누항이나 저자에 나가면 무수히 어깨를 부딪치는 흔하디흔한 서인이다. 한때 아버지를 비롯해 내 형제들은 물론이요, 사촌형제들까지 줄줄이 과거에 급제하여 우리 봉화 정씨만으로 모꼬지를 열어도 마치 국왕만 빠진 조당처럼 번잡했거늘, 오늘날 이 먼 전라좌도 바닷가에는 나와 내 자식 둘이서 검은 물을 들인 수군 복장을 뒤집어쓰고 있자니 서글픔이 밀물처럼 밀려온다. 내 옷 가슴팍에 박혀 있는 하얀 물 수水 자처럼.

도대체, 우리 집안이 왜 이렇게 쇠락했단 말인가.

내 나이 어느덧 쉰이 넘고 그러고도 세 살 더 먹었다. 쉰셋, 조선의 나이론 사랑채로 나앉아 시조나 읊고, 손자들 재롱을 따라 박수를 치며 편안하게 쉴 노년이다.

그 일이 일어나던 해에 내 나이 서른여덟이었으니 정녕 15년이나 흘렀단 말인가. 세월은 참으로 속절없도다. 15년 그 긴 세월이 그날과 오늘 사이에 외나무다리처럼 길게 걸쳐 있건만 어째 그날은 어제 일처럼 생생하단 말인가. 그 사이 15년은 한탄과 한숨과 눈물뿐 더 기억할 것도 없다. 누렇게 바랜 묵은 백짓장 같다. 원하지 않는 세월이란 아무리 쌓아도 쌓이지 않는 것인가.

아, 우리 집안을 모욕하고 아버지를 귀양 보낸 뒤 한껏 들떠 오만방자하게 굴던 정몽주는 선죽교를 건너기도 전에 철퇴를 맞아 머리통이 깨지고 뼈가 부서져 시뻘건 피를 철철 흘리다 죽었건만, 그래서 아버지 인생에 철천지원수는 더 이상 없을 것이라고 믿었건만 우리 가문의 운명은 왜 이리 기구하단 말인가. 허, 그렇건만 오늘날 아비의 왕위를 훔친 이방원이 그런 역적 정몽주의 박살난 뼈를 이어 붙여 만고의 충신으로 기린다잖는가. 그렇게 간사한 이방원을 아버지와 이성계 전하는 창해역사인 줄 착각하셨다.

들리는 말에 조정 신료들이 말하기를, 고려 왕을 끌어내린 정도전은 죽일 놈이고, 왕을 사주하다 죽은 정몽주는 충신이란다.

그럴수록 우리 아버지 정도전은 어둠의 역사로 묻혀 버리고, 역적 정몽주는 가짜 충신이 되어 빛나는 자리에 앉아 있다. 게다가 정몽주의 문하생으로서 아버지에게 살살거리며 친한 척 굴던 권근은 두 마음을 품고 있다가 적자賊子 이방원에게 붙어 버렸다. 그래놓고 역적이던 정몽주를 충신으로 둔갑시키고, 충신이던 아버지를 역적으로 몰아세우는 데 앞장섰다. 아, 분하도다.

우리 후손들이 이러한 억울함을 낱낱이 알아야만 내가 이 시련을 견딘 보람이 있으며, 아버지 정도전의 위엄이 회복될 것이다. 초나라의 오원은 16년을 절치부심하다 부형父兄의 원수를 갚았다는데 나는 정도전의 맏아들이건만 15년 세월을 헛되이 보내고 있다. 검은 바위를 때려 대는 저 파도소리가 지금 내 심장을 후벼 파는 듯하다.

나는 어이없어 쓴웃음을 짓고 있을 아버지를 상상하며 차를 끓여 바치고 가만히 무릎을 꿇었다.

아버지, 이렇게 끝나는 것입니까? 아버지의 꿈은 영영 사라지는 것입니까? 아버지가 꿈꾸던 그 나라는 어디로 갔습니까? 땅에서 못 이루셨으니 하늘에서 이루실 겁니까?

제 꿈은 이루어질 수 없는 것입니까? 제 아들은 꿈을 꾸면 안 됩니까?

대체 이성계 전하는 어디 숨어 있길래 아버지의 유일한 아들인 저를 찾지도 않는 겁니까?

두 분의 우정이란 고작 그뿐이었습니까?

설마, 그분도 돌아가신 건 아닐까요? 이방원이가 어쩌면 제 아버지인 이성계도 죽였을까요?

안 됩니다, 아버지. 아버지가 세운 이 나라를 저 날강도 같은 방원이놈에게 빼앗기다니, 정녕 이럴 수는 없습니다. 아버지가 설계하고 주춧돌을 놓으신 이 조선이 저들의 발길에 짓밟히고 더러워지도록 내버려 두시렵니까?

요동은 영영 우리가 되찾을 수 없는 땅입니까? 우리 조상들의 뼈가 묻혀 있고, 조상들의 함성이 메아리치던 그 땅을 왜 찾아올 수 없는 거지요?

부질없는 기도다. 이런 기도를 제삿날만 한 게 아니고 날이면 날마다 허공을 향해 부르짖었다. 이 기도는 아플 때 약이 되고, 힘들 때 기운 나는 밥이 되고, 피곤할 때는 원기를 돋워 주는 찬이 된다.

"아버지, 음복하세요."

제사가 끝나자 아들 래가 지방을 불태우고 나더니 초라한 제사상이나마 내 앞으로 끌어다 놓았다. 저나 나나 처지가 같은 수군이건만 그래도 애비라고 꼬박꼬박 챙기는 걸 보면 나는 아버지 앞에 더 부끄럽다. 아버지를 비명에 가게 한 불효라니. 그러고도 원수를 갚지 못하는 자식이라니.

깔깔한 기장밥이지만 아버지를 생각해 한술 크게 떠서 입에 물었다. 모래알처럼 퍼석거린다. 소금에 절인 무 조각을 건져 입에 넣어 함께 씹었다. 사각사각 씹힌다. 이런 음식도 맛나게 먹을 줄 알아야 유배보다 더한 수군 생활을 견딜 수 있다.

"얘야, 어서 먹고 힘을 내자꾸나. 또 내일은 소나무를 찍으러 가야 한단다."

"또 소금 끓이나요?"

"아니, 전선을 짓는다는구나."

"도끼가 무뎌 잘 베어지지도 않는데."

내가 수군이 되어 전라도로 내려온 게 서른여덟 살, 그런데 지금의 내 나이 어느새 쉰셋이다. 그새 닳아 없앤 도낏자루가 여남은 개나 된다. 세상에, 수군 복무만으로 15년을 지내다니, 이건 미친 짓이 분명하다. 아버지가 돌아가신 나이가 쉰일곱이니 내게 남은 시간도 별로 없는 듯하다. 이 늙은 나이에 원수를 갚기는커녕 한이나 품고 살아야 하다니, 하찮은 그 인간이나 저주하면서 시간을 보내야 하다니 참으로 한탄스럽다.

내 아들 래는 철없는 열여덟에 끌려와 서른세 살이나 되었다. 나야 영화를 누릴 만큼 누려 보기나 했지 아들은 세상에 나서기도 전에 이 모진 고생을 시작했다. 그 한창 나이에 수군에 묶여 종으로 살아야 하다니, 참으로 나의 죄가 크다. 딱히 뭘 잘못해서 죄가 아니라 그 애 애비인 게 죄다. 내가 정도전의 아들이기에 죄인인 것처럼 래도 내 아들이기에 죄인이다.

"허허. 흠흠."

밖에 인기척이 있다. 수영인지라 군사들이 자주 오가고 우리 부자의 행랑은 누구나 드나드는 길밖에 연해 있으니 새삼스러운 일도 아니다. 아무 놈이고 까치발로 서면 들여다보이는 게 우리 방이요, 마음만 먹으면 생쥐도 한숨 자고 가는 곳이 우리 방이다. 갑작스런 눈길이 있어 물어도 살피러 왔다고 하면 그만이다. 우린 죄인이니까.

"래야, 누가 왔는가 보다. 나가 보아라."

수군들이 칸칸이 들어차 사는 이 자그마한 행랑에 누가 찾아왔을까. 혹 아버지 제사를 지내는 걸 누가 알고 밀고라도 한 것일까. 다 같이 힘든 생활을 하는 수영, 거기서도 죄인들이 모여 있는 이 행랑에서 우리끼리 알량한 것으로 다투는 게 이젠 지겹다. 밥 한 톨을 놓고 다퉈야만 하는 일도 적지 않으니 존엄은 잊은 지 오래다. 가끔 개나 소가 된 듯한 기분이 들 때도 있지만, 개나 소는 걱정이나 없지 하고 자조한다.

그래, 밀고를 한들 어쩌랴. 더 물러설 곳도 없는데.

아들이 문을 열자마자 군관 한 놈이 얼굴을 들이밀었다. 평소 어지간히도 우리 부자를 괴롭히는 놈이다. 시키는 놈도 없고 빼앗아 갈 것도 없건만 사사건건 물고 늘어져 꼬치꼬치 따지는 놈이다. 못된 놈이 그저 재미로 그러는 것이다. 놈의 얼굴만 보아도 신물이 올라온다.

"무슨 일이오?"

"역적들이 아주 팔자 좋소이다. 이 밤중에 밥을 지어 먹다니, 어디서 훔치기라도 한 게요?"

내가 비록 놈의 수하로 있지만 내 나이가 있으니 아주 깔아뭉개지는 못한다.

"우리 몫을 조금씩 아껴 두었다가 젯밥을 지은 거요. 그래, 무슨 일이오?"

"이를 어쩌나? 임금께서 당신네 부자를 굳이 죽이시려는가 보오. 한양으로 압송하라는 영이 떨어졌거든."

가슴이 덜컹 내려앉는다. 여태 까마득히 잊은 듯 바닷가에 내팽개쳐 두었다가 무려 15년 만에 한양 압송이라니. 모처럼 화가 치민다.

"뭣이? 이방원이가 기어이 우리 부자를 죽인단 말인가?"

"묵은 계산하시려는 거겠지. 안 그러면 왜 압송을 하라겠소? 수군으로 두기에는 그대들의 죄가 가볍다는 뜻이렷다. 그런 줄 알고, 내일 아침 날이 밝는 대로 수영을 떠나야 한다니 일찍 자 두시오. 행여 달아날 생각은 말고. 초병들에게 특별히 일렀으니 명을 재촉하지는 마시오. 아, 그리고 이방원, 이방원 하면 죄가 된다는데 자꾸 국왕의 휘를 함부로 부르시네? 이젠 그분은 왕자가 아니라 왕이라 이 말이야. 꿈 깨고 현실을 인정해야지, 언제까지 수십 년 전 미몽에 매여 살 거요? 뭐, 또 역적질한다고 고변한들 누가 내게 상 줄 것도 아니고, 이미 역적인 당신에게 죄를 보태 봐야 더 무거워질 것도 없으니 내 모른 척하기는 한다마는."

군관은 코를 킁킁거리면서 돌아갔다. 쓰레기 같은 놈, 저런 놈이야 말로 내 팔자가 뒤바뀌면 가장 먼저 머리를 숙일 것이다. 손볼 가치도 없다. 시궁창에 가면 쥐가 있고, 골방에 가면 벼룩이 있는 법, 굳이 탓해 뭐하랴.

그나저나 이방원이 마침내 제 형제들까지 몰살시키고 기어이 왕좌를 차지해 앉더니 이제는 묵은 빚을 정리할 모양인가 보다. 하긴 아버지를 역적으로 몰아 죽였으니 나 같은 자식을 살려 두는 게 말이 안 된다. 이방원은 깔끔하게 뒤처리를 하려 들 것이다. 그는 우리 아버지를 죽인 그해 사건 말고도 다시 칼을 들어 제 형제들이며 측근들까지 깡그리 청소해 버렸으니 참으로 모질고 잔인한 놈이다. 임시 왕이던 방과까지도 자진해서 물러났다니 놈의 패악이 볼만했던 모양이다.

　"아버지, 한양으로 가면……, 죽는 건가요?"

　"생각 좀 해 봐야겠구나. 이 애비야 네 할아버지의 위신이 있으니 그러지 못하지만, 너는 기회를 보아 달아날 수 있으면 달아나는 게 좋겠구나. 어떻게든 핏줄은 이어야 하지 않겠느냐? 원수를 갚는 건 둘째 치고, 네 할아버지를 신원시켜 드리자면 자손들이 분심을 놓지 말고 죽도록 힘을 길러야 한단다."

　"하지만 군관이 경고까지 했는데 무슨 수로 달아나요? 달아난들 딱히 갈 데도 없고요. 어디 머슴이나 소금장수로 살아간다면 몰라도."

　"머슴도 한 인생이고 소금장수도 한 인생이다. 정신 줄만 놓지 않으면 무슨 일인들 못할 것이며, 무슨 신분인들 못 견디겠느냐. 나는 아버지 원수를 갚을 수만 있다면 천 년 머슴을 살아도 좋다. 한양까지는 길이 머니 가는 중에 기회가 생길 것이다. 피를 물고 살다 보면 반드시 복수할 기회가 온다. 피를 물어야 한다, 붉은 피를. 애비가 들려준 오원의 고사를 잊지 않았겠지?"

"그 말씀은 백 번도 더 들었어요, 아버지. 하지만 그건 아득한 춘추 시대 얘기잖아요? 지금 시대에 어떻게 몇십 년간 줄곧 원수 갚을 생각만 해요?"

"래야, 시대는 바뀌어도 정신은 그대로란다. 우리도 반드시 원수를 갚을 날이 있을 거다. 오원이 16년 만에 원수를 갚았다는데, 우린 어느새 그중 15년을 허망하게 흘려보냈다. 그럴수록 더욱 더 분심을 길러 정신 차려야 한다."

"아버지, 우리를 도와줄 오나라가 세상 천지에 어디 있으며, 부차 같은 왕이 어디 있어요? 그런 말씀은 그만하시고, 옛날 친구들이라도 찾아 남은 가족들이랑 살 방도라도 구하셔야지요."

"음, 그래야지. 암, 그래야 하고말고."

씁쓸하다, 이 현실이. 그동안 이방원 이 미친놈이 선전관이라도 보내 우리 부자의 목을 잘라 가지 않을까 전전긍긍하면서 지내 온 게 어디 하루 이틀인가. 꿈을 꿀 때마다 놈들에게 끌려간 게 한두 번이 아니다. 진짜 목이 잘려 세상이 시커멓게 변하는 꿈도 꾸었다. 그런 마당에 우리 부자를 한양으로 압송한다는 말이 도리어 이상하다. 죽일 거면 차라리 여기서 죽여 무거운 몸뚱이는 바닷가에 버리고 가벼운 머리만 소금에 채워 가져가도 될 텐데 군이 우리 부자를 산 채 데려오라는 건 뭔가 수상하다. 하여튼 이상한 것은 언제나 불길하고, 불길한 것은 꼭 대가를 치러야만 하는 법인데.

아버지 정도전은 언제 풀릴지 모르는 귀양살이를 하면서 그 답답한 마음을 이렇게 읊은 적이 있다. 지금 내 마음이 바로 그 마음이다.

산새 울음 그치고 지는 꽃은 날리는데,
나그네는 돌아가지 못하고 봄만 돌아가네.
훌연히 부는 남풍에 정이 있는지
뜰 안의 풀을 무성히 흩어 버리네.

이튿날, 아침으로 미역국과 기장밥, 흰 김치, 소금에 절인 무장아찌, 새우젓이 나와 우리 부자는 반찬을 하나도 남기지 않고 그릇바닥까지 다 긁어 먹었다. 먼 길을 가야 하니 조금이라도 더 먹어야 한다. 달아날 걸 생각하면 물 한 모금이라도 더 마셔 두어야 한다.

밥을 먹고 나니 동료 수군들이 몰려와 알량한 살림살이를 달라고 졸랐다. 그래봐야 도끼하고 낫, 괭이, 호미, 그릇 몇 개뿐인데 그런 것조차 탐이 나는 모양이다. 죽을지도 모르는 우리 부자더러 몸조심하라거나 잘 될 테니 걱정 말라고 위로하는 자는 없다. 나 역시 미련이 없다. 몇 안 되는 물건이지만 나도 요령을 부려 그들이 가지고 있는 짚신하고 바꿨다. 지금 필요한 건 먼 길을 가면서 갈아 신을 짚신이다. 가죽신은 얻을 수가 없으니 짚신이라도 부지런히 갈아 신으며 가야 한다. 끌려가는 마당에 신발인들 주겠는가.

수사는 코빼기도 비치지 않고 군관놈들도 보이지 않는다. 굳이 옛날 얘기를 하자는 건 아니지만 세상의 인심이란 이렇게 모질다. 사람이란 높이 있든 낮게 있든 다 같은 사람인데 왜 이리 차별이 심하단 말인가. 아, 고관대작으로 지내면서 아랫사람들을 신실하게 대하지 못했던 나의 죄이런가.

　수군들은 전선戰船을 새로 짓는다고 수영 훈련장에 모였다가 해안가 송림으로 몰려나가고, 우리 부자는 왕명을 받들기 위해 수영 마루에 걸터앉아 대기했다. 죽든 살든 지긋지긋한 수군 노릇이 끝난다고 생각하니 한편으로 시원하기도 하다. 이별사를 나눌 만큼 가까이 지낸 수군도 없으니 한결 후련하다. 여기 머무는 15년 동안 수영의 병사는 높든 낮든 죄다 우리 부자의 상관이었다. 악다구니 같은 놈들이 우르르 도끼를 메고 나가니 수영이 적막하다. 철썩거리는 파도소리가 더 크게 들린다. 15년간 귀에 잘 안 들리던 소리다. 갈매기가 울어 댈 때마다 다가올 운명이 무엇일까 겁이 난다. 혹시라도 이 바닷가에 다시 와 저 푸른 바다를 마음 편하게 바라볼 수 있을까. 온다면 죄인으로 올까 말을 타고 관복 입은 몸으로 올까. 관복이라니, 내가 오원마냥 독기를 품지 않고는 다 부질없는 꿈이다.

　아침을 막내아우 제사상 삼아 먹은 뒤 하릴없이 수영 마당에서 기다린 지 한 시진은 돼서야 말 탄 관리가 하나 나타났다. 차림을 보아하니 한양에서 왔다는 그자 같다. 어젯밤 수영에서 잘 대접받고 이제야 기침하고 나온 모양이다.

"난 한양에서 왕명을 받들고 온 선전관이오."

선전관이라?

이건 뭔가 아리송하다. 판중추원부사에 웬만한 요직을 다 거쳐본 나지만 선전관을 보내 역적을 맞는 사례는 본 적이 없다. 선전관은 왕명을 집행하는 사람이지 죄인을 호송하는 사람이 아니다. 더러 목을 베어 가는 일도 있지만 그는 우리 부자의 목을 벨 것 같지는 않아 보였다. 그렇다면 국청이라도 열어 다잡겠다는 뜻인가. 아버지의 잔당을 소탕한답시고 날 겁박해 아버지의 동지들 이름을 불라고 할 것인가. 15년 만에?

"우리 부자를 잡아간다면서 웬 선전관이오? 포청에서 나오거나 형조에서 나오지 않고?"

"허, 죄인께서 기개는 여전하시구려. 당신들은 중죄인들이기 때문에 함부로 다룰 수가 없어 내가 직접 온 것이오. 물론 눈깔 부릅뜬 군사들이 창 들고 뒤따를 테니 달아날 생각은 아예 말구려. 쓰레기 치우기 싫으니까. 우리 아들 혼사가 다음 달에 잡혀 있으니 제발 재수 없는 일 좀 안 나게 해 주오."

말은 그렇다만 그래도 납득이 가지 않는다. 어쨌거나 선전관은 우리 부자를 압송했다. 저는 말을 타고 앞장서고 군사 두 놈은 뒤에서 창을 꼬나들었다. 선전관을 따라온 종인 두 명은 멀찍이 떨어져 멋대로 걸었다.

세자 방석과 방석의 형 방번을 처리할 때처럼 외진 길을 지날 때 냅다 우리 목을 쳐 산기슭 아무 데나 버려도 모르는 일, 한시도 마음을 놓을 수가 없다. 나는 수영을 떠날 때 우리가 쓰던 작대기 두 자루를 갖다가 한 자루는 아들에게 주고, 한 자루는 내가 지팡이 삼아 땅을 짚었다. 여차 하면 몸이라도 지킬 도리가 있을까 해서다.

나는 짚신 세 켤레를 허리춤에 매달고, 아들 래에게도 남은 짚신을 챙겨 괴나리봇짐에 넣어 주고는 소금, 낡은 베옷 한 벌, 일기를 적은 책 한 권을 어깨에 짊어졌다. 나는 수사가 글씨 연습을 하고 버리는 종이를 주워 물에 빨아 말렸는데, 몇 년 부지런히 모은 끝에 베 끈으로 엮어 거기에 몰래 한을 담은 글을 적어 왔다. 언제고 아버지에 관한 진실을 세상에 알리기 위해서다. 제목은 아버지의 호 삼봉을 따서 『삼봉집』으로 정했다. 주로 아버지에 대한 기억이나 아버지가 지은 시문을 생각나는 대로 적기로 했다. 원래 나는 아버지가 비명에 가시기 전에 간단한 『삼봉집』을 출간한 적이 있지만, 새로 쓴 건 피와 땀과 눈물을 뿌려 거기에 아버지가 꿈꾸던 이상 국가론을 구구절절 담은 것이다.

내가 죄인보다 더한 수군 생활을 하면서도 굳이 『삼봉집』을 쓴 것은 다 이유가 있기 때문이다. 난 지금도 내 막내아우 담이 남긴 비밀쪽지를 갖고 있다. 놈들에게 빼앗길까 봐 늘 조심한다. 아버지 시신을 수습하러 집에 돌아간 날, 어머니가 몰래 전해 주신 쪽지다. 담은 그날 집에 있다 겁이 나 자살한 게 아니고, 실은 제 형들을 뒤늦게 따라나섰다가 그만 못 볼 것을 보고 급히 집으로 돌아와 이 쪽지를 남기고 자결한 것이라고 했다. 어차피 저쪽 군사들에게 들켰으니 이래 죽든 저래 죽든 죽을 판이라 스스로 목숨을 끊은 것이라고 어머니가 울면서 말씀하셨다.

수백 명이나 되는 시신들이 여기저기 널려 있는데, 우리 군사도 죽고 저들도 많이 죽은 듯합니다. 형님, 뭔가 이상합니다. 낯선 복식을 입은 자들 백여 명이 방원 나리를 둘러싸고 있습니다. 두 형을 죽인 놈들도 우리 군사가 아니라 그 놈들입니다. 알아듣지 못할 암호로 떠들어 대기도 합니다. 제 눈으로 목도하고, 제 귀로 들었습니다. 방원이는 나서지도 못합니다. 형님은 어떻게든 살아남아 아버님의 억울한 죽음을 밝히시고, 아버지가 꿈꾸던 선비의 나라를 되살려 주십시오. 형님이 못하면 조카들 머릿속에 깊이 새겨 주십시오.

어머니가 말씀하시기를 아우 담이 지필묵을 갖다 여기까지 썼을 때 반란을 일으킨 군사들이 대문을 두드렸다고 했다. 담은 재빨리 서찰을 접어 어머니에게 드리고 바로 목을 매었다고 한다. 이윽고 들이닥친 반란군들은 목을 맨 아우를 보고는 말없이 돌아갔다는 것이다.

나는 시간이 날 때마다 이 서찰 쪽지를 꺼내 읽어 보곤 한다. 아들 래에게도 읽혀 보았다.

아우 담은 무슨 얘기를 하려 했던 것일까.

낯선 복식을 입은 자들? 알아듣지 못할 암호?

방원이 군사들을 동원할 때 피아를 식별하기 위해 색다른 옷을 입혔던 것일까? 아니면, 군수 이숙번이 안산병을 데리고 들어오면서 특별한 복장을 한 건 아닐까? 식별 표지나 암구호는 전쟁터에서 아군끼리 싸우지 않도록 하기 위해 흔히 쓰는 전법이다. 색깔 있는 옷으로 구분하기도 하고, 표지를 달아 구분하기도 한다. 아버지는 명나라가 밝을 명明을 쓰는 화국火國이니 물을 상징하는 검정색 옷으로 요동수복군 복장을 지어 입혔다. 진나라 시황제가 주나라를 칠 때도 검정색 군복을 입혔다잖은가.

아우 담이 이상하다는 것은, 혹 다른 놈이 난을 일으키고 이방원을 내세웠다는 뜻이 아닐까? 하지만 이방원은 방과 이후 제 뜻대로 왕위를 차지했잖은가. 이건 맞지 않는 상상이다.

어쨌거나 이방원이 아버지를 죽였다는 사실은 의심하지 않을 이유가 없다. 놈들은 이미 실록에 그렇게 자진해서 상세하게 적어 놓았잖은가. 저희들이 자복하는데 굳이 내가 달리 의심할 필요가 없다.

물론 날랜 무사들이 아버지를 늘 지키고 있었는데 그날따라 왜 없었는지 이해가 되지 않는다. 또 이방원의 사병이 있었다 하나 그 정도는 아버지며 남은 등이 거느리는 군사들로 충분히 제압할 수 있는데 왜 기습을 당했는지 그것도 잘 이해가 되지 않는다. 요동수복 준비를 막 끝낸 삼군부가 바로 인근에 있는데 하찮은 이방원 무리에게 접수됐다는 게 도무지 말이 안 된다. 삼군부 주둔 병력만 수천 명이고, 그날 많은 병력을 휴가 보냈다고 해도 경비 병력 수백 명은 남았을 것이다. 더구나 연이어 군기감까지 털려 요동수복에 쓰려고 준비해 둔 온갖 무기를 탈취당했다. 이방원 측이 동원한 군사란 기병 10명, 보병 9명, 몽둥이를 든 하인 10명 등 총 29명이라고 한다. 이숙번이 동원한 안산병은 나중 일이다. 막연히 아버지가 실수한 것이라고 돌리기에는 석연치 않은 구석이 너무 많다.

탐문이라도 하고 싶지만 그간 수군에 묶인 몸으로는 아무것도 할 수 없었다. 생각만으로는 무슨 영문인지 정확히 알아낼 길이 없다. 국청을 열어도 진실을 알기가 어려운데 이 궁벽한 전라 좌수영에 있으면서 무슨 수로 조사를 할 수 있으랴.

그럴수록 난 우리 아버지가 꿈꿔온 조선이란 나라가 어떤 나라였는지 후인들에게 상세히 알려야겠다고 다짐했다. 할 수 없는 일에 매달리기보다 할 수 있는 일을 해야 하는 것이다. 진상을 알아내는 것도 중요하지만 더 중요한 것은 아버지의 정신을 살려내는 것이다. 어느 세상에선가 아버지 뜻에 동감한 군주, 혹은 재상이 있어 이를 실천해 준다면 좋은 일이고, 나아가 그 일을 계기로 아버지를 신원시켜 준다면 더더욱 감사할 일이다. 이것이 내가 굳이 『삼봉집』을 세상에 전하려는 까닭이다. [18] 그러기 위해 내 목숨 하나 버리는 것쯤은 아깝지 않다.

호남감영이 있는 전주에 이를 때까지 우리 부자가 달아날 틈은 없다. 거기서 선전관이 또 대접받느라 이틀을 지체하는 사이 우리는 시골잡범이나 가두는 지저분한 옥사에 갇혀 있어야 했다.

---

18) 정진이 지은 『삼봉집』은 훗날 개혁군주 정조가 탐독을 하며 개혁 지침서로 삼았으며, 개혁가 대원군이 즐겨 읽었다. 결과적으로 이 『삼봉집』 덕분에 정도전은 마침내 신원이 되어 문헌이라는 시호를 받아 그가 바로 조선을 연 '유종공종(儒宗功宗)'임을 공식적으로 확인받게 해 주었다.

다시 길을 가는데 웬일인지 경계가 삼엄하지 않았다. 선전관을 따라 붙었던 군사들은 수영 인근의 역졸들로, 이들은 전주부에 이르는 대로 임지로 돌아가 버렸다. 그러고 나니 선전관을 따라 한양에서 내려온 종인 두 명만 남았다. 그 정도로 우리 부자를 감시할 수 있지는 않을 텐데 웬일인지 모르겠다. 혹시 이 종인 두 놈이야말로 날랜 검사劍士라서 우리 부자를 쥐도 새도 모르게 해치울 시기를 고르고 있는 건 아닌가. 두 놈의 눈빛을 흘깃거리며 살펴보았지만 그런 재기는 있어 보이지 않는다. 그러니 더 불안하다.

전주부를 떠난 이튿날, 공주감영을 향해 길을 가는 논산역관에서 하룻밤 지낼 때였다. 공주 감영에서 나왔다는 역졸 세 명이 찾아와 복명하더니 객방으로 들어가고, 선전관은 늦도록 술을 마시다 잠자리에 들었다. 그러나 종인 두 놈은 술을 먹지 않고 엄중한 자세로 대기했다. 놈들이 만일 무슨 일을 저지르기로 말한다면 오늘이 가장 좋은 날일 것이다. 불안하다. 나는 놈들이 한눈을 파는 사이 탈출하기로 결심했다. 저놈들은 우리 부자를 죽이려 노릴 것이요, 우리 부자는 달아날 틈을 노려야 한다.

"아버지, 지금 달아나야 되지 않을까요?"

"그래, 어서 가자."

딱히 갈 데는 없다. 일단 몸을 빼낸 뒤 생각해 보기로 했다. 전라좌수영에 처음 잡혀갈 때는 밤마다 달아나는 꿈을 꾸었다. 하지만 갈 데가 없다. 명으로 갈 수도, 왜로 갈 수도 없다. 간다면 저 멀리 유구가 좋겠지만 거긴 너무 멀어 꿈에서조차 갈 수가 없다. 꿈은 항상 이방원의 수하들이 새카맣게 달려드는 것으로 끝나곤 했다.

살그머니 역관을 나와 달빛 어스름한 밤길로 나섰다. 논두렁길이 어둠 속으로 길게 뻗어 있다.

그때였다. 선전관이 잠든 방에 갑자기 불이 밝혀지더니 종인을 부르는 소리가 들려왔다.

"가서 죄인을 데려와라."

"예이."

큰일이다. 뛰어봐야 소용이 없다. 군사가 없다 해도 역졸이 세 명이나 되고, 역관 마구간에는 콧방귀를 풍풍 뀌어 대는 가라말까지 있잖은가. 이 밤, 이목이 없는 가운데서 비밀리에 어명을 집행하려는 것인가. 그렇다고 무작정 달아나기에는 너무 위험하다.

"래야, 일단 방으로 돌아가자. 어서."

래도 눈치가 있어 탈출이 불가능하다겠다는 걸 알고는 먼저 뛰기 시작했다.

초롱불이 흔들흔들 우리가 들었던 방 쪽으로 가고 있었다. 종인이 우리 부자보다 먼저 갈 것 같다. 그럴 바에야 내가 먼저 수를 놓는 게 낫다.

"래야, 너는 돌아서 가라. 내가 여기서 종인을 부르마."

"예, 아버지."

둘 다 나와 있으면 의심을 받을 테니 나 하나만 나온 것으로 꾸며야 한다. 15년 수군 노역 동안 눈치만 늘어난 아들은 그새 다람쥐처럼 달렸다.

흠흠.

나는 헛기침을 두어 번 했다. 그래도 종인이 듣지 못하고 종종걸음으로 마당을 가로질렀다.

하는 수 없다.

"혹시 나를 찾소?"

그제야 종인은 뒤를 돌아다보았다.

"아니, 당신 지금 달아나던 중이었소?"

"달아나긴? 잠은 안 오는데 산천이 뿌옇길래 월광月光을 한번 밟아본 거지."

"달아나면 그 즉시 죽는 거요. 아예 꿈도 꾸지 마시구려. 늙으신 몸으로 뛰어 봐야 얼마나 뛰겠소."

눈치를 챈 모양이다. 그래도 잡아떼야 한다.

"그나저나 이 밤중에 초롱불을 들고 어딜 가시나 궁금해서 물었소."

"선전관이 당신을 불러 오라잖수."

"아니, 술판은 이미 끝난 줄 아는데?"

"글쎄 말이우. 불까지 꺼져 눈 좀 붙일까 했더니 갑자기 불러내잖소. 내참 졸려 죽겠구먼."

다행히 그는 우리 부자가 달아나려 했다는 걸 확인하지 못한 듯하다. 심증만으로는 종인 따위가 나설 일이 아니다. 또 은밀한 모의가 있는 것 같지도 않다.

종인은 앞장서서 선전관이 묵고 있는 객사로 향했다. 나는 시치미를 떼고 하늘거리는 초롱의 그림자를 따라 걸어갔다. 오늘밤 탈출은 이래저래 틀렸다.

"대령했는데 어쩔깝쇼?"

"들라 이르라."

종인이 방문을 가리킨다. 나더러 문을 열고 들어가라는 뜻이다.

별 수 없다. 방문을 열고 들어서니 선전관은 속곳 차림으로 앉아 있었다. 자려다 일어난 모양이다.

선전관은 정4품에서 9품까지 있으니 제 아무리 높은들 내가 가졌던 품계보다 낮아도 한참 낮다. 그러나 그런 걸 따질 계제가 못된다. 그의 이름 따위야 알 바 아니지만, 우리 부자의 목숨을 쥐고 있는 자다.

"잠을 청하려는데 불현듯 생각나는 게 있어 이제야 말씀을 드리오."

'말씀을 드리오.'라니. 이제까지 들어온 말투하고는 사뭇 다르다.

"달아나려고 하셨소? 보아하니 아드님까지 데리고 부지런히 논둑길을 밟아가던데?"

이크, 그럼 우리 부자가 달아나는 걸 지켜봤단 말인가.

그는 달아나는 것쯤은 관심조차 없다는 듯 고개를 끄덕거리면서 제 할 말을 했다.

"전 사실 삼봉 어른에게 발탁되어 벼슬살이를 시작한 김근이라고 하오. 무인정사 때는 지방관으로 나가 있어 화를 피했는데, 어찌어찌 이 자리까지 왔소. 오늘 보아하니 우리 경계가 느슨해진 걸 보고 혹시나 탈출을 노릴 것 같아 미리 말씀을 드리려고 이렇게 모셨소."

"무슨 말이오? 그래서 우리 부자를 아예 죽이겠다는 거요?"

결국 선전관이 먼저 사정을 털어놓았다.

"주상 전하께서, 은혜를 베푸셨소. 도성에는 들어오지 말고 기전[19] 인근에서는 살아도 된다고 하셨소. 유배를 떠났던 당신네 친족들은 진위로 숨어들었다 하오. 그러니 당신 부자도 머물 곳을 알아보시오."

"아니, 그렇게 중한 얘기를 왜 이제야?"

그간 달아날 기회를 노리느라고 밤잠 설친 날이 여러 날이다.

"실은 그대 부자가 다칠까 봐 여기까지 보호한 것이오. 비록 수군에서는 풀려나지만 금고禁錮는 계속 되니 그런 줄 아시오. 그래서 내가 알아봤는데 돌아가신 그대 부친이 삼각산에 산 적이 있다던데, 낡기는 하나 아직 집이 남아 있고, 채소나마 심을 수 있는 땅도 좀 있는 걸로 알고 있소. 원한다면 그리 가서 농사를 지으며 여생을 보내는 게 어떻겠소? 폐서인 된 가족들도 만나게 해 주겠소. 삼봉을 기리는 조정 신료들이 가까스로 만든 작품이니 너그러이 받아 주시오."

이만한 것도 다행이라고 생각해야 하는가. 탈출할 필요도 없이 우리 부자는 탈출이 된 건가. 아니면 다른 그물에 갇히는 건가.

"고……."

---

19) 경기도

나는 선전관에게 고맙다고 말을 하려다가 얼른 입을 다물어 버렸다. 고맙다니, 그간 내가 너무 고생해서 하마터면 쓸데없을 말을 흘릴 뻔했다.

내가 그간 다짐하고 또 다짐한 게 뭔가. 적을 너무 쉽게 용서해서는 안 된다는 것이다. 용서하지 말자. 값싸게 용서해 주지 말자. 비록 그 입으로 아버지의 은혜를 입은 관리라고는 하나 모른다. 믿어서는 안 되는 세상이다. 정몽주가 배신할 줄 아버지가 어찌 알았으며, 이방원이 배신할 줄 아버지가 어떻게 아셨겠는가. 내 목을 따 가는 진짜 적은 늘 가까이 있는 법이다.

내가 입을 도로 닫으니 선전관도 더 말하지 않았다.

이방원은 무슨 생각으로 이런 장난을 치는 것일까. 이미 왕권을 차지했는데 더 야박하게 굴 필요가 없다는 계산일까. 아니면, 도성 가까이 불러 올려 자신이 국왕으로 호령하는 걸 배 아프도록 보고 견디란 말인가. 굳이 발만은 묶어 두려는 놈의 속마음이 무엇이든 그래, 금고만으로도 다행이다. 참으로 다행이다. 기를 쓰고 탈출할 필요가 없어져서. 탈출한들 돈 한 푼 없이 무엇을 할 수 있을까. 소금장수는 누가 맨손으로 시켜 준다던가. 기껏 할 수 있는 일이라곤 남의집살이를 하는 것뿐이니 그래가지고는 어느 세월에 원수를 갚을 것인가. 늙은 몸으로 일인들 야무지게 할 수 있으랴.

주책없이 기쁘다. 노역에서 풀려난다니 어쨌든 마음이 홀가분하고 뭔가 생기가 도는 듯하다. 이방원이 준 형벌이 끝났을 뿐인데 왜 나는 기뻐하는지 모르겠다. 이래서는 안 된다. 좋아하지 말자. 그러면 원한이 사그라질지 모른다. 안 된다.

그래도 아버지가 호로 삼을 만큼 애착을 두었던 땅 삼각산 삼봉으로 갈 수 있다니. 아버지 평생에 사신 곳도 많고 다닌 곳도 많지만 이곳 삼봉만이 아버지의 호가 될 만큼 애정을 많이 쏟으신 땅이다.

삼봉으로 굳이 가라는 것은 제대로 금고 당하라는 말이리라. 그러니 사건을 파헤치는 건 여전히 불가하고, 나는 그저 『삼봉집』을 더 깊이 다듬어야 한다.

선전관은 우리 부자에게 사실을 털어놓은 뒤로는 굳이 감시하지도 않았다. 그는 지방 감영을 지날 때마다 지방관들의 대접을 받으면서 쉬엄쉬엄 길을 갔다. 우리 부자는 선전관을 따라 가 봤자 모욕이나 당할까 얻을 것 하나 없으므로 더욱 길을 재촉했다. 종인들조차 충청 감영에 이르러 어디론지 사라지고 보이지 않았다. 우리 부자가 알아서 삼각산 삼봉재 밑으로 가야만 한다. 달아나 봤자 금고로 사는 것보다 나을 리 없으므로 선전관도 우리 부자 마음대로 길을 가게 내버려 둔 것이다.

우리 부자가 금고 당해 살아야 할 삼봉재 아랫마을에는 아버지가 유배 시절에 살던 초가와 거기 딸린 산전이 약간 남아 있었다. 이방원이 우리 가산만은 그대로 두었다니 삼봉 누옥도 그대로 있을 듯하다. 거기 살지 않은 지 꽤 오래 되었으므로 사람들은 우리 얼굴을 알아보지 못할 것이다. 아, 나도 정신이 없다. 우리 어머니도 내 얼굴을 쉬 알아 보지 못할 텐데 그런 걱정을 다 하다니. 15년이 어디 웬만한 세월인가.

삼봉 밑 누옥은 사실 아버지가 태어나고 오랫동안 살던 터전이다. 유배 시절에는 이곳으로 낙향해 학인들을 모아 가르치기도 했는데, 이 곳 출신 재상의 등쌀을 이기지 못해 기어이 헐어 버려 지금 있는 초가 는 나중에 조선을 개국한 뒤 개국공신일등의 위세로 새로 지은 집이 다. 그래서 옛집보다 도리어 낫다.

이곳에 사실 때 우리 아버지는 말 못할 가난과 핍박에 시달렸다. 나 역시 이 집에 대한 추억이 많다. 어린 시절 배고픔에 시달린 것은 큰아 들인 나도 마찬가지였기 때문이다. 그래도 이 집이 이성계 전하를 빼 고는 조선에서 가장 높고 귀하다는 아버지를 낸 명당이니, 혹시 아는 가, 내게도 그런 기회가 올는지. 아니면 내 자식한테라도 그런 기회가 온다면 오죽 좋으랴. 그렇기만 하다면 쓰디쓴 소태를 입에 물고 살라 해도 그럴 수 있으련만.

삼봉에 들어올 때의 아버지 처지와 당신의 아들인 나 정진이 삼봉에 들어가는 처지가 어쩌면 이렇게 같은지 모르겠다. 오래 살다 보니 세 상 일이 장난스럽게 보일 때가 많다. 지금도 그렇잖은가. 이방원 이놈 이 끝내 장난질하는 것 아닌가.

아버지의 인생과 큰아들인 나 정진의 인생은 반대다. 아버지는 젊어서 고생하고 나이가 드셔서 이성계 장군을 만나 영화를 누렸지만, 나는 젊은 시절에는 아버지 덕분에 영화를 실컷 누리다가 늙어서야 이런 고초를 겪는 것이다. 내 아들 래와 속만 이도저도 아닌 듯하여 속이 상하다. 알 만한 나이까지 고생 모르고 자라다가 십수 년 이 고초를 겪고 있으니 이 아이들 인생에 무슨 볕들 날이 있을는지 담벼락을 마주한 듯 참으로 암담하다. 아들, 아들 하지만 내 아들의 나이 서른넷이나 된다. 서른넷이면 조정에 나가 한창 기세 높여 일할 나이다. 내가 그랬고, 아버지가 그랬다. 녀석 턱에 난 수염을 보면 과연 이승에서 무슨 광영이 찾아올까 안쓰럽기 짝이 없다.

하지만 아버지 정도전도 삼각산 삼봉재에 사실 때는 하루 앞을 내다볼 수 없는 고난의 나날을 보내셨지만 이런 시를 희망으로 남기셨다.

아침나절 말을 타고 도성을 나서니

도성 앞 큰길이 숫돌같이 반듯하네

사람을 만나도 절 않고 말 안 하며

채찍 늘어뜨리고 고삐 놓아 말 가는 대로 갔네

어깨는 추켜올리고 고개는 숙인 채

부지중에 시를 읊어 이따금 소리내네

외롭고 게으름을 천공이 놀리는 건지

갑자기 넘어져 내 얼굴을 상했다네

아이들은 길을 막고 손뼉 치며 웃어 대고

돌아와 열흘이 지나도 아직 편치 않네
문 앞에 드나드는 거마 없어 참새 그물 칠 만한데
하물며 앉아서 공경대관 만나다니
돌 찜질 핑계 삼아 간청을 물리치네
어린 종놈 거를 생겨 땔나무에 손이 가네
그대는 보지 못했나, 새옹을
득실은 예로부터 화복이 따르는 법

아버지는 그런 중에도 새옹지마의 고사를 떠올리며 좋은 날이 오기를 기다렸던 것이다. 아버지의 여유가 부럽다. 과연 내게도, 아니 언감생심 나는 그만두고라도 내 아들에게나마 그런 기회가 올 것인가. 그래서 내 아들이 새옹이라도 될 수 있을까.

아서라. 꿈꾸지 말자.

이미 폐서인되어 역적 집안의 자식으로 낙인이 찍혔는데, 역성혁명이라도 다시 일으킨다면 모를까 내 생에 그런 일은 생기지 못할 것이다. 아버지는 죽어 역적이 되었으며, 부하들까지 모욕을 받고 제거되었다. 우릴 호송한 선전관처럼 미관말직으로 있던 사람들이나 겨우 살아남았을 뿐이니, 그들에게 무슨 의리를 구하랴. 그 사이 원수 이방원은 마침내 스스로 왕위를 차지하여 조선의 지존이 되었다. 15년간 머나먼 전라좌수영에 있었지만 그래도 귀는 있어 들을 건 들었는데, 나라는 갈수록 잠잠하여 아버지를 위해 떨쳐 일어날 사람이라곤 없는 듯했다. 이나 벼룩이라면 이방원을 물어 주기나 할까 인간으로서 아버지를 위해 한마디 간언을 해 줄 사람조차 없는 것이다. 아무리 따져 봐도 이 조선 땅 안에서는 새옹이 온다 해도 어쩔 도리가 없다.

삼봉재

　이렇게 해서 우리 부자는 발이 부르트도록 걷고 걸어 삼봉으로 들어
가 스스로 금고를 당했다. 금고라는 글자를 그대로 읽으면 꼼짝 못하
도록 땜질을 하여 가둬 둔다는 말이지만, 실은 폐서인시켜 놓고 다시
는 관리로 등용하지 못하는 형벌일 뿐, 머슴으로 살든 노비로 살든 산
간을 개간해 먹고살든 상관이 없다는 뜻이다. 영불서용永不敍用, 이 넉
자가 곧 금고의 가장 큰 형벌이다.

　난 아버지의 서재이자 우리 가족이 이따금 별장으로 쓰던 이 삼봉 누
옥에 자리를 잡자마자 한양으로 편지를 보내 우리 부자가 수군에서 풀
려나 경기도 삼각산 삼봉 아랫마을에 금고 당해 있다는 소식을 전했
다. 선전관이 이미 말했듯 가족들을 만나는 건 허용되었다. 물론 우리

부자만이 금고가 아니고 아버지의 혈통은 누가 되었든 금고다. 진위로 떠났다는 친족들도 마찬가지다.

　며칠 뒤 나는 평생 쏟을 눈물을 하루에 다 흘려야만 했다. 우리 부자가 수군으로 붙들려 지낸 15년간 한양성에 갇혀 겨우 목숨만 부지하고 있던 어머니와 내 아내, 남아 있던 아들 속을 비롯한 어린 자식들, 제수씨들과 조카들까지 삼봉으로 올라왔다. 그간 서로 소식도 모르고 지냈으니 늙은 내 눈에 흐르는 눈물이며, 더 늙은 어머니와 아내, 그리고 자식들이 흘리는 눈물은 소나기 같았다. 어머니는 너무 늙어 차마 바라볼 수도 없이 삭정이처럼 바짝 늙었고, 아내도 늙고, 제수씨들, 조카들까지 다 늙어 버렸다. 둘째아들 속은 꿈에서 보던 소년이 아니다. 이마에 주름이 진 장년이다. 조카들은 누가 누군지 알아보질 못했다. 이름도 기억이 나지 않는다. 아, 한숨 잠을 자다 일어난 것 같은데 세상은 이토록 변해 버렸다. 내가 천상이라도 다녀온 것이라면 좋으련만 너무 오래도록 형벌을 살다 보니 감각이 무뎌진 모양이다.

　밀린 얘기를 듣자 하니 공신녹첩이며 과전까지 다 빼앗긴 뒤 우리 가족은 나와 내 큰아들마저 수군으로 징발당해 고생이 막심했단다. 집에 딸린 노비들은 이방원의 수하들이 다 잡아가고, 일하는 사람 하나 두지 못하고 어머니와 집사람이 손수 밥 짓고 빨래하고 바느질하며 여태 버텨 온 것이다. 동생 유와 영, 담의 아내들과 조카들까지 그 사건이 일어난 뒤로는 갈 데가 없어 그간 한 집에 모여 어렵게 살아왔단다.

가장 견디기 어려운 것은, 이방원에게 붙었다는 하륜과 변계량 두 놈이 우리 할머니를 노비의 피가 섞인 천민이었다고 실록에 적었다는 소식이었다. 그러면 아버지며 나와 내 형제들은 저절로 천민의 핏줄이 되니 오죽 비방하기 좋으랴. 아, 정변이란 이다지도 악독한 것이다. 이게 원래 저 간악한 정몽주가 공양왕을 등에 업고 아버지와 이성계 전하를 죽이려 꾸며 댄 거짓인데, 하필 하륜과 변계량이 고려 적 그 묵은 상소문을 갖다가 사실인 양 적어 버린 것이다. 어쩌랴. 무덤에 들어가신 아버지께서 무슨 변명을 다시 하랴.

다행인 것은 역적 집안으로 몰리면 대개 그 집에 딸린 식솔은 노비로 처분해 버리는 법인데, 이방원은 돈으로 매매되는 하인들이나 잡아갈 뿐 웬일인지 우리 가족을 서인까지만 강등시켜 놓고는 모른 척 내버려 두었단다. 또 아버지의 공신녹첩과 과전을 회수해 갔을 뿐 기왕의 집이나 가산에 대해서는 일절 손을 대지 않았단다. 군사들이 사적으로 슬쩍 들어간 것 말고 나라가 손댄 것은 없다고 했다.

신분도 그랬다. 대개 이런 일이 있으면 천민으로 만들어 절대 재기하지 못하도록 하는 법인데, 이방원은 일말의 양심이라도 있는지 우리 가족을 서인으로 만들었을 뿐 따로 엄한 조치를 내리지는 않았다. 다만 판중추부사로서 당상관이던 나와 과거에 급제하여 출사를 하려던 내 자식만 수군으로 징발해 반발을 무마했던 것이다. 이런 덕분에 우리 부자가 고생하는 동안에도 우리 가족들은 논밭을 갈거나 소작을 주어 배곯지 않고 살 수 있었다고 한다. 불행 중 다행이다. 집안 식구들이 굶어 죽지나 않나 해서 밤마다 악몽을 꾸었던 걸 생각하면 진저리가 난다.

가족들이 모인 덕분에 당장 살아갈 살림은 걱정하지 않아도 되었다. 가족들은 도성 밖에 있는 우리 밭을 일궈 그간 목숨을 부지해 온 것이다. 하기야 어머니로 말하자면 이런 고생쯤은 젊은 시절에 익히 몸에 밴 것이라 별로 놀랄 일도 아니었을 것이다. 힘든 것은 우리 집이 번창할 때 시집 온 제수들과 고생 모르고 자란 조카들이었으리라. 녀석들을 위로하자니 우리 부자가 겪은 고초가 더 생각나 눈물이 그치지 않았다. 어머니와 아내가 놀랄까 봐 우리 부자가 고생한 일은 숫제 말도 꺼내지 않고, 편했노라, 그렇게 둘러대었다.

어머니를 비롯한 가족들은 며칠 뒤 다시 한양 집으로 돌아갔다. 그래도 남은 재산이라도 지키고, 있는 밭이며 논이라도 손을 봐야 먹고살기 때문에 땅이라곤 몇 뙈기밖에 없는 이곳 삼봉 누옥에는 머물 곳이 못 된다. 그렇다고 서울 땅을 팔아 이곳 땅을 살 수도 없다.

우리 부자는 사실상 유배 중이니 이방원의 눈치를 보며 조용히 지내야 한다. 자칫 소문이라도 이상하게 나면 즉흥적이고 감정적인 이방원 이놈은 언제 돌변하여 우리 부자를 잡아들여 목을 치라고 악을 쓸지 모른다. 이방원의 불같은 성격은 내가 어려서부터 익히 보아 왔기 때문에 잘 안다. 매사 급하고 격정적이어서 도무지 믿을 만한 놈이 아니다. 웃고 떠들다가도, 노름을 하다가도 수가 틀리면 파르르 눈꼬리를 떨면서 덤비고 소리 질러 분위기를 망쳐 놓은 게 한두 번이 아니다. 아버지는 왜 그런 이방원을 진즉에 묶어 두지 못했을까 참으로 아쉽고 절통하다.

삼봉 누옥에서 감나무를 가지 치고, 풀을 베어다 퇴비를 만들고, 텃밭을 일궈 채소를 심었다. 그러면서도 내 몸은 불이 난 듯 원수들을 응징해야 한다는 각오로 몸서리쳤지만, 현실은 그렇지 못했다. 그저 피로 물든『삼봉집』을 다시 적되 이방원과 그 무리의 목을 치듯이 날 서게 쓸 수밖에 없다. 붓을 칼로 여겨 놈들의 심장을 파헤쳐야 한다. 칼질하듯이 붓질을 하고, 놈들의 목을 조르듯이 책 끈을 엮어야 한다.

하지만 붓질을 하든 농사를 짓든 삼봉 안에 숨어 조용히 지내야 한다. 갈 데도 없지만, 어딜 가든 내가 삼봉 정도전의 아들이오, 이렇게 말을 할 수가 없다. 이방원이 날 노리고 있는지, 아니면 일부러 모른 척하는 건지도 알 수 없다. 방석, 방번도 어디 죽이마 하고 죽였는가. 유배 보낸다고 해 놓고는 적당한 데서 도적에게 칼 맞은 것처럼 꾸며 죽여 버렸다. 또 작당하여 함께 아버지를 죽이는 데 나섰던 방간 제 형도 잡아다 유배시켜 버린 놈 아닌가. 한때 공신이라고 추켜세웠던 박포 등 일당까지 가차 없이 죽여 버렸다고 한다.

이방원은 제 기분대로 날뛰는 놈이니 내게도 그러지 말란 법이 없다. 국법 따위는 안중에도 없는 놈이다. 금고란 말만 믿고 도성을 드나들고 옛 친구들을 만나고 다니다가는 분명 놈의 눈이 홱 돌아갈 것이다. 놈은 언제 어디서 함정을 파 놓고 기다릴지 모른다. 이 마을 어딘가에도 놈이 심어 놓은 횡목이 있을지 모른다.

내 마음은 항상 아버지의 시 '가을밤'[20]에 머물러 있다.

오늘은 분명 어제는 아닌데 내일 아침은 다시 언제일까?

외우고 또 외우지만 아버지는 오늘의 나를 위해 이 시를 남기셨는가 보다.

어쨌든 난 숨어 살아야 한다. 어떻게든지 살아남아 아버지의 억울한 죽음을 누군가에게 말하지 않으면 안 된다. 그러자면 이『삼봉집』을 다 쓸 때까지는 목숨을 지켜야 한다. 나의 목숨을 지키는 것이 곧 아버지를 지키는 것이고, 나의 자식을 살리는 것이 곧 우리 아버지를 살리는 것이다.

또 해가 지나 제삿날은 어김없이 돌아온다. 우리 집에는 비극의 날이지만 이방원 패거리에게는 둘도 없는 승리의 전야이다. 내가 떼 제사를 지낼 때 놈들은 아버지가 지은 경복궁에 모여 승리의 그날을 자

---

20) 정도전이 서른 살이 되던 1371년에 지은 시다. 마침 공민왕의 총애를 받던 신돈이 처형되었다는 소식을 듣고 읊은 것이다.
今日非昨日 오늘은 분명 어제는 아닌데
明朝復何時 내일 아침은 다시 언제일까
陰陽無停機 음양은 그 틀을 멈추지 않고
四時相推移 사시는 서로 밀어 옮기네
百年能幾何 백년은 얼마나 되는 것인가
徒令我心悲 속절없이 내 마음 서러울 뿐

축할 것이다. 세상은 그런 것이다. 우리 아버지와 이성계 전하가 세상을 뒤집어 놓을 때도 그러했잖은가. 최영이 그랬고, 정몽주가 그랬고, 고려의 왕들이며 왕 씨들이 그러했다. 최영이 죽어 이성계가 권세를 잡고, 정몽주가 죽어 우리 아버지가 유배에서 풀렸잖은가. 그러니 나라고 특별히 억울할 것은 없다. 그래, 세상을 원망할 필요는 없다. 다만 이방원, 이 한 놈만은 용서할 수가 없다.

삼봉에서 맞은 아버지와 동생들의 제사에는 우리 부자만이 아니라 어머니와 아내, 제수와 조카들까지 한양에서 찾아와 다 같이 절을 하고 차를 끓여 바칠 수 있었다. 늙은 어머니는 이제야 제사다운 제사를 지낸다며 기뻐하셨다. 제수들도 마찬가지다. 그동안 어린 조카들을 내세워 제사를 지내느라 얼마나 서글펐을까. 지나간 15년간 우리 아버지와 내 아우들은 한양 집과 전라좌수영에서 지내는 제사를 꼭 두 번씩 받았다. 나는 가족들이 노비로 끌려가 제사를 지낼 형편이 안 되는 줄 알았고, 가족들은 우리 부자가 수군으로 끌려간 마당에 무슨 제사랴 여긴 것이다.

내가 바친 제사는 보잘 것 없었지만 그래도 어머니가 드린 제사는 제물이 넉넉했을 것이다. 제기며 병풍이며 없는 것 없이 그럴 듯했지만, 어머니는 큰아들과 큰손자가 없는 제사를 지내면서 늘 마음이 시렸단다. 하기야 내가 아들과 함께 지낸 제사는 제물은 형편없지만 그래도 상주와 큰손자가 살아 있다는 걸 아뢰는 것만으로도 뿌듯했다. 그러니 제사가 아니라 언제고 반드시 이방원 그놈에게 복수를 하리라, 이런 맹세의 자리가 되었다.

그런데 이번에 어머니가 한양에서 제기와 병풍을 가져오고, 우리 부자가 한 번도 만들어 바치지 못한 전과 떡, 과일과 육포, 쇠고깃국 등 귀한 음식까지 싸 와 조율이시 홍동백서 어동육서 좌포우혜를 따지며 번듯하게 제사를 지내고 나니 뭔가 하나쯤은 속이 풀리는 듯하다. 이러고 보니 우리 집안도 복수의 칼을 갈기만 하면 언젠가는 원한을 풀 수도 있을 것만 같다. 제발 그런 날이 어서 와야 할 텐데, 날이 갈수록 오원이 부럽다.

오늘도 제사를 마치고 신위 석 장을 떼어 냈다. 여전히 무게가 느껴진다. 비명에 간 아버지와 형제들, 그 영혼의 한이 무겁다. 신위를 쓸 때마다, 손에 들 때마다 나는 한없이 무기력해진다.

나는 직접 부엌에 나가 알불을 들고 마당으로 나가 신위에 불을 붙였다. 그러면서 울먹인다.

아버님, 언제고 이방원에게 원수를 갚겠습니다. 그리고 선비가 이끌며 민본 民本을 앞세우는 나라 조선을 건국하신 아버님의 정신을 길이 전하겠습니다. 아우들아, 조카들은 내가 잘 가르치고 잘 기르마. 서인이긴 하지만 공부는 꼭 시키마. 서당이나 향교에서 받아 주질 않을 테니 내가 직접 가르치마. 관중추부사를 지낸 난데 향교 훈장들만 못하겠느냐. 그러니 걱정 말고 영면하라.

후르륵.

노랗게 불이 붙는다. 참 잘 탄다. 닥나무를 베어 삶고 껍질을 벗기고 여러 번 손질을 해야 겨우 종이 한 장 만들어 내는데, 불을 붙이니 순식간에 타 버린다.

아버지가 그랬다. 그 모진 세월, 유배를 거듭하며 공자와 맹자와 주자가 이상으로 삼던 철학자의 나라, 군신이 화합하고 온 백성이 편안한 민본民本의 나라를 만들고, 나아가 잃어버린 고토 요동을 되찾으려 불철주야 노력했건만 이방원은 수십 년에 걸친 이 모든 노력을 단 두어 시간 만에 거둬 버렸다. 금세 불이 붙어 재가 되는 이 신위처럼.

그때 죽음을 앞둔 긴박한 상황에서 아버지는 붓을 들었단다. 한참 지나서야 아버지가 지은 시가 떠돌았고, 친필로 적은 시 〈자조自嘲〉가 결국 장자인 내 손으로 돌아왔다.

양조兩朝에 한결같은 마음으로 공력을 다 기울여

서책에 담긴 성현의 참 교훈을 저버리지 않고 떳떳이 살아왔소

삼십 년 긴 세월 온갖 고난 다 겪으면서 쉬지 않고 이룩한 공업

송현방 정자에서 한잔 술 나누는 새 다 허사가 되었구나

그렇다. 아버지는 그걸 술 한잔 나누는 사이라고 하셨다. 그러니 나는 한잔 술 나누는 새라도 헛되이 보내지 말자. 정신 똑바로 차리고 분노를 기르고, 힘을 모으자. 살피고 또 살펴 적들에게 작은 빌미라도 줘

서는 안 된다. 희망은 나와 내 자식들, 조카들에게 있다. 오원은 천지 간에 원수를 갚아 줄 오씨라곤 자신밖에 없었지만 내게는 내 자식들이 있고, 애비를 잃은 조카들이 있다. 오원에게 있는 오나라 부차 대신 내 게는 이 아이들이 희망이다.

날이 그새 선선해지고 있다. 올 여름은 정말 무더웠다. 콩밭에 나가 김을 매자면 헉헉거리며 숨을 몰아쉬어야 할 만큼 더웠는데, 어느새 한로라니. 삼각산 기슭이라 날이 더 찬가 보다.

옆집 지붕을 타고 올라간 박 줄기에 하얀 박이 열려 있다. 나도 심어 길러야 했는데 그럴 여유가 없다. 동네 사람들과 낯을 익힐 수도 없다. 누가 내 이름을 알아도 안 된다. 물론 그들은 알 것이다. 모른 척할 뿐 이리라. 우리 부자 이름을 알아서 그들에게 이로울 게 하나도 없을 테 니까. 나 역시 그들을 알아서도 안 된다. 잊지 말아야 한다, 우리 부자 는 지금 금고 중이다.

이웃과 나를 이렇게 만든 건 그 두려운 이름 정도전, 아버지는 역적 이 되고 난 역적의 아들, 내 아들은 역적의 손자이기 때문이다. 하늘을 올려다보니 살별인지 별똥별인지 금을 긋듯이 휙 지나간다. 속도를 보 니 별똥별 같다. 파란 별빛이 아스라이 스러진다. 쪼그라든 달을 보니 아버지 시가 생각난다.

평생에 밝은 달 사랑하건만
밝은 달이 항상 둥근 것은 아니네

144

......

달이 지니 사람이 잠 못 이루고

사람이 돌아가니 달이 또 돋아

사람이란 모였다 흩어지는 것

달도 또한 차면 이지러지네

사람이 달과 서로 어긋나니

아름다운 기약 서로 틀려만 가네

한 달에 달은 한 번 둥그는 거라

달 대하면 오래도록 서로 생각나네

아버지 시처럼 밝은 달이라고 늘 둥글기만 한 게 아니니 어느 때는 초승달도 되고, 어느 때는 그믐달도 된다. 아버지는 훗날 나더러 이 시를 음미하며 용기를 가지라고 남겨 주신 모양이다. 사람이란 모였다 흩어지는 구름 같은 것, 달도 또한 차면 이지러지는 법이니 아버지에게 모였던 그 많은 사람들이 아침 안개처럼 흩어지고, 하늘을 찌를 듯하던 우리 가문의 영화는 마치 실 같은 그믐달처럼 남아 구름 속에 묻혔다. 그래도 나는 믿는다. 아버지의 시구처럼 한 달에 한 번 달은 가득 차는 법이라니, 오, 그로부터 16년이 지났으니 한 번쯤 둥근 보름달이 뜰 법도 하잖은가.

"그대, 혹 정진이오?"

사립 밖에서 누군가 내 이름을 불렀다. 차디찬 목소리다.

이 산간에서 누가 내 이름을 알고 있단 말인가. 이 쓸쓸한 삼봉재 아래 내 이름을 아는 사람이 누가 있단 말인가. 혹 있더라도 이처럼 대놓고 내 이름을 부르는 자가 대체 누구인가. 목소리가 서릿발처럼 얼어 있는 것으로 보아 공무를 집행하는 자 같다. 목소리만 들릴 뿐 날이 어두워 얼굴이 보이지 않는다. 돌아보니 그림자가 흐릿하다. 관에서 감시하는 눈은 낮에만 찾아오는데 이 밤에 누구란 말인가.

"난 모르는 사람이오만, 누구를 찾소?"

우선 시치미를 떼야 한다. 수군으로 있을 때 정진이 누구냐고 묻는 놈은 언제나 나를 귀찮게 했다. 나를 알거나 아버지를 아는 벼슬아치들이 수영에 내려오면 으레 나를 불러내 모욕하고, 그럼에도 내가 반발하지 못하는 걸 보고 자신들의 승리를 확인하곤 했다.

이 자가 판중추부사를 지낸 정진인가? 전라좌수영은 정말 대단하오. 종2품직 수군까지 보유하고 있다니, 핫핫핫!

왜 수사는 이 당상관에게 잘 보여 한양으로 끌어올려달라고 하지 않고?

어이, 종2품. 내 잔에 술을 치게나.

그러니 그가 누구든 반가운 인물은 아닐 것이다.

"이걸 읽어 보오."

그림자는 뭔가 나를 향해 건넸다.

서찰인 듯하다. 가슴이 두근거린다.

오늘이 25일이니 달빛이 너무 흐려 한 데서는 서찰을 읽을 수가 없다. 나는 가족들이 모여 있는 방으로 들어가지 않고 아궁이에 알불이 남아 있는 사랑채 부엌으로 들어갔다. 가족들에게 불운을 옮겨서는 안 된다.

서찰을 열어 불빛에 비춰 보았다. 먹물 빛이 검게 비친다. 글은 없고 수결만 있다.

'이건?'

그렇다. 아직도 눈에 선한 이방원의 수결[21]이다. 15년 전만 해도 저와 나 사이에 심심찮게 서찰이 오갔고, 그 서찰마다 수결이 멋지게 붙어 있었다.

'그렇다면 저 그림자는 궁인이나 위사?'

내가 사립으로 다가가자 그림자가 입을 열었다.

"부르십니다."

그의 목소리를 듣는 내 귀가 서늘하다. 이방원이 날 부른다는 말이리라. 이렇든 저렇든 어쩔 수가 없게 됐다. 내 자식과 조카들이라도 살려 달라고 빌어 보는 수밖에 없다.

머릿속이 복잡하게 왔다 갔다 했다. 아무리 복잡해도 결론은 자명하

---

21) 이방원이 쓰던 수결.

다. 정신을 차리자. 난 역적수괴의 부름을 받은 것이다.

"어머니, 마실 좀 다녀오렵니다. 늦을지 모르니 먼저 주무십시오."

삼봉재로 들어온 뒤 난 마실이라는 걸 가본 적이 없다. 20년 전, 혹은 25년 전 이방원의 사가로 마실을 간 적은 있었지만.

"음복 안 하시고요?"

아내 목소리다. 음복이라는 고상한 말까지 쓰다니, 못난 남편이지만 내가 돌아온 뒤로 여유를 많이 찾은 탓이다.

"늦었어요."

"그래도……."

잠시 뒤 아내가 흐느끼는 소리가 들린다. 창호에 구멍을 내어 밖을 내다본 모양이다. 그 눈이라고 그림자들이 어른거리는 게 보이지 않을 리가 없을 것이다.

"후!"

한숨이 저절로 나온다. 사립 밖의 그림자들을 보면 그들이 누군지 어렴풋이 알 수 있을 것이고, 그래서 식구들은 느닷없이 찾아온 먹구름을 느낀 것이다. 이어서 아이들 울음소리까지 들려왔다. 우렁차지는 못하다. 더 숨기고 누를 수 없어 새나오는 흐느낌일 뿐이다. 어머니 울음은 들리지도 않는다. 누구도 차마 문을 열어젖히고 뛰어나오지 못하는 것은 이 일이 갑작스럽지 않은 탓이다. 아버지를 위해 나섰다가 아우들이 떼죽음을 당한 뒤로 우리 가족은 우리에 갇힌 짐승마냥 온순해 졌다. 15년간이나, 아니 이제 16년간이나 죽음, 유배, 금고, 장형, 순군옥, 수군 따위의 징그러운 일만 상상해 온 우리 가족들이 체득한 생존 전략이란 오로지 참는 것뿐이다. 때리면 맞고, 잡아당기면 끌려가고, 밀면 밀리고, 오라면 가고, 가라면 오면 된다. 단지 이는 꽉 물고.

나는 사립을 열고 한 걸음 밖으로 나섰다.

그림자가 다가왔다. 하나가 아니다. 헤아려 보니 다섯이다. 그들의 옆구리마다 무거운 칼을 찬 게 보인다. 궁궐수비를 맡고 있는 놈들인 게 틀림없다. 빌어먹을, 이제 와서 날 죽이겠다는 건가.

도대체 내가 삼봉재로 올라와 뭘 잘못 처신했다지? 일부러 아랫마을로 내려가지도 않았다. 장이나 보러 가끔 나갔을 뿐 찾은 사람도 없고, 찾아온 사람도 우리 가족 말고는 없다. 뭘까, 무슨 일일까. 떨지는 말자. 아버지와 아우들이 비참하게 죽은 것으로 나의 두려움은 끝났잖은가. 더 이상 무엇이 두려운가. 두려움 따위는 16년 전 그날 그 순간에 다 잊었잖은가.

자서 오원이 또 생각난다. 아버지와 형이 초평왕에게 죽은 뒤 그는 피눈물을 머금고 고국 초나라를 떠나 멀고 먼 오나라까지 수천 리 먼 길을 달아났다. 거기서 절치부심 끝에 오왕 부차와 병법의 달인 손무를 설득하여 함께 초나라를 공격, 초토화시키고, 죽은 초평왕의 시신을 무덤에서 꺼내 채찍으로 마구 때려 묵은 한을 삭였다. 그러기까지 걸린 시간은 16년, 내가 수군으로 절치부심한 15년에 금고 1년을 더하니 딱 16년이다. 어쩜 이리 똑같단 말인가.

그러나 나는 아직 적에게 쫓기고, 더구나 달아날 데가 없다. 나라에 정변이 생길 때마다 많은 사람들이 유일하게 망명하는 명나라, 하지만 그 명나라도 내가 갈 수 있는 땅은 아니다. 명나라는 우리 아버지를 잡아가지 못해 이를 갈던 원수의 나라다. 명나라 괴수 주원장은 죽기 전까지 아버지를 잡아 보내라고 조선 사신들을 협박하고 다그쳤다.

그렇다고 왜국으로 달아날 수도 없다. 왜구라면 아버지와 이성계 전하가 수도 없이 잡아 죽였으니 날 반길 리 없다. 아니, 설사 받아 주더라도 내가 이성계의 오른팔 정도전 아들이다, 그러니 원수 좀 갚아다오, 이런들 그들이 내 소원을 들어줄 리 없다. 하늘 아래 내가 숨을 곳은 정녕 한 군데도 없단 말인가. 송곳 하나 꽂을 만한 피난처도 없단 말인가.

그렇다. 날 도와줄 '오나라'는 이 세상에 없다. 부차 같은 왕도 손무 같은 군사軍師도 내겐 없다. 그래서 내가 계획한 것이 다가올 미래의 후학들에게 이방원이 무슨 짓을 저질렀는지, 우리 아버지가 꿈꾸던 조선이 어떤 나라였는지 자세히 알리기로 한 것이다. 그래서 몰래 『삼봉집』을 적어 왔다. 글자 한 자 한 자 피를 찍어 쓴 혈서나 다름없다.

이것이 내가 원수를 갚는 방법이다. 나는 그때 일을 소상히 적어 필사본 열 부를 만들어 두었다. 내 자식에게 전하고, 내 자식은 또 그 자식에게 전할 것이다. 언제고 아버지의 억울한 죽음이 밝혀질 때까지 대를 이어 책을 전할 것이다. 『삼봉집』 이것만이 내가 살아야 할 단 한 가지 이유다. 그리하여 죽기 전에 아버지를 신원伸冤시키는 것, 이것이 유일한 내 소원이다.

이놈들은 내가 책을 지었다는 걸 알고 있을까? 그래서 날 잡으러 온 걸까?

이 책까지 뺏기면 안 된다. 책은 지금 살고 있는 집 사랑채 천장에 한 부, 무학 대사 부도에 한 부, 관향 봉화 선영에 한 부, 처갓집에 한 부, 내 외가에 한 부가 있다. 수군에서 풀려나 삼봉 누옥으로 온 뒤 비밀리에 사람을 보내 그렇게 숨겨 두었다. 가장 안전한 곳에 한 부를 두었는데, 아버지 무덤이 있는 우면산 기슭 작은 옹기에 담아 묻어 두었다. 이건 나와 내 아들 래와 속만 안다. 내 아들 래와 속이 몰래 나다니며 한 일이니 들킬 리가 없다.

그런데 왜?

"오르시오."

검은 갑옷을 입은 그림자가 말하자 다른 그림자가 안장이 채워진 말을 끌고 앞으로 나섰다.

"타시오."

말에 오르자 검은 그림자가 내가 탄 말의 고삐를 쥐었다. 그가 먼저 출발하자 내가 탄 말도 걸음을 떼기 시작했다.

"참말 나리요?"

몸이 흔들렸다. 안장 손잡이를 두 손으로 잡으며 검은 갑옷을 입은 그림자에게 물었다.

그림자가 말했다.

"보는 대로 보고, 들리는 대로 들으시오."

"내 목숨이 걸린 일이라도?"

"당신 목숨이라니? 주상 전하가 살려준 목숨인 줄 잊었소?"

"주상? 그대들의 주인은 정녕, 방원인가?"

"무엄하오!"

그는 몸을 휙 돌리더니 채찍을 들어 내 말의 옆구리를 한 대 갈겼다.

히이잉.

내가 탄 말이 앞발을 쳐들며 솟구쳤다. 나는 말에서 떨어지지 않으려고 안장 손잡이를 꽉 잡았다.

금세 그림자들이 몰려들어 나를 포위했다. 나는 떨지 않으려고 큰 숨을 들이마셨다가 천천히 나누어 내쉬었다.

"날 죽일 셈이면 멀리 가지 말자. 다 귀찮다. 방원이 얼굴 따위는 보기도 싫으니 내 목만 가져가라."

검은 갑옷을 입은 그림자가 다시 말고삐를 당겼다.

"다시 말하지만 잠자코 명을 따르면 안전하게 모시리다. 누구도 거역할 수 없는 지존의 명이시니."

'모신다? 역적의 자식이라고 매도해 온 너희들이 날 모신다? 어디, 저승길로 모신단 말이냐?'

숨어 있던 아버지의 목덜미를 잡아끌었다는 이방원의 종 소근이는 그런 식으로 말하지 않았을 것이다. 이들은 소근이와 무엇이 다를까.

행궁

말 탄 그림자들은 빠른 속도로 움직였다. 검은 그림자 몇이 앞을 가르고, 몇은 뒤를 막으며 달렸다. 어두컴컴한 오솔길을 달리자니 큰 나무 기둥들이 휙휙 지나가는 듯했다. 말을 안 탄 지 오래 되어 엉덩이가 금세 얼얼하다.

"설마 경복궁까지 갈 생각은 아니겠지?"

"멀지 않은 곳에 행궁이 있습니다."

행궁? 행궁에 있을 사람은 내게 오직 한 분, 이성계 전하뿐이다. 이방원은 그저 왕자일 뿐이다. 난 아직도 16년 전의 기억만을 쥐고 살아가고 있지만, 그들에게는 엄연한 현실이리라.

그가 행궁까지 차리고 날 부른다고 생각하니 소름이 돋는다. 하나밖에 안 계신 내 아버지를 죽인 원수가, 내 형제 넷 중에 나를 뺀 셋을 비명에 죽게 한 살인마가 날 부른다니 어찌 전율이 일지 않겠는가.

"내가 여기 산다는 걸 어떻게 알았지?"

"명을 받들어 얼마 전부터 찾고 있었습니다."

"흥, 날 죽이려는 거겠지. 가산을 적몰하고 폐서인시킨 것으로도 모자라 기어이 날 죽이겠다는 말이지. 배은망덕한……."

"다시 말하지만 들리지 않는 것은 듣지 마시고, 보이지 않는 것은 보지 마십시오."

"뭣이?"

"당신은 나라에 큰 죄를 지은 죄인이라고 들었소. 그러니 주상 전하 앞에 이르거든 무릎걸음으로 다가가 꿇어 엎드리고, 용안을 올려다보지 말고, 말하지 말고, 오직 듣기만 하고, 물으시거든 예, 아니오, 이 둘 중 하나만 말하시오."

검은 갑옷을 입은 그림자는 더는 말하지 않고 걸음을 서둘렀다. 따르는 군사들의 나이를 짐작해 보니 무인년에는 코흘리개였을 것 같다. 아, 허무하여라.

이방원, 네놈에게 난 눈엣가시 같은 존재일 것이다. 정도전이 누구인지 가장 잘 알고 있는 유일한 그의 장자, 내가 어떤 비밀을 알고 있는지 그는 모른다. 어쩌면 이방원 이 바보 녀석은 제 아비 이성계 전하가 실은 여진 땅 만호장 아가바토르이며, 그의 할아버지 이자춘 역시 여진 땅의 만호장 우르스부카라는 걸 내가 세상에 다 까발릴까 봐 두려

울지 모른다. 전주에서 그 옛날 도망쳐 올라온 이씨라고 해야 얘기가
되는데, 이방원 네 혈통이 복잡하다는 걸 내가 다 알고 있다. 언젠가
무학대사가 내게 직접 말씀해 주신 게 있다.

스님, 우리 아버지는 불교를 억누르고 유교를 높이는데 어째서 조선 건국을 돕
습니까?
난 조선을 돕는 것이 아니라 고구려를 돕는 거란다.
예?
그간 헤어져 살던 고구려 족이 오백 년 만에 두 손을 맞잡았잖느냐. 여진족을
이끄는 이성계와 고려를 이끄는 정도전 말이다. 여진족은 저희들만의 힘으로도
금나라를 일구어 냈는데, 앞으로 좋은 구경거리가 생길 것이다. 난 고구려가 되살
아나는 걸 보기 위해 오래오래 살아야 한다. 두고 보아라. 요동벌에 고구려의 함
성이 진동할 것이라.

넌 그게 두려운 거야. 넌 고구려 부흥을 막은 놈이거든.
두려운 놈이 어찌 너뿐이겠는가. 하륜, 이놈은 아버지의 은혜를 배
반한 놈이다. 아버지를 역적으로 몰아댔으며, 그 덕분에 영의정이 됐
다지? 그날 아버지에게 아양을 떨어가며 술잔을 바치던 이무 그놈은
첩자였다. 덕분에 크게 출세했다지? 조준, 권근, 조온, 김사형, 이숙
번, 이무, 민무질, 민무구……
내가 무슨 생각을 하든 그림자들은 어둠을 뚫고 달렸고, 그들을 따

라 나도 이끌려 달리고, 바람도 달렸다. 내가 무엇을 원하든, 무엇을 바라든 상관없이 마구 질주하는 운명처럼, 지나간 16년간 속수무책으로 달려들던 그 우울한 겨울처럼.

붉은색 천막에 보라색 끈으로 둘러친 임시 행궁으로 나를 이끈 무장을 따라 들어가니 거기 어디선가 본 듯한 인물이, 아니 다소 낯선 인물이 긴 의자에 앉아 있었다. 옛날의 그가 이제 왕이 됐다고 해서 그런 게 아니다. 내가 알던 왕자 이방원은 맞는데, 그도 그새 많이 늙었다. 패기만만하던, 화가 나면 욱하던 서른두 살의 그 청년이 아니다. 하긴 내 꼴을 보면 그가 이렇게 변한 것도 이상한 일이 아니다. 나만 쉰 넷으로 늙은 게 아니라 이방원도 어느새 마흔여덟이나 되었다. 그것도 모르고 난 여태 새파랗게 어린 이방원만을 머릿속에 그리며 원한을 품어 왔다니. 젊은 이방원은 굳이 내가 죽이지 않아도 16년 시간 속에 저절로 죽어 버렸다. 그것만으로도 통쾌하구나.

자서 오원이 이를 갈아가며 군사를 조련하다 마침내 16년 만에 찾아간 초나라에 그의 원수는 없었다. 그의 원수 초평왕은 이미 죽어 무덤에 묻혀 있었다. 오원은 세월을 한탄하면서 초평왕의 시신을 꺼내 울며 매질을 했다. 이방원의 얼굴에서 서른두 살의 살인자 이방원의 모습이 흐릿하게 지워져 간다니.

"떨지 마오."

"하하하. 더 잃을 것도 없는데 내가 왜 떨겠습니까, 나리."

나리는 왕자에 대한 존칭이다. 왕이라면 마땅히 폐하라고 해야 한다. 난 전에 이성계를 배알할 때 꼭 폐하라고 했었다. 물론 이방원은 명나라에 사대하여 스스로 불리는 호칭을 전하로 격을 낮추었다더라만. 어쨌든 그는 내게 나리에 불과하다. 내 기억 속의 이방원이란 장군의 아들에서 나리로 옮겨가 거기서 딱 멈추었다. 16년간 내 기억은 정지되어 있다. 이 정지된 시간이 얼굴에 눌어붙어 주름으로 잡히고, 기미로 덮일지언정 난 아직도 16년 전 그날을 살고 있다.

"나리, 라? 오래도록 숨어 살다 보니 세상 변한 걸 모르시는 모양이오. 나, 조선의 국왕이 되었소. 당신 아버지에게 불려가 매를 맞던 그 이방원이 아니오."

"군사훈련하기도 싫고, 그렇다고 매 맞기도 싫어 우리 아버지를 아주 죽여 버린 거 아니오? 정몽주 한번 죽여 보니까 사람 죽이는 거 별거 아니던 모양이지요? 이복형제들까지 죽이고, 내친 김에 동복형제도 죽이고, 유배 보냈다지요?"

"아주 겁이 없구려. 변방에서 수군질하다 오니 세상 변할 걸 모르시나 보군."

"하하하."

왜 웃음이 나는지 나도 잘 모르겠다. 그를 굳이 경멸해야겠다는 계산까지는 안 했는데도 웃음이 저절로 나온다. 내 의식은 지금 시공을 초월하고 있는가 보다. 결코 내가 의도한 것은 아니다.

웬일인지 그는 화내지 않았다. 그렇다고 웃지도 않았다. 마음을 저울질하고 있다는 뜻이다.

"과인에게 하실 말씀이 있소?"

"우리 아버지가 포은 정몽주에게 보낸 시 한 수가 있소. 나리가 때려 죽인 그 정몽주 말이오."

이방원은 국왕으로 즉위하고 나서 그가 직접 심복을 동원해 때려죽인 정몽주를 둘도 없는 충신으로 받들어 올리고는 묘역까지 넓혀 주며 잘 돌보라고 했단다. 알다가도 모를 일이다. 역적 정몽주는 충신이 되고, 충신 정도전은 역적이 되다니. 차라리 진나라 승상 조고처럼 사슴을 가리켜 말이라 하는 게 낫지 어떻게 이성계 전하께서 유종공종이라고 부른 아버지는 역적이 되고, 저와 제 일당을 죽이려 한 역적 정몽주는 충신이 될 수 있단 말인가.

고향 영천으로 가던 장례 행렬이 허둥지둥 중도에 묻어 버린 정몽주의 묘는 충신의 묘역이 되어 나라가 나서서 잘 가꾸고, 조선의 개국 일등 공신 정도전의 묘는 자식밖에 모르는 우면산 풀숲에 숨어 있단 말인가. 이방원은 즉위 5년 만에 그가 죽인 역적 정몽주를 대광보국숭록대부영의정부사익양부원군이라는 길고 영예로운 이름으로 추증하고 문묘에 배향시키면서, 정작 조선 건국 일등 공신 우리 아버지는 역적으로 몰아 자식이 올리는 제사마저 몰래 지내게 하고 있잖은가. 그러니 내가 어찌 마음의 칼을 갈지 않으랴.

"그래, 그 시가 뭐요?"

지란芝蘭은 불탈수록 향기롭고

우리 아버지가 때마침 핍박을 받고 있던 정몽주에게 써 보낸 위로의 시다. 아버지도, 정몽주도 모두 지란처럼 불에 타 버렸지만 그 향기는 막지 못하리라는 뜻이다. 아직도 정몽주의 향기는 조선왕실에 풀풀거리며 진하게 나는데 아버지의 향기는 재가 되어 딱 끊겨 버렸다. 조선왕조가 역적들의 악취로 가득 차다니.

이방원이 내 속뜻을 알아들은 모양이다.

"위사들은 물러가 있거라."

국왕을 가까이서 지키는 위사들이 행궁에서 물러났다. 다만 사관 한 명이 먹물을 묻힌 붓을 쳐든 채 자리를 지키고 앉아 있을 뿐이다.

"너도 물러가라."

이방원은 사관까지 나가라고 하명했다. 물론 사관은 어떤 상황에서도 왕 곁에 붙어 보이는 대로 들리는 대로 제 느낌대로 시시콜콜 적어야만 한다. 그게 우리 아버지가 만들어 놓은 조선의 국법이다.

사관은 눈을 반쯤 감은 채 움직이지 않았다. 그러면서 그는 "상上이 사관에게 물러가라고 이르다." 이렇게 적었다. 아버지의 정신이 이 사관에게 살아 있다.

"밖에 있는 위사! 도로 들어와서 사관이 가지고 있는 붓을 조사해라! 아무래도 붓대가 긴 걸 보니 그 안에 날카로운 쇠붙이라도 숨기고 있는지 의심스럽구나!"

그제야 사관은 웃으면서 몇 글자 더 적더니 붓을 내려놓고 스스로 물러갔다. 사초에는 아마도 '금고형에 처해진 역적 정도전의 아들 전판중추부사 정진이 행궁에 들다'라고 적혔을 것이다. 아마도 그 뒤에 이어질 글은 '이튿날 참형에 처해지다'일지도 모른다. 그렇더라도 참형은 낮에 이루어지는 게 아버지가 만든 법도이니 아직 시간은 있다.

이제 행궁에는 그와 나 둘뿐이다.

"정진. 참으로 오랜만에 불러보는 이름이오. 형하고 나는…… 참 친했지요?"

형이라니, 이방원이 갑자기 살갑게 말꼬리를 올린다.

방원은 기분이 좋을 때는 상대를 아낌없이 칭찬하고, 있는 걸 다 내놓았다. 그러다 수가 틀리면 언제 그랬느냐는 듯이 딴 사람이 되어 주었던 걸 도로 빼앗고, 칭찬을 욕으로 바꿔 간다. 그러니 형이란 말 한마디로 마음이 녹지는 못한다. 무슨 속셈일까, 경계심만 더 깊어진다.

어쨌든 친했고 말고, 아주 친했다. 나는 쉰넷 늙은이, 너는 마흔여덟, 너도 역시 늙어가는구나. 새파랗던 젊은 놈이 혈기만 믿고 제 애비에게 칼을 쳐들더니 이젠 별 수 없이 늙어 힘줄이 늘어지고 주름이 제법 잡히는 게로구나. 수구초심首丘初心이라고, 혹시 죽을 때가 된 건 아니런가.

이제 내가 입을 열 차례다.

"우왕 시절 계해년1383년, 우리 아버지가 마흔두 살 되시던 해였지요. 그때 우리 아버지는 일곱 살 많으신 동북면도지휘사 아가바토르 장군을 찾아갔지요. 두 분은 새 나라를 세우기로 밀약하여 붉은 돼지 피를 나눠 마시며 하늘을 우러러 서약하고, 장남인 나와 나리의 큰형에게도 맹약을 맺도록 하셨지요. 나는 그때 한참 혈기 방장하던 스물세 살, 나리의 큰형님이신 진안군 방우는 서른 살, 나는 그분을 형님이라고 불렀지요.

맹약의 내용은 이러했습니다. '하늘이여, 우리 두 집안은 힘을 합쳐 몽골피로 썩은 왕실을 무너뜨리고 새 나라를 세우기로 약속합니다. 서로 돕고 서로 믿고 서로 의지하되 누구든 비밀을 누설하거나 배신하거든, 하늘이시여, 그자를 벌하시고, 그자의 대대손손 천벌과 재앙을 내려 절손케 하소서.'

이토록 무서운 맹약을 함께 읊었습니다. 방우 형님은 그때 우리말이 서툴렀지만 큰 목소리로 잘 따라 읽었지요. 안타깝게도 진안군이 일찍 돌아가시는 바람에 나는 그만 맹약의 상대를 잃었답니다. 하하하. 아버지는 맹약을 맺으신 분의 아드님에게 피살되었으니, 나는 나리의 아드님에게 피살되는 거 아닌지 모르겠군요. 우리 두 집안은 희생의 피를 나눠 마시고 친형제가 되자 했는데 결국은 목을 베고 가슴을 찌르고……."

그래, 나는 원한다. 그때 그 맹약문대로 너와 네 자식들이 천벌을 받고 재앙을 입어 대대손손 피를 흘리고 골육상잔으로 시달리며, 마침내 절손하여 패망하기를 간절히 소원한다.

이방원은 콧바람을 내면서 멋쩍게 웃었다.

"마디마디 뼈아픈 얘기만 하시는군. 그대의 부친 삼봉이 우리 집에 찾아왔을 때 일을 나도 기억하오. 우리 형님은 그때 동생들을 불러 놓고 정신 똑바로 차리지 않으면 안 된다고 힘주어 말했거든. 그 뒤로 말타기, 활쏘기, 검술 같은 걸 쉬지 않고 배웠지. 당신과 우리 형님이 다정하게 얘기하는 걸 옆에서 지켜보기도 했소. 그대 부친 삼봉은 우리 아버지에게는 혈육이나 다름없었으니 그대 형제들과 우리 형제들 역시 그렇게 지냈지. 뭐, 그렇게 무서운 맹약을 맺은 줄은 몰랐지만."

"나리께서도 우리 집에 자주 놀러 오셨잖습니까? 우리 형제들도 댁에 자주 놀러 갔고요. 혁명을 앞에 두고 두 집안이 무척 긴장하던 시절이었습니다. 살아도 같이 살고, 죽어도 같이 죽자! 영화도 같이 누리고, 모욕도 같이 견디자고 무수히 맹약했지요."

"우리 두 집안은……, 피를 나눈 형제보다 더 가까웠지."

피를 나눈 형제?

그래, 결국 너희 집안과 우리 집안은 희생의 죽은 피가 아니라 뜨거운 진짜 피를 나누었다. 내 아우들이 비록 난신적자인 이방원을 추종하는 역적의 무리에게 죽기는 했으나 그래도 몇은 베고 죽었으니. 주먹을 세게 쥐면 지금도 내 손에서는 시커먼 피가 흘러나올 것만 같다. 영화는 너의 몫이고, 모욕은 나의 몫이 되었다. 살아도 같이 사는 게 아니라 너만 살고, 죽어도 같이 죽는 게 아니라 우리 아버지와 형제들만 죽었다. 그러니 내 입에서 무슨 말이 나가겠는가.

"그렇지요. 우리 아버지를 비롯해 제 형제들까지 붉은 피를 흩뿌리며 한스럽게 저승으로 떠나갔지요. 맹세의 피는 그렇게 나누는 건가요? 나린 그렇게 배웠습니까? 함흥 땅의 여진족들은 그렇게 합니까?"

제발이지 이방원만은 형제라는 말을 쓰지 말았으면 좋겠다. 두 번에 걸쳐 이복형제와 친형제를 죽여 놓고 감히 그 입으로 피를 나눈 형제라니, 나와 이방원은 그런 형제가 되어서는 안 된다. 16년 전에 그는 나의 형제였지만, 16년 전 그날 이후로 그는 나의 원수가 되었다.

『예기』〈곡례〉에 '아버지의 원수는 더불어 하늘을 같이 할 수 없다. 반드시 죽여 없애야 한다.'고 하여 불공대천지수不共戴天之讐를 가르쳤다. 불공대천不共戴天, 철천지원徹天之怨, 살부지수殺父之讐, 무수지수貿首之讐, 다 방원이를 가리키는 독한 말들이다. 믿지 말아야 한다, 이 사악한 인간이 하는 말은.

"미안하오. 하지만 내 진심을 알아줘야 하오."

"사람 죽이는 데 무슨 진심이 따로 있지요? 나를 죽이려고 잡아 온 거라면 말장난 그만하고 어서 죽여 주시오, 나리. 구차한 인생, 더 살고 싶지도 않소. 15년간 수군으로 모진 고생을 하면서 이미 목숨이 닳고 닳아 나리가 입김만 훅 불어도 꺼져 버릴 것만 같소. 그렇게 사그라질 게 나 정진의 잔명이오. 폐서인되어 금고에 처해진 내 명이 혹 하루살이보다 더 가치가 있을까요?"

말이란 얼마나 허망한가.

개국하던 해 9월 16일, 개국공신 명단과 포상내용이 발표되었다. 이날 아버지는 조준, 남은 등과 더불어 1등 공신으로 뽑혀 토지 2백 결과 노비 25명을 받았다. 또한 우리 조부모와 어머니는 세 등급을 뛰어넘는 작위를 받았고, 나와 내 아우들도 세 등급 위의 벼슬을 받았다. 우리 가문을 잇는 장손에게는 대를 이어 벼슬을 살면서 녹봉이 끊이지 않게 해 놓았다. 또 아버지의 자손들이 죄를 짓더라도 대대로 용서받게 되었다. 이 얼마나 대단한 포상인가.

그때 공신들과 왕자들이 충효계를 만들고 맹세했는데 그 내용은 이러했다.[22]

……시작을 잘하는 사람들은 많으나 끝을 잘 맺는 사람들은 적다는 것을 옛 사람들은 경계하고 있다. 우리들은 모두 성의껏 임금을 섬기고 믿음으로 사귀어야 한다. 저만 잘되기 위하여 서로 해치지 말라. 제 이익을 위하여 서로 시기하지 말라. 남들이 이간하는 말을 듣고 딴 생각을 품지 말라. 말이나 기색이 약간 잘못 되었다 해서 의심을 품지 말라. 뒤에서는 미워하다가 만나서는 좋아하는 체하지 말라. 겉으로는 친한 체하면서도 속으로는 간격을 두지 말라. 병이 나면 서로 돌봐 주고 재난이 있으면 서로 구원하라. 우리 자손들에게까지 대대로 이 맹세를 지켜 나갈 것이다. 만약 어기는 일이 있을 때는 귀신이 반드시 처치해 버릴 것이다.

아, 얼마나 멋진 맹세문이었던가. 이 맹세문을 낭독하고 나서 아버

---

22) 조선왕조실록 태조기에는 태조 이성계 원년 9월 28일에 '개국 공신의 자손들이 충효계를 맺고 왕륜동에서 회맹하다.'고 적혀 있다. 개국공신들은 왕세자 및 왕자들과 왕륜동(王輪洞)에서 모여 충성을 맹세했으며, 개국공신의 아들, 손자, 동생 사위들이 충효계(忠孝契)를 맺고 왕륜동에 모여 맹세했다.

지는 다른 공신들, 왕자들과 함께 맹세 의식을 가졌다. 어기는 자는 귀신더러 처치해 달라고 비장하게 외쳤다. 그런데 결국 이방원은 이 맹세를 짓밟고 아버지를 죽였다. 맹세를 어기는 게 습관이 되어 버렸다. 그런 이방원을 내가 어찌 믿을 수 있으랴.

"여전히 날 국왕으로 인정하고 싶지 않단 말이군. 좋소. 형의 아픈 마음을 이해하리다. 하지만 내 얘기를 마저 들어 보시오. 난 당신네 아버지의 둘도 없는……,"

"둘도 없는 원수셨지요."

나는 본디 성정이 차분하여 급하지 않은데 오늘은 방원만큼이나 몹시 급하다. 국왕의 말을 함부로 자르다니 왜 이런지 나도 모르겠다. 아마도 수군 15년 동안에 생긴 성정이 아닌가 싶다.

"아니, 지음知音이었소. 삼봉 정도전은 백아伯牙, 나는 종자기種子期 23)라오."

"이 무슨 당찮은 비유이십니까? 종자기가 백아를 죽였다는 말을 나

─────────────────────────

23) 열자에 실린 이야기다. 춘추시대(春秋時代) 진(晉)나라 대부(大夫) 유백아(俞伯牙)라는 사람이 있었다. 초(楚)나라 출신으로 거문고의 달인이었다.
한번은 조국 초나라에 사신으로 가게 되어 오랜만에 고향을 찾았다. 때마침 추석 무렵이라 그는 밝은 달을 배경으로 거문고를 뜯었다.
그때 몰래 그의 연주를 엿듣고 있는 사람이 있었다. 허름한 차림의 젊은 나무꾼이었다. 놀랍게도 그는 그 음악을 꿰뚫고 있었다.
백아는 깜짝 놀랐다. 그가 산의 웅장한 모습과 격류의 우렁찬 기상을 표현하자 나무꾼은 정확하게 맞히었다. 백아는 무릎을 치면서 말했다.
"당신이야 말로 진정 소리를 아는(知音) 분이군요."
그는 종자기(種子期)라는 사람이었다. 두 사람은 의형제를 맺고 헤어졌다.
이듬해 백아가 종자기의 집을 찾았을 때 그는 이미 죽고 없었다. 종자기의 묘를 찾은 백아는 너무도 슬픈 나머지 최후의 한 곡을 뜯었다.
그러고는 거문고 줄을 끊고 산산조각 냈다. 종자기 같은 지음이 없으니 더 이상 거문고를 연주하고 싶은 생각이 없었기 때문이다.
바로 백아가 거문고 줄을 끊었다는 '백아절현(伯牙絶絃)'의 고사(故事)다. 이때부터 '지음(知音)'은 마음까지 통하는 '절친한 벗'을 뜻하게 되었다.

는 들어 보지 못했소. 나리가 공부를 잘못하셨소. 나는 오원이고, 나리
는 초평왕이고, 우리 아버지는 오사이고, 내 아우들은 오상이오. 내게
오나라 부차 같은 왕이며, 손무 같은 맹장이 없는 게 한스럽소."

"우린 지난 16년간 서로 다른 생각을 해 왔구려. 과인이 백아와 종자
기를 생각할 때 형은 초평왕과 오원을 떠올렸다니. 참으로 섭섭하오."

이방원은 그렇게 말해 놓고 한숨을 길게 내쉬었다. 그 뜻을 도무지
모르겠다.

"나리는 이미 우리 아버지를 역적으로 몰아 처형시켰잖소? 그것도
비굴한 정치 모리배인 양 〈태조실록〉을 더럽혀 놓았잖소? 불의는 비록
한 시대는 통할 수 있어도 역사를 통할 수는 없소. 언젠가는 진실이 밝
혀지게 돼 있소."

이방원의 입맛대로 편찬된 〈태조실록〉의 '정도전 졸기'에 이렇게 나
온다.

정도전은 도량이 좁기 때문에 남을 시기하고 겁이 많았다. 자기보다 나은 사람
이 있으면 꼭 해치려 하고, 옛날에 품었던 감정은 기어코 보복하려 하였으며, 언
제나 임금에게 권하기를 사람을 죽여서 위엄을 세우자고 하였다. 하지만 임금이
다 듣지 않았다.

아, 내 아들 래가 어디서 이 졸기를 얻어와 읽은 날 나는 밤을 새워
통곡했다.

나는 이 모든 것이 이방원의 농간으로 꾸며진 것이라고 굳게 믿는다. 더욱이 이방원은 한술 더 떠 아버지를 죽이기까지 했으면서 조선 개국을 반대하여 본인의 손으로 때려죽인 진짜 역적 정몽주를 떠받들었잖은가. 그는 국왕에 즉위하자마자 제 손으로 쳐 죽인 정몽주를 영의정으로 추증해 주었다. 어떻게 우리 아버지는 폐서인뿐만 아니라 역적으로 깎아 갖은 모욕을 주면서 진짜 역적인 정몽주는 만고 충신으로 추앙하고, 일인지하 만인지상이라는 영의정으로 추증했느냐는 말이다. 정몽주의 나라 고려는 강화도 앞바다에 수장된 지 오래건만, 어째서 그는 자신을 죽인 원수의 영의정이 되고, 아버지는 당신이 세운 조선의 역적이 되었느냔 말이다. 억울하고도 통분하다.

생각할수록 나는 믿을 수 없다. 방원에게 돌아가신 것도 억울하지만 아버지의 일생 기록을 하필 살인자의 손으로 쓰게 만든 이 고약한 운명이 너무나 참담하다. 그러므로 이방원이 하는 말은 무엇이든 믿을 수 없다. 그의 넉살과 너스레에 넘어가서는 안 된다.

"그랬지."

"당신 손으로 쳐 죽인 정몽주는 영의정이 되었다지요?"

"흠, 그게 정치라는 거요. 삼봉은 정치를 잘 모르는 분이셨소. 그분은 혁명가일 뿐이셨소. 공자, 맹자의 망상에 너무 깊이 빠진 선비라고나 할까."

이방원은 태연하게 말했다. 그러면서 환관을 불렀다.

"충녕을 들여라."

충녕?

이방원의 아들 도를 말하는가 보다. 세자는 양녕이라는 소문이 있던 데 왜 충녕을 부를까.

"아바마마, 소자 대령했습니다."

빨리도 오는 걸 보니 미리 대기시켰는가 보다. 충녕은……, 따져 보니 열여덟 살쯤 되었을 것이다. 그 사건이 나던 해 충녕은 첫돌이 막 지났으니까. 속절없이 그 돌잔치에 내가 갔었으니 말이다. 돌잔치에서 그날 아침에 내렸다는 독한 소주를 마시고는 축수를 비는 노래까지 했다. 아, 나는 왜 그리 속이 없었던고. 그건 그렇고, 아직 어린 왕자를 왜 이 먼 삼각산까지 데려왔을까.

"밖에 정진의 아들 래도 있는가?"

"예이."

래라니? 우리 아들 래가 여기 웬일이란 말인가.

우리 아들 래와 속은 집에 있었는데 그새 붙들어 왔단 말인가. 왜 우리 아들 래까지 잡아왔을까.

아니나 다를까 래가 겁에 질린 표정으로 행궁에 들어섰다.

"아버지!"

"아이고, 애야."

래는 부들부들 몸을 떨었다. 불쌍한 내 자식들은 영화를 누려보기도 전에 폐서인이 되고 금고를 당해 여태껏 사람 구실을 하지 못하고 살아왔다. 그런데 이제 그것으로도 부족하여 우리 부자를 묶어 아버지의 흔적조차 지워버릴 모양인가 보다.

이방원은 은근한 시선으로 우리 부자를 돌아다보더니 미소를 입술 끝에 달면서 입을 열었다.

"모두들 들으라. 지금부터 내가 하는 얘기는 이 행궁 밖으로 새나가서는 안 된다. 우리 이씨를 대표하여 나와 도, 너희 정씨를 대표하여 진과 래, 단지 우리 넷이면 충분하다. 나는 지금 나라 이야기를 하자는 게 아니라 우리 두 집안의 얘기를 하자는 것이다. 그러니 너 래, 떨지 말고 나의 말을 귀담아 듣거라."

"예, 저, 전하."

래는 꾸벅 머리를 숙였다. 래도 그가 왕이라는 걸 들어 안다.

"래야, 지금 나는 왕이 아니라 네 아버지의 아우일 뿐이다. 그래, 숙부라고 생각하거라. 그래야 자연스럽게 집안 얘기를 나눌 수 있지."

국사를 논하는 게 아니라 집안 얘기를 하자?

그 옛날 우리 아버지와 이방원의 아버지 이성계 전하가 각자 큰아들을 불러들여 맹약을 맺을 때 나는 아버지 곁에서 두 분의 말씀을 경청했고, 그때 이성계 전하 곁에는 장남 방우가 앉아 있었다. 그 자리에서 조선이 설계되었고, 두 분은 나와 이방우에게 너희가 증인이니 대를 이어 도모하라고 주문했다. 그것이 그만 이방우 대신 방원이 주인 노릇을 하면서 다 어긋났지만.

이방원은 아마도 그때 그 맹약을 빗대어 이 자리를 만든 모양이다.

그렇다면 무슨 약속이라도 하자는 말인가. 그나저나 우리 집 장남을 불렀으면 왕실에서도 장남이 나와야 하는 법 아닌가.

"왜 장자인 양녕이 아니고……?"

나는 참지 못하고 궁금한 그대로 물었다.

아, 내 성미가 왜 이리 급해졌는지 모르겠다. 기다리면 알아서 말할 텐데 왜 조급하게 내 입으로 재촉하여 물을까. 죽음을 물고 산 15년 동안 내가 이렇게까지 변했단 말인가. 하기사 이 마당에 무얼 묻지 못하랴. 이방원은 웃어넘겼다. 기분이 좋을 때는 제 수염을 당겨도 허허 웃어주는 인간이지만 그렇지 않을 때는 경고도 없이 수염을 당기는 팔을 싹둑 잘라버리는 성미다.

그렇다면 나도 알아듣겠다. 무슨 뜻인지 나는 알겠다. 15년 수군 생활에서 배운 것이라곤 눈치밖에 없으니. 그때 그 자리에 나왔던 이방원의 형 방우는 지나치게 술을 마시고, 그것도 그 비싸고 독한 몽골식 소주를 달고 마시며 호방하게 살다 일찍 죽었다. 그래서 우리 두 집안의 맹약이 유명무실해졌다. 이방원은 아마 그 일을 고민한 모양이다.

"오늘은 삼봉의 기일, 나 대조선 국왕 이방원, 정도전의 자식들에게 씌웠던 금고禁錮를 이 자리에서, 이 시각에 해제한다."

금고를 해제한다?

아버지가 느닷없이 역적의 칼에 맞아 돌아가시는 것도 잠시잠깐의 일이요, 그 때문에 폐서인되고 삭탈관직되고 금고가 해제되는 것도 한순간이라. 16년 긴 세월, 꿈을 꾼 것이리라.

금고를 해제한다면, 관직으로 나아갈 수 있는 길을 열어 준다는 의

미이니 우리 부자는 이제 서인이 아니라 옛날 같은 신분을 회복하는 것이다. 그러므로 다시 과거를 보거나 음직으로 벼슬을 구할 수도 있는 것이다. 나는 늙어 세상에서 구할 게 그리 많지 않겠지만 내 자식들이나 조카들에게는 천만다행한 일이다. 그런데 왜 이방원이 돌변했을까 궁금하다. 이번에는 기다려 보자. 그가 제 입으로 말할 것이다.

"정진 당신은 그 일이 있기 전 가지고 있던 직첩을 돌려받을 것이오. 그리고 그대 아들 래도 그때 이미 과거에 합격했었으니 늦었지만 그에 맞는 합당한 벼슬을 내릴 것이오. 또한 죽은 아우들을 위해 그대 조카들에게도 직첩을 내릴 것이오."

뜻밖이다. 이방원은 한꺼번에 너무 많은 말을 해서 내 머릿속이 혼란스러울 지경이다.

정리하자면 이렇다. 모든 걸 사건이 있던 그날 이전으로 되돌리겠다는 말 아닌가. 그날과 오늘 사이에 있었던 16년 세월 따위는 벽돌 빼듯이, 곶감 빼듯이 쏙 빼 버리고 그대로 가자는 것인가? 왜? 왜 그러자는 것일까.

"참말입니까?"

"형님 귀에는 뜻밖으로 들리겠지만 이 아우는 언제나 이 날이 오기만을 학수고대하였소. 이 말을 하지 못해 나 역시 16년간 괴로웠소. 어쩌다 노을을 봐도 눈시울이 젖고, 비라도 만나면 고생하고 있을 형을 생각하며 울적했소."

"하륜과 변계량이란 놈들이 우리 어머니가 노비였다고 실록에 적었다는 소문이 있던데, 이러고도 전하의 말씀을 진심이라고 믿어도 됩니까?"

"정경부인의 일은 참으로 미안하오. 경복궁을 접수하고 나니 별 허섭스레기가 모여들어 저마다 공을 세우겠다고 있는 말, 없는 말 마구 지껄이더이다. 하찮은 인간들이 하는 짓에는 신경 쓰지 마오. 과인의 불찰이오만 큰일을 하자면 도끼고 칼이고 가리지 말고 써야 하는 법."

"그럼 우리 아버지도 신원시켜 주시렵니까?"

이방원은 그 말에는 눈을 질끈 감았다.

이건 뭔가 아니라는 뜻이다.

아니나 다를까.

"미안하오만 천 가지, 만 가지가 다 되어도 그것 하나만은 안 되오. 삼봉은 아마 오랫동안 역적이 되어 있어야만 할 것이오. 이 왕조가 살아 있는 한, 내 자손들이 살아 있는 한."

모든 걸 되돌린다면서 왜 아버지의 신원은 불가하단 말인가. 이건 앞뒤가 맞지 않는 말이다. 아버지의 신원 없는 명예 회복이 어디 따로 있단 말인가.

"그게 무슨 말씀이십니까? 우리 아버지는 계속해서 역적이라면 어째서 그 자손들에게 벼슬을 줄 수 있단 말입니까? 상식적으로 말이 되는 일입니까? 뿌리 없는 나무 없고, 샘 없는 강이 없는 법입니다. 역적이 나면 삼족을 멸하든지 구족을 멸하는 게 지엄한 국법이거늘. 차라리 도로 폐서인시키고, 금고도 해제하지 마십시오.”

그래, 이건 말도 안 된다. 역적은 삼족 혹은 구족을 멸하고, 가솔들은 모조리 잡아다 노비로 삼든지 팔든지 해야 한다. 우리 집안 같은 경우 폐서인이 되고, 금고로 묶이고, 공신으로서 받았던 노비와 전답을 다 빼앗겼다. 나는 수군을 뒷바라지하는 모욕까지 견뎠다. 그런 것이다. 그래야 맞는 것이다. 그것이 아버지가 만든 조선의 국법이다. 그런데 나와 내 자식들, 조카들에게 벼슬을 원래대로 돌려준다면서 그 뿌리요 샘인 아버지는 신원시킬 수 없다니, 대체 무슨 논리란 말인가.

이런 법은 고금에 없다. 죽이면 죽이고 살리면 살리는 것 아니던가.

이방원은 술잔을 들어 입술에 살짝 갖다 대었다가 그 젖은 입술을 열었다.

“세상을 상식대로만 산다면, 법대로만 산다면 삼봉이 어찌 혁명으로 조선을 세웠겠소? 삼봉도 고려의 국법을 어긴 것 아니오?”

“깼으면 깨진 것이고, 꺾었으면 꺾인 것이지 깨졌으나 깨지지 않고, 꺾였으나 꺾이지 않은 것도 있소?”

“에이, 형은 아직도 날 잘 몰라. 자, 우리 두 집 식구가 모였으니 오늘 얘기가 길어질 걸세. 그러니 이 말을 염두에 두고 이 밤을 나누세. 이제 형의 마음도 약간이나마 풀렸을 것이니 형은 나를 나리라고 부르지 말고 국왕으로 인정하오. 나 역시 지금부터 형을 역적의 자식이 아닌 조선의 당상관으로 대우할 테니 서로 품위를 지킵시다. 우리 두 집안은 함께 힘을 합쳐 조선을 세웠으니 나라를 지키고 경영하는 것도 실은 우리 두 집안의 공동 책무라. 안 그렇소?"

이방원의 말은 현실이다. 그의 입에서 나오는 것은 트림이든 기침이든 지엄한 국법이다. 이 현실을 어떻게 극복하랴. 현실 때문에 아버지는 역성혁명을 주도하여 고려를 멸하고 조선을 개국하는 데 앞장서셨다. 하지만 그 현실 때문에 아버지는 이방원에게 피살되었다. 지금 이 순간 또 하나의 현실이 그와 나 사이에 16년을 건너뛰어 형체를 다투고 있다. 그리고 내 아들 래와 도 사이에도 이 현실은 존재한다. 난로 틈새로 나온 그을음 한 줄기가 행궁 천창으로 올라간다. 덜 구워진 숯이 있었는가 보다. 천창을 바라보니 통풍구 쪽으로 별빛이 보인다. 별은 16년 전 그대로다.

그래, 이방원이 무슨 말을 하는지 들어나 보자. 16년도 기다렸는데 이 밤을 기다리지 못할 이유가 없다.

"전하, 말씀하소서."

나는 마침내 나리를 접고 전하를 소리 내어 말했다.

그렇다. 그는 나리가 아니고 국왕 전하다.

이방원은 빙그레 웃으면서 술 한 잔을 따라 내게 내밀었다. 전하라는 호칭에 기분이 좋아졌는가 보다. 마저 한 잔을 더 따라 내게 같이 마시자고 술잔을 들어 보이더니 단숨에 마셨다. 나도 술을 마셨다. 어차피 그와 마주하려면 술기운이 좀 필요할 것이다. 내가 16년긴 꿈을 꾸면서, 밭을 갈면서, 땔나무를 찍으면서 울부짖은 그 한들이 아직 다 풀리지 못했다.

맛을 보니 소주는 아니고 쌀로 빚은 약주다.

"삼봉 얘기는 이따 더 하기로 하고, 아까 말한 백아와 종자기 고사 말이오. 사실 종자기가 나라고 했지만, 그 이전에는 우리 아버지셨어. 그러니 당신 아버지는 여전히 거문고를 타는 백아셨고, 우리 아버지는 그걸 들을 줄 아시는 종자기셨지. 그래서 그대 부친은 조선이라는 성인군자의 나라를 만드셨고, 우리 아버지는 무적의 장수로서 그걸 도왔지. 세상 어떤 나라도 이렇게 철저히 준비하여 건국된 사례가 없지. 중국이 자랑하는 한나라도 좌충우돌하다가 어부지리를 얻어 만든 나라고, 저 명나라 역시 장강의 도적떼들이 이리저리 물길 따라 몰려다니다가 그만 몽골이 버리고 간 나라를 줍는 횡재를 한 거지.

우리도 비슷하기는 하지만 근본이 달라요. 그대 부친은 마치 장량이 유방을 찾아 한나라를 건국하듯이 변방의 무장이던 우리 아버지를 점찍어 유방이 되도록 만드셨지. 하지만 그렇게 세운 한나라조차 흉노에게 눌려 2백 년 동안 지배당하는 수모를 겪었지만, 삼봉은 하나도 빠뜨리지 않고 차분하게 설계를 하고 준비를 해서 가장 완벽한 나라를 만들었지. 명나라도 어쩌지 못하는 기초가 강한 나라를 만든 거야. 그러니 우리 조선은 하늘을 우러르며 학덕이 높은 선비들이나 세울 수 있는 참으로 완벽한 나라야. 안 그런가?"

맞는 말이다. 아버지는 그런 말씀을 자주 하셨다.

'나는 장량이고 이성계 전하는 유방이다. 조선은 한나라보다 더 선비다운 나라다.'

그런데 이 말을 들어서 아는지, 스스로 생각했는지 이방원이 제 입으로 말하다니. 그는 솔직할 때는 너무 솔직해서 상대를 깜짝 놀라게 하는 버릇이 있다.

"그렇습니다."

"그러나 그건 지나간 일이야. 그대 부친도 우리 부친도 이젠 이 세상에 계시질 않아. 나만 남았어. 그러니 이제 그대가 듣는 종자기가 되고 나는 줄을 타는 백아가 되어 내가 연주하는 음악을 그대가 들어 주시게나. 그리고 나를 이을 우리 아들 도의 종자기가 되어 주게나. 도, 이 아이야말로 그대 부친 삼봉이 만든 설계대로 나라를 완성시킬 인재라네. 똑똑하고, 무엇보다 애비 말을 잘 듣지. 그러니 그대와 그대 자식들이 힘을 다해 내 아들을 도와주기 바라는 마음으로 오늘 이 자리를 마련했네. 이제 마음 좀 놓이는가?"

얼른 대답이 나오지 않는다. 그는 지금 백아와 종자기를 말하고 있지만, 나는 지나간 16년간 오로지 오원과 초평왕의 고사만을 생각하고 있었다. 아, 사람의 생각이란 이다지도 다르단 말인가. 16년간 서로 딴 생각을 해 왔다니.

"무슨 뜻인지 알아듣지 못하겠습니다. 아버지를 처참하게 죽여 놓고 그 아들더러 옛일은 잊고 우리 손잡고 일하자, 이게 이치에 닿는 말입니까? 니는 종자기와 백아 이야기는 당치 않다고 생각힙니다. 그보다 더 적절한 비유를 말씀드리지요. 초평왕은 오원의 아버지와 형을 처참하게 죽였고, 이에 오원은 16년간 분노를 기르다가 마침내 초나라를 무너뜨리고 초평왕의 시신을 무덤에서 끌어내 채찍으로 매질했지요.”

“흠, 그러고 보니 오늘로서 딱 16년이군. 갖다 붙이기도 잘 하시네. 그런들 살아 있는 나를 채찍으로 칠 수도 없으니 어쩐단 말인가. 그나저나 초평왕을 꼬드겨 오원의 부형을 죽이게 한 비무극은 조준인가, 권근인가? 한 놈 죽여 줄까?”

“둘 다지요. 두 분 다 아버님의 친한 동지이자 비열한 적이시지요.”

이방원은 속이 괴로운지 잠시 눈을 감았다. 그러다가 다시 눈을 뜨고 술잔에 살짝 입술을 댔다. 입술이 타는 모양이다.

“그대와 나 사이에는 삼봉이라는 큰 걸림돌이 있어. 하하하. 그대 부친 삼봉은 언제나 걸림돌이셨지. 고려 적에는 수구 세력의 걸림돌이 되어 젊은 시절을 유배로 다 보내고, 우리 아버지와 함께 조선을 건국한 뒤로는 명나라의 걸림돌이 되었어.”

“제 아버지는 태조 전하의 디딤돌이셨습니다. 다만 전하의 걸림돌이셨지요. 그건 저도 인정합니다. 군사훈련에 불참했다고 왕자를 매질까지 하셨으니 딱 맞는 말씀이지요.”

“형, 귀를 쭉 빼서 활짝 열고 내 얘기 좀 똑똑히 들어보오. 오늘 딱 한 번만 말하고 다음에는 이런 말 하지 않을 테니 말이야. 오늘 이 행궁에서 하는 말은 이 자리에서 바람처럼 없어지는 거야. 그림자처럼, 메아리처럼 깨끗이 사라지는 거야.”

“바람이라, 그림자라, 메아리라…….”

“그래, 그럼 밤도 깊어가니 이제 내가 준비한 이야기를 시작할 테니 귀를 기울여주오."

그는 잠시 숨을 골랐다.

놋 주전자에서 하얀 김이 피어올라 행궁 천창으로 사라졌다.

백온 유기의 유언

16년 전의 이야기, 그 진실을 들을 차례다. 사실 내가 알고 있는 그날의 진실이라는 것도 실은 집안 노비들이나 친족들한테서 들은 이야기일 뿐 내가 직접 보거나 겪은 일은 아니다. 난 일이 끝난 다음 날에야 한양에 입성했으니까.

"자네 아버지 삼봉을 죽인 사람은……,"

서두치고는 싱겁다. 우리 아버지 삼봉을 죽인 사람이라니. 젖먹이 어린 애도 다 아는 일을 굳이 왜 거론할까.

"전하시지요."

"너무 쉬운 답이었나? 하지만 그건……, 꼭 맞는 답은 아니야."

"아니라고요? 세상이 다 아는 사실인데 아니라고요? 그럼 소근이나 이숙번이 죽었다고 핑계를 대시렵니까? 그럼 정몽주도 전하가 죽인 게 아니라 조영구가 죽인 거라고 둘러대면 되겠군요? 아주 좋습니다. 우리 아버지는 한때 아끼던 후배 이숭인을 죽였다는 비난을 안고 사셨는데, 전하 식으로 말하자면 이숭인을 직접 죽인 사람은 아버지의 심복 황거정이니 이거 너무 쉽게 면죄가 되는군요."

이방원은 이맛살을 찌푸렸다.

"소근이나 조영구 따위가 왜 우리 얘기에 등장하나? 그런 놈들은 바람이고 물이고 흙이야. 바람이 폭풍으로 변한다고 바람을 나무랄 수 있나, 물이 홍수가 된다고 물을 나무랄 수 있나, 흙이 무너져 사태가 난다고 흙을 나무랄 수 있나? 그럼 형은 수군으로 있는 동안 형 부자를 괴롭힌 군관 놈을 기어이 찾아 잡아 죽이겠군. 그래가지고야 어디 무서워서 직첩을 돌려주겠소?"

그래, 내가 좀 흥분했다. 난 당상관이다. 전날의 수군이 아니다. 금고 중인 것도 아니다. 더 깊은 복수를 위해 침착해야만 한다. 흠흠.

"말씀하소서."

"그런 차원의 얘기가 아니니 좀 차분히 들으시게. 나도 어렵게 마련한 자리라네. 다 말하자면 얘기가 길다네."

주범인 이방원의 입으로 말하는 그날의 진상을 들어 보는 것도 어쨌든 필요하다.

"우리 조선은 소국이야. 아, 마음은 나도 요동 평야를 달리고 싶었지. 더 나아가 산해관을 열어젖히고 북경을 찍어 누르고 싶었어. 하지만 현실은 그렇지 않았어. 주원장은 하시라도 백만 대군을 보내겠다고 으르렁거렸어. 그런데도 그대 아버지 삼봉은 죽기 살기로 명군과 붙어 보겠다고 안간힘을 썼지. 주원장이 어떻게 나올지 잘 알고 있던 난 진법 훈련에도 안 나갔어. 나라가 결딴나고 백성들이 죽어나갈 게 자명한데, 어찌 두고 볼 수만 있었겠나. 삼봉은 요동수복에 미쳐 얼마나 많은 사람들이 반발하고, 걱정하는지 그 실체를 잘 몰랐어. 그날 송현방 사건이 나자 이튿날 날이 밝기 전에 문무백관들이 내게 모여든 것만 봐도 알잖는가. 물론 개국 과정에 아무 공도 없는 어린애가 세자가 되는 걸 보고 내가 확 돌아 버린 점도 있기는 있지. 그러니 내가 왕이 되고 싶어 일을 저질렀다고 비난해도 난 감수할 수 있어. 뭐, 사실이 그렇기도 하니까.”

“전하, 말씀은 그래도 주원장은 그때 이미 죽었잖습니까? 그 정예한 군대로 요동을 들이쳤더라면 요하 이서는 몰라도 이동만은 확실히 우리 땅이 됐을 것입니다. 아버지와 태조 전하께서 그토록 염원하던 여진족도 우리 품으로 들어왔을 것이고요. 전하께서 그날 그 일만 벌이지 않았다면 우리는 여기가 아니라 지금 요동에 가 말 달리고 있었을 것입니다. 안타깝습니다. 억울합니다. 애통합니다.”

“그러게 내가 후회스러운 거지. 16년간 내가 괴로워한 부분이고. 결과적으로 기회를 놓친 건 분명하지. 그 점에 대해 난 마음속으로 삼봉에게 사죄를 하고 있다네. 그렇다고 기회가 아주 없는 건 아니야.”

“전하, 아버지는 금릉에 수많은 첩자를 보내 놓고 있었습니다. 주원장이 만일 백만 대군을 진짜로 보내려 했다면 아버지가 모르셨을 리 없습니다. 주원장은 그때 이미 이빨이 빠진 호랑이에 불과했습니다. 전하께서 지나치게 그를 높이 보신 것입니다."

아버지가 정세를 오판했다는 건 내가 믿을 수 없다.

나는 전라좌수영에 있으면서 조명朝明 관계를 수없이 되짚어 보았다. 나 역시 결론은 늘 같았다. 주원장은 그때 우리 조선을 공략할 힘을 갖고 있지 못했다. 태자 표가 죽은 뒤로 그는 내란이 일어날까 봐 전전긍긍하고, 그런 가운데 혹시라도 조선이 쳐들어오면 어쩌나 불안감을 갖고 있었다. 두 나라 외교가 시작되기 무섭게 주원장이 사사건건 시비를 걸어온 것만 봐도 알 수 있다.

조선을 개국한 뒤 우리 혁명세력이 가장 먼저 할 일은 중원을 차지한 현실적인 대국 명나라 조정의 승인을 받는 것이었다. 명나라의 승인을 받는다는 것은 서로 전쟁하지 말자는 협정이었다. 서로 싸우지 말자, 단 너희가 덩치가 크니 너희가 천자국이요, 우리는 제후국으로 삼자, 이런 맹약이다. 작은 것이 큰 것을 섬기는 것이 사대다. 하지만 작은 것이 커지면 상황은 달라진다. 중국에 사대하던 거란이 들고일어나 북송을 밀어내고 요遼를 세웠다. 또 요를 사대하던 여진족이 일어나 요를 밀어내버리고 거기에 금金을 세웠다. 금을 사대하던 몽골이 들고일어나 금나라를 없애버리고 원元을 세웠다. 그러는 것이다. 그러니 사대란 명나라가 크고 조선이 작을 때만 이루어지는 힘의 균형일 뿐이다. 언제고 조선이 강해지면 이 협정은 휴지조각이 돼 버린다.

일단 아버지는 명나라하고 직접 싸울 만한 형편이 아니라는 걸 인정했다. 그래서 외교를 책임지고 주원장에게 사신을 보내 고명誥命과 책인冊印을 요청했다. 일종의 강화 요청이요, 명나라를 대국으로 인정한다는 인사치레다.

이에 대해 주원장은 달라는 고명과 책인은 미뤄 두고 이성계를 조선국왕으로 승인한다는 조서만 달랑 보내왔다. 이 조서의 끝에 "이제부터 영토를 잘 지키고 간사한 짓을 하지 말아야 복이 더 많아질 것이다."라는 매우 오만방자한 글귀를 달아 붙였다.

이때 태조 이성계와 우리 아버지는 주원장이 조선을 두려워하고 있다는 의미로 해석했다.

원나라 시절 몽골의 부마국으로서 한족을 괴롭혔다는 이유이자 고구려를 이은 군사 강국 조선에 대한 불안감의 표시임이 틀림없었다. 원나라 시절 고려국은 부마국으로서 원나라 조정의 각종 요직을 차지했을 뿐만 아니라 심양왕까지 봉해 실질적으로 요동을 경영했다. 따라서 고려는 사실상 고려와 요동 두 나라 연합체였다.

당시 원나라 수도인 대도大都 인구의 4분의 1이 고려인이고, 황실 사람 2분의 1이 고려인이라고들 했다. 게다가 고려는 원나라와 함께 창궐하는 주원장 일당을 치기도 했다. 물론 그런 것쯤이야 무시하자면 무시할 수 있지만, 주원장은 막상 수나라와 당나라를 물리친 고구려를 생각하면 골수가 서늘했을 것이다. 몽골군에게도 결코 패한 적이 없는 조선을 주원장은 무시하고 덮어둘 수가 없었다. 중국인들의 머릿속에는 두 차례에 걸친 백만 대군을 물리친 고구려, 몽골군을 물리친 고려라는 뿌리 깊은 두려움이 박혀 있는 것이다. 주원장도 그런 중국인들의 두려움을 털어 버리지 못하고 조서로 고백한 셈이다.

과연 명나라는 북으로 달아난 원나라 기마군이 언제 내려올지 몰라 전전긍긍하는 중에 이성계라는 여진족 장수가 고려를 뒤엎고 새 왕이 되어 있다는 사실에 적잖이 놀랐다. 그들은 만리장성을 경계로 원나라의 유목기마군과 싸우기에도 벅찬 실정이었다. 그런데 동이 즉 여진족과 조선이 힘을 합쳐 동쪽 요동을 흔들어 댄다면 명나라의 존립에 위기가 올 수 있다. 오죽하면 예로부터 중국에서는 요동이 시끄러우면 천하가 시끄럽고, 요동이 잠잠하면 천하가 안녕하다는 격언이 있을 정도 아닌가.

과연 고구려가 망한 뒤에도 대조영이 일어나 고구려의 후예를 규합시켜 발해를 건국시켰고, 뒤에는 거란족이 요서를 장악하여 요나라를 세웠고, 이어서 요동에서는 고구려와 발해의 후예인 여진족이 들고일어나 금나라를 세웠다. 그런데 또다시 고구려의 후예를 자처하는 조선과 여진족이 한 패거리가 되어 요동을 노리고 있으니 주원장으로서는 아찔하지 않을 수 없었다.

주원장이 만일 조선이 두렵지 않고 몽골이 두렵지 않다면 북경을 도읍으로 삼지 않을 이유가 없었다. 하다못해 숱한 왕조가 도읍으로 삼앉던, 금릉[24]과 북경의 중간에 있는 낙양으로 도읍을 옮겨야 하건만 그는 죽을 때까지 그러지 못했다. 그는 안전한 남쪽 금릉에 수도를 두고 변방에는 장수들에게 자식들이나 딸려 보내 지키게 하고 있었다.

금릉은 장강을 끼고 있어 몽골 기마군이 쳐들어와도 비교적 안전한 땅이다. 몽골군은 옛날이나 지금이나 수전에 약해서 장강은 천혜의 요새가 된다. 그러니 그는 거기 웅크려 있고, 기마군과 싸울 만한 곳에는 장수들 편에 동생이나 자식들을 붙여 대신 싸우게 하는 중이었다. 그래서 연왕으로 봉해져 북경으로 올라간 그의 넷째아들 체*는 주원장의 부하 중에서도 뛰어난 무장들을 데리고 몽골군과 치열한 전투를 벌이고 있었다.

이런 사실을 잘 알고 있던 아버지는 주원장의 조서에 대한 사은사를 자청했다. 혁명세력의 2인자였던 아버지는 나름대로 비밀 계획을 가지고 있었다. 즉 주원장의 조서를 통해 도리어 그의 약점을 보고 달려든 것이다.

명나라의 허실을 탐지하여 줄 건 주고, 받을 건 받자. 늙은이 얼굴을 보면서 얼마나 더 살지 수도 가늠해 보고.

아버지의 계산은 그러했다. 명나라를 무작정 섬길 게 아니라 그 위상에 맞춰 적절히 대응하리라 마음먹었다. 아버지는 압록강을 건너 요

---

24) 지금의 남경이다. 일제에 의해 남경대학살이 일어나 30만 명이 죽은 곳으로 10개 왕조의 도읍이었으며, 이런 이유로 중국 4대 고도(古都)로 꼽힌다.

동을 지나는 중에 여진족 추장들을 만나 의중을 떠보았다. 당시 요동에는 여기저기 여진족들이 흩어져 양이나 소를 놓아 먹였는데, 그들 스스로 고구려의 후예라고 자처하는 사람들이라 막상 아버지가 운을 떼기 무섭게 그들은 열렬하게 반응했다. 그들은 한때 금나라를 세워 고구려를 부흥시키겠다는 야망을 품었지만 몽골 때문에 실패하고 만 경험이 있어 조선과 연합하는 걸 내심 반겼다. 금나라 시절 그들이 하찮게 여겼던 몽골이 고려와 연합하여 세계를 경영하는 걸 그들도 보았기 때문이다.

아버지는 요동 지방에서 먼저 가능성을 읽은 뒤 절강 지방에 가서는 현지인들을 매수하여 세작 일을 맡겼다. 줄이 닿는 대로 은밀히 접선하여 은병銀瓶을 꽂아 대니 세작으로 일하겠다는 사람들이 몰려들었다. 원나라 관리들이 낳아 놓고 그냥 돌아간 자들도 있고, 주원장한테 죽은 서수휘, 곽자흥, 진우량의 심복들도 있었다. 나라가 선 지 얼마 되지 않다 보니 곳곳에 불만 세력이 숨어 있었다.

"이것들을 잘만 추스르면 명나라를 도모하는 것도 과히 어려운 일은 아니라."

아버지는 거기서 몰래 뽑은 세작들더러 금릉에 들어가 명나라 조정의 허실을 탐지하고 군대의 위치, 무기, 정예 정도 등을 살펴 조선에 보고하라고 시켰다. 이들은 자신들의 신분이 드러나면 처형될 것이 분명하므로 매우 조심하면서도 철저하게 명나라 내정을 탐지해 장사꾼으로 위장한 조선인 연락책을 통해 아버지에게 보고하기로 맹세했다.

그런 뒤 아버지는 아버지대로 시치미를 떼고 주원장에게 가서 이성계 장군을 조선국왕으로 승인해 준 것을 사은하고 요동에서 나는 날랜 말을 바쳤다. 주원장도 의심을 풀고 화기애애하게 아버지를 맞아 주었다. 이렇게 해서 조선과 명은 좋은 관계를 회복하였다. 하지만 이렇듯 잘 나가던 조명 관계가 아버지의 귀국길에 있었던 술자리 사고로 그만 다 어그러졌다.

아버지는 산해관을 지나면서 관을 지키는 명나라 장수들에게 뇌물을 주고, 장차 조명 관계를 돈독히 하자며 주연을 베풀었는데, 흥이 겨운 나머지 한 가지 실수를 했다. 이때 취중에 발설한 말이 주원장의 귀로 고스란히 들어간 것이다.

우리 서로 잘 지내봅시다. 피차 나라를 세운 지 얼마 되지 않아 각자 내치에 힘쓸 때이니 이웃 간에 편하게 지내는 게 서로 이익이 되는 거라. 원나라가 요즘도 자꾸만 연합군을 내서 북경을 들이치자고 꾀지만 우린 안 그래. 명나라가 의리를 지키는 데 조선이 배반하면 안 되지.

뭐 혹시나 명나라가 조선을 배신한다면야 그때 가서 우리 기마군을 이끌고 산해관을 넘으면 그만이지만 굳이 그럴 일이 뭐 있겠소. 말이 났으니 말이지 우리 형제인 거란도 요나라를 세우고, 여진도 금나라를 세우고, 몽골도 원나라를 세웠는데 같은 핏줄에 정예 기마군을 갖고 있는 우리 조선이 무슨 일인들 못하겠소? 그냥 좋게 좋게 지내자는 것일 뿐, 안 그렇소? 명나라 황제 폐하도 나이를 드실 만큼 드셨으니 이제 전쟁 그만두고 편히 지내실 때가 되었고, 조선 국왕 전하도 두루 편하시베 우리 양국 신하들이 다 같이 노력하십시다.

그러잖아도 고구려의 준동이 염려되니 산해관을 굳게 지키라는 주원장의 밀명을 받아두고 있던 관장은 아버지의 은근한 취중 발언에 충격을 받았다. 이 소식은 가장 빠른 파발마의 등짝에 실려 명나라 서울 금릉으로 긴급 보고되었다.

아니나 다를까 아버지가 귀국한 지 두 달도 안 된 5월 23일(양력 7월 10일)에 명나라 사신이 득달같이 달려와 분노에 가득 찬 주원장의 조서를 던져 놓았다. 역설적이지만, 이 조서에는 아버지가 명나라에 가서 무슨 일을 하셨는지 소상히 나온다.

너희는 절강지방의 백성 중 질이 좋지 못한 놈들을 꾀어서 너희들에베 우리 내정을 알리라고 했다. 우리가 적발하여 가담된 수십 호를 죽여 버렸다. 또 비단과 금자, 은자를 가지고 우리 요동 장수들을 매수하려고 하였다. 최근에는 여진족 5백여 명을 유인해 몰래 압록강을 건너갔다. 지난번에 공물이라고 바친 말도 그렇다. 목동이 말하기를 부려 먹을 대로 부려 먹은 말들이라 아무 쓸모가 없는 것이라고 한다.

어째서 너희는 전쟁을 하자고 서둘러 대는 것인가. 내가 곧 하늘에 고하고 장수들에베 명령하여 동쪽으로 쳐나감으로써 분을 풀려고 한다. 만약 우리 군사가 조선에 가베 하지 않으려면 빼앗아 간 여진족을 돌려보내고, 그 전에 데려간 여진족도 빠짐없이 돌려보내야 할 것이다. 그래야 우리 군사가 너희 나라에 들어가지 않을 것이다.

거의 선전포고문이나 다름없는 조서였다. 하지만 주원장이 조선에 대해 필요 이상으로 겁을 먹고 있다는 사실을 더 분명히 알 수 있었다. 씩씩거리는 주원장의 거친 호흡이 느껴질 정도다.

아버지는 빙그레 웃으셨다. 아무리 몰아붙여도 주원장은 사실 조선을 칠 군대를 만들 여력이 없어 보였다. 이때는 황실의 후계 구도를 바로잡는다며 혁명 동지들마저 이리저리 되는 대로 엮어 처형하는 중이었다. 아버지와 태조 이성계는 주원장이 긴장하고 있다는 걸 확실히 간파했다.

"전하, 주원장은 올해 벌써 예순여섯 살입니다. 12년 전(1380년)에 좌승상 호유용과 창업 동지 수만 명을 죽인 것도 그들이 딴 마음을 먹어 태자를 죽이고 명나라를 무너뜨릴까 걱정해서지요. 그런데 그렇게 무리해 가며 지키려 한 태자가 그만 조선이 건국하던 해에 덜컥 죽어 버린 뒤로는 거의 미쳐 가는 듯합니다. 태손 윤문을 후사로 정했지만 불안감이 이만저만이 아니랍니다. 주원장은 자신이 너무 늙어 오늘 죽을지 내일 죽을지 모르는 판에 연왕으로 나가 있는 넷째아들 체를 비롯해 여기저기 태손을 뒤엎을 만한 자식들이 너무 많아 고민 중입니다. 그런데 그 틈을 우리까지 노리고 있다는 걸 알게 되자 더 미쳐 날뛰는 거지요."

"그럼 일단 소나기는 피하고 보세. 주원장이 죽든지 병들든지 하거든 그때 도모하지 뭐."

"물론 명나라가 힘이 쭉 빠지는 대로 동병할 참입니다. 기다려야지요. 전하께서 비 내리는 위화도에서 때를 기다리신 것처럼요."

"아무렴. 그러니 일단은 그 늙은이를 달래 주게나."

이성계와 우리 아버지는 아직은 주원장과 불필요한 긴장 관계를 유지할 필요가 없다고 보고 같은 고구려 후예라며 데려왔던 여진족을 요동으로 돌려보내고, 사신단을 금릉으로 보내 오해를 사게 해 드려 미안하다며 사죄시켰다. 그럴수록 아버지는 세작들을 독려하여 금릉의 속사정을 속속들이 보고받았다.

이 무렵 주원장은 사실 아버지가 꿰뚫어 본 것처럼 자신이 오래 살지 못하리라는 걸 직감하고 후사에 집착하고 있었다. 또 대업을 이루는 동안 기막힌 계책을 내어 위기를 극복하고 난관을 돌파하도록 도와준 책사 백온 유기가 죽은 뒤로는 그의 돌출 행동을 통제할 사람마저 없었다. 더구나 유기가 권력 파벌 간 알력으로 독살되었다는 사실을 알고는 주원장은 더더욱 조심했다. 자신의 오른팔인 유기마저 독살할 정도면 황제라고 해서 안심할 수 없고, 또 태손이라도 마음만 먹으면 죽일 수도 있는 게 아닌가 하고 불안해했다. 아무리 풍찬노숙을 같이 해 온 초창기 동지들일지라도 한 번 의심을 하기 시작하자 도무지 믿음이 가지 않았다. 의심이란 할수록 커지는 법이다. 어느 정도 세력을 이룬 뒤에 끼어든 인물들은 더더욱 믿지 않았다.

"어떻게 하면 내가 피땀으로 일군 황국을 내 핏줄에게 무사히 넘겨줄까."

주원장은 밤마다 이 고민이었다. 그래서 황실 내에서 태손에게 위협이 될 만한 공신이 보이면 갖은 죄를 만들어 어떻게든 죽이든지 쫓아내든지 했다. 또 태손을 견제할 가능성이 있는 자식들이나 친인척은 왕으로 봉해 멀고 먼 변방으로 내보내 금릉은 얼씬거리지 못하게 해놓았다. 또 저희들끼리 서로 충성을 경쟁하도록 적당히 배치해 놓았으니 그것도 크게 걱정할 일이 아니라고 굳게 믿었다.

그런데 주원장의 고민이 전혀 다른 데 있다는 걸 그만 우리 아버지가 심어 놓은 세작들이 알아내고 말았다. 늘 측근에 있던 주원장의 모사인 백온 유기가 죽기 전 조선의 내습을 걱정했다는 첩보가 세작들에 의해 한양까지 보고된 것이다. 세작들의 보고 내용은 이러했다.

유기가 유언하기를, "딱 한 가지 근심은 조선이옵니다. 특별히 방비를 하지 않으면 천하의 근심이 될 것입니다."라고 말했다 합니다.

주원장이 평생 철석같이 믿어 온 모사인 백온 유기가 죽기 전 조선이 근심이라고 조정에서 말했고, 그때 특별히 대비를 해야 한다고 의론이 모아졌다는 것이다. 주원장이 가장 신임하던 유기의 유언이 하필 조선을 조심하라는 것이었으니 그로서도 여간 신경이 쓰이는 게 아니었다.

"폐하, 신은 태손이 장차 이 나라를 다스릴 때 가장 큰 위협이 될 적은 권신이나 몽골 기마군이 아니라 신흥국 조선이 될 것으로 믿습니다."

"왜 그렇게 생각하는가? 조선국왕 이성계는 우리를 치러 왔다가 군사를 돌려 친원파가 득세하던 조정을 들어 엎었잖은가?"

"그야 이성계가 야심이 있어 그런 거지 우리 명나라하고 친해서 그런 건 아니었지요. 놈들은 원나라 시절 몽골과 함께 천하를 경영한 놈들입니다. 고려인 다루가치가 우리 중국 땅 여기저기 박혀 얼마나 악독한 짓을 했는지 폐하도 잘 아시잖습니까? 요동왕도 고려 왕족이 맡을 정도로 놈들은 고구려의 위세를 거의 다 회복했었지요. 놈들은 이제 나라까지 세웠으니 아마도 요동을 도모하려 들 것입니다. 이성계는 금나라의 후예인 여진족 아닙니까? 놈들은 언제고 금나라를 회복하겠다고 벼를 텐데, 하물며 조선을 세운 지금은 고구려까지 되살리겠다고 난리를 피울 게 자명합니다. 지금 당장은 아니어도 폐하께서 병환이 드시거나 나라에 분란이 생기면 놈들은 분명 반기를 쳐들 것입니다. 그때 가서 우리가 수나라, 당나라처럼 백만 대군을 보낸다 한들 꼭 이기리란 보장이 없습니다. 그러니 폐하께서 더 건강하실 때 틈나는 대로 밟아 누르시고, 한편으로 늘 조선을 노려보다가 싹이 보이면 문질러 버려야 합니다."

"조선이 그렇게 위협적인가?"

"저는 조선군이 원나라군을 도와 출병했을 때 그 병세를 직접 구경한 적이 있습니다. 자못 날카롭습니다. 우리 명군은 대부분 남방 출신들이고, 폐하를 도와 백전을 겪은 공신들은 사실상 다 늙어 지금의 군사들은 전쟁을 치러 본 경험이 별로 없는 자들이옵니다. 변방 군사들조차 원나라의 반격이 드물다 보니 싸움이 뭔지 잘 모릅니다. 그런데 이성계는 여진족 기마군을 거느리고 있는데, 여진족과 조선은 과거 고구려 시절 한 나라 백성이었고, 게다가 여진족은 금나라를 세워 천하를 경영해 본 경험이 있고, 또 조선은 원나라 시절 몽골과 함께 우리 한족을 지배해 본 경험이 있습니다. 뿐만 아니라 조선과 여진족은 같은 고구려 혈통이기 때문에 쉽게 연합이 가능합니다. 지금은 저들이 압록강과 두만강 유역의 여진족만 거느리고 있지만 나아가 흑룡강이나 요동의 여진족, 요서의 거란족까지 포섭하면 큰 재앙이 됩니다. 여진족만으로도 금나라를 세운 적이 있는데 두 종족, 세 종족이 합치면 무슨 일을 저지를지 알 수 없습니다. 그러니 이들이 연합하는 걸 꼭 막아야 합니다."

"흠, 조선을 어떻게 다스린다?"

"우리가 직접 군대를 보낸다는 건 거리가 너무 멀어 어려운 일이고, 어떻게든 놈들을 이용해야지요. 우리 전통적인 전법 이이제이가 있잖습니까? 이간질이 가장 효과적입니다."

유기는 무서운 모사였다. 그는 어떤 전투에서도 주원장이 이길 수 있는 묘책을 만들어 낸 실전형 모사다. 이처럼 그가 죽기 전에 내놓은 계책으로 주원장은 조선을 더없이 경계하고 있었다. 유기가 명나라 조정 내 가장 큰 세력이던 좌승상 호유용에게 독살된 것은 그 직후의 일이다. 주원장은 깜짝 놀라 호시탐탐 호유용을 제거할 틈을 노리다 그를 기습적으로 체포하고, 호유용하고 직접이든 간접이든 줄이 이어진 인물 3만 명을 골라 죽여 버렸다.

이렇게 큰일을 치르고 한숨을 고르던 중에 주원장에게 정신이 번쩍 드는 소식이 동쪽에서 들려왔다. 그동안 북경이며 요동, 태원 등지의 군대를 동원하고도 잡지 못하던 요동의 북원 세력 나하추 집단을 이성계의 조선군이 단 한 번 출전하는 것으로 초토화시켰다는 것 아닌가.

"참말이냐?"

"정말이냐?"

주원장은 경악했다. 그가 그토록 오랜 세월 나하추를 잡으려고 애썼지만 번번이 실패했는데 조선군은 눈 한 번 꿈쩍이는 것으로 그 무적의 기마군단을 일망타진해 버린 것이다. 그러니, 몽골족과 여진족, 고려인 혼성기마군단을 이끌고 있다는 이성계란 얼마나 위협적인 존재인가.

주원장은 불안했다. 수양제, 당태종이 백만 대군으로 쳐들어갔다가 참패한 것도 꺼림칙하고, 그 무섭다는 몽골 기마군이 일곱 차례나 쳐들어가도 굴복하지 않고, 그러고도 살리타이라는 사령관이 현지에서 사살되는 전무후무한 사고가 생긴 곳도 징그러운 조선 땅이다. 유기가 죽기 전에 남기고 간 간언이 생생하게 되살아났다.

세작들의 보고를 듣자니 조선 국왕 이성계는 무장 출신으로 휘하에 여진족 기마군 수만 명을 거느리고 있으며 승승장구한 역전의 용사들로 군대를 꾸리고 있다는 정보까지 들어왔다.

주원장은 강공만으로는 안 되겠다고 생각했다. 막상 전쟁이 나면 이기든 지든 조선 전쟁에 집중해야 하고, 그 사이 북으로 달아난 몽골군이 쳐들어오면 사실상 승산이 없는 것이다. 그 틈에 작은 반란이라도 일어나면 황실은 꼼짝없이 무너진다. 손자 윤문은 너무 어리기 때문에 조정이 한 번 흔들리면 그의 가업도 일장춘몽이 된다. 조선으로 군대를 보낸다 해도 산해관에서 요하에 이르는 길이 병목처럼 좁아 만일 몽골군의 기습이라도 받으면 몰살할 가능성도 있다. 그에게는 회유책이 필요했다. 유기가 말한 대로 이이제이, 지금이야말로 이 전법이 필요한 시점이었다.

구체적인 내용은 더 이상 알 수 없었다. 그 뒤로 조서는 날로 날카롭고 매서워졌다. 그럴 때마다 조선에서는 사신단을 보내 해명하고, 설득하려고 노력했다. 그런 중에 이방원도 사신으로 다녀왔다. 이방원이 주원장의 회유에 놀아나 뭔가 비굴하게 굴었다는 사실을 아버지는 세작들의 보고로 짐작하고 있었다. 하지만 자세한 내용은 알지 못했다. 여전히 주원장의 조서는 사나웠기 때문에 구태여 의심을 가질 만한 일도 없었다.

그 뒤 이방원을 졸졸 따라다니던 권근이 사행을 자처하자 아버지는 뭔가 음모가 진행되고 있지 않나 하고 그를 의심했다. 그래서 권근이 가는 시기에 맞춰 주원장을 떠보는 작은 작전을 펼쳤다. 딱히 권근을 의심한 때문만은 아니고 주원장이 무려 6년에 걸쳐 조서만 보내올 뿐

정작 조서에 걸맞은 군사 행동을 취하지 못하는 걸 보고 한두 군데 찔러볼 요량이었다. 이 작전은 이성계 전하의 승인까지 받았다.

아버지는 정예 병사 천여 명을 선발하여 왜구로 가장시킨 다음 산해관 인근에 상륙시켰다. 그러고는 무자비한 약탈을 감행시켰다. 아버지의 목표는 요동성도 아니고 오직 중국의 인후咽喉라는 산해관이었다. 명군 대응 능력이 어떤지 슬쩍 떠보려는 것이라고 내게도 말씀하셨다.

아버지가 보낸 조선군 특수부대는 전함을 타고 몰래 상륙, 산해관 주둔 명군과 전투를 벌이다 돌아왔다. 기습 결과 명군의 전력은 조선군이 능히 제압할 만한 정도라는 게 밝혀졌다. 그런데 이때의 기습 전투 중 조선군 몇 명이 명군에게 잡혔는데, 이들이 고문을 이기지 못하고 결국 조선인이라고 실토한 모양이었다. 이 사건 역시 가장 빠른 경로로 금릉에 보고되었고, 사죄하러 들어갔던 사신들은 영문도 모르는 채 객관에서 끌려나와 졸지에 옥사로 옮겨졌다.

발끈한 주원장은 또 긴급 사신을 조선으로 보내 이 모든 일을 아버지가 직접 들어와 해명하라고 윽박질렀다. 그러는 동시에 그는 아들 요왕 주식에게 조선군 20만 명이 곧 쳐들어올 것이라며 침략에 대비하라는 엄명을 내렸다. 이 명령이 어찌나 추상같던지 그때 요동에 나와 있던 요왕은 대규모 궁을 짓는 중이었는데, 그는 이것마저도 중지하고 전쟁 준비를 해야만 했다. 오죽하면 정도전이 요왕 따위는 거들떠보지도 않고 산해관을 직접 노렸겠느냐며 아들을 다그쳤던 것이다.

이쯤 되면 조선도 꼬리를 내리고 명나라에 화친을 제의하는 게 좋은

데 아버지는 전혀 다른 계산을 놓았다. 권근 일행이 체포되는 것쯤은 안중에도 없었다. 아버지는 어쩌면 권근이 주원장에게 죽더라도 별로 신경을 쓸 것 같지 않았다. 의도했는지, 아니면 사신들이 체포되어 처형될 가능성이 있는데도 무시한 것인지는 나도 정확히 알 수 없다. 아버지와 이성계는 주원장의 반응을 보고 도리어 엉뚱한 계산을 했다. 이때 주원장의 반응이며 아버지가 무슨 일을 했는지는 그가 보내온 조서에 다 나온다. 물론 왕조실록에 잘 기록되어 있다.

1393년 11월 20일에 산동도사 영해위에서 최독이라는 고려 강도를 압송했다. 본인의 진술에 의하면 그는 고려의 숙주 노질동 사람이라고 한다. 같은 해 7월 7일 태조가 만호 김사언, 천호 차성부, 이부수, 임원, 임청언, 이불수, 홍충언, 백호 정릉, 홍원, 임충언을 시켜 배 7척에 배마다 사람 37명과 베 2필 씩 모두 합쳐 사람 2백 59명과 베 5백 60필을 실은 다음, 장사하는 듯이 꾸며 내정을 알아보라 하였으며, 만일 큰 부대가 와 있지 않을 때에는 우리가 군사를 동원하여 요동을 치겠다고 했다고 한다. 뒤이어 다시 보낸 10척의 배에는 배마다 37명씩이고 사람마다 무기를 가졌는데 모두 합쳐 3백 70명이었다고 한다.

이 조서 이후에도 명나라 사신은 줄기차게 들어왔다.

어째서 고려 이성계는 변경에서 해마다 계속 말썽을 부리는가. 제 딴에는 저희 나라가 바다로 둘러싸이고 험한 산으로 겹겹이 막혔다는 것만 믿고 있기 때문이겠지. 그래서 자주 흉악한 짓을 하는 모양인데, 우리나라를 한나라 때나 당나라 때처럼 알았다가는 큰 코 다친다. 한나라, 당나라 장수들은 말 타고 활 쏘는 데 만 능하고 배타는 데는 서툴렀기 때문에 바다를 건너는 것이 어려워 군사들이 우회해 행군하다가 너희한테 당한 것이다. 나는 중국을 평정하고 오랑캐를 물리 치기 위해 물에서도 육지에서도 다 싸워 보았다. 우리 수군 장수들이 한나라 때 나 당나라 때처럼 시원찮은 줄 아는가. 만일 우리 군사의 발길이 삼한에 닿지 않 게 하려거든 이때까지 유인한 모든 여진 사람들을 돌려보내고 또 여진을 유인해 간 변경의 천호도 들여보내야만 할 것이다. 이후부터는 속임수를 써 변경에서 말 썽을 일으키지 말고 그 나라 백성들을 편안히 지내도록 해야만 동방 종족의 임금 노릇을 할 수 있으며 후손들도 번성하게 될 것이다.

조선 임금을 '고려 이성계'라고 지칭한 것은 이성계더러 기분 나쁘라 고 일부러 쓴 것이다. 황제의 조서라는 것이 이처럼 졸렬했다. 심지어 이런 조서까지 왔다.

지금 이성계가 하는 짓을 본다면 그가 하늘의 의사에 응하여 백성을 다스리려 는 자는 아닌 것 같다. 내가 하늘에 알리려고 하다가 또 경솔하게 하늘을 시끄럽 게 할 것 같아 지금 사람을 보내어 먼저 귀신들에게 알리는 바이다. 귀신들은 그 런 사정을 살펴서 하늘에 알려 주기 바란다. 만약 그들이 계속 교만을 부리고 함 부로 업신여긴다면 죄를 묻기 위해 군사를 출동시키지 않을 수 없다.

주원장의 집착은 대단했다. 우리 아버지는 이때 이성계 명의로 답서를 적어 보냈는데, "산천의 귀신은 어디나 다 있는데 만약 하늘을 속이고 윗사람을 속인 죄가 있다면 왜 신의 죄를 하늘에 고하여 신에게 화를 내려 주지 않았겠습니까?"라며 역시 귀신을 빗대 늙은 주원장의 속을 긁어 댔다. 물론 그러면서도 "폐하는 어진 마음을 가지고 불쌍히 여겨 주기 바랍니다."고 마무리를 지어 명나라 사신 편에 들려 보내기까지 했다. 주원장은 또 열이 올라 펄펄 뛰었다.

그런데 이상한 일이었다. 참으로 알 수 없는 일이 일어났다.

씩씩거리며 조선에 왔던 사자가 별 소득 없이 먹물 묻힌 조선종이(아버지는 그렇게 말씀하셨다. 마음 없이 그냥 쓴 글이니 그건 단지 먹물을 묻힌 종이일 뿐이라고)만 둘둘 말아 돌아간 며칠 뒤 주원장은 권근 등 그간 잡아 두었던 사신들을 죽이기는커녕 도리어 그들을 풀어 주고는 직접 조당으로 불러들였다.

이성계와 정도전은 이번 사자한테도 말만 그럴 듯하게 했을 뿐 실질적인 조치는 아무것도 하지 않았다. 산해관에 쳐들어간 장수의 목을 베어 바쳐라, 명령을 한 자를 잡아 압송하라, 이런 주원장의 요구에 이성계는 붙잡는 대로 꼭 압송시키겠다고 빈말로 답했다. 그러니 주원장의 사자가 얻은 것이라고는 조선종이에 먹으로 묻힌 글뿐 말뿐이었다.

그렇다면 주원장은 권근 등 투옥된 사신단을 처형해 버릴 수도 있는 일인데 어쩐 일인지 그 반대로 나왔다. 그간 무슨 영문인지도 모르고 옥에 갇혀 있던 이들을 주원장은 마치 아랫사람들이 뭘 잘못 알아듣고 저지른 실수라며 둘러대고, 그 대신 자신이 사과한다며 산해진미를 내리고, 미희들을 불러들여 노래와 춤을 추게 하고, 격의 없이 술을 나누어 마시며 친근하게 말을 붙였다. 파격적인 일이었다. 일찍이 조선 사신 중에서 이방원 말고는 이런 대접을 받은 적이 없었다.

이전인 1393년에는 사신 이념이 주원장을 알현하러 갔다가 똑바로 꿇어앉지 않고 머리만 구부렸다고 트집을 잡아 난리를 쳤다. 처음부터 꼬투리를 잡으려고 벼르던 차라 그는 이리 해도 트집이 잡히고 저리 해도 트집이 잡히는 지경에 빠져 결국 몽둥이로 얻어맞았다. 어찌나 맞았는지 약을 지어 먹고서야 겨우 정신을 차릴 수 있었다. 귀국하는데도 주원장은 역마를 쓰지 못하게 훼방을 놓아 그 먼 길을 이념은 두 발로 걸어서 돌아와야만 했다. 그런 주원장이 조선 사신단에 만찬을 베풀다니 이 무슨 해괴한 수작일까.

나중에 보니 다 그럴 만한 이유가 있었다.

사신 권근이 누군가. 아버지의 친한 후배로서, 이숭인과 함께 서로 소원을 말하는 중에 "따뜻한 온돌에서 화로를 끼고 앉아 미인을 앉혀놓고 책을 읽고 싶다."고 했던 분 아닌가. 그러니 황제가 베푸는 지상 최고의 환대에 어찌 마음이 흔들리지 않았으랴.

권근을 따로 불러 황제가 뭔가 대화를 나누었다는 것이다. 여기까지밖에 나는 모른다. 그때 권근을 따라갔던 종사관들이 아버지에게 보고한 내용이란 이런 것뿐이었다.

권근이 주원장을 독대한 이후 어쩐 일인지 조서가 더 사나워졌다. 그토록 느닷없는 환대를 받았건만 조서는 도리어 독해졌다니 대체 앞뒤가 맞지 않은 것이다. 더구나 더 의심스러운 것은 사신단 중 권근 일행만 돌아왔다는 사실이다. 정총, 김약향, 노인도 세 사람은 기어이 죄를 만들어 죽여 버렸다. 세 사람은 공교롭게도 아버지가 아끼는 관리들이었다. 나중에 권근이 전한 처형 이유는 가관이었다.

때마침 이성계 전하의 둘째부인이자 세자 방석의 생모인 신덕왕후 강비[25]가 죽어 사신단은 상복을 입고 있었는데, 이때 주원장은 이별의 선물이라며 옷을 하사했다. 그러자 권근은 상복을 벗어 버리고 주원장이 하사한 옷으로 갈아입었다. 다만 다른 이들은 상중이라 입지 못하겠다고 버티자 주원장이 그걸 핑계로 이 세 사람을 죽여 버린 것이다. 아마도 그럴 줄 알고 일부러 옷을 내려 함정에 빠뜨린 것이라고 나는 믿고 있다.

이런 일이 있자 대략 일이 어떻게 돌아가는지 눈치를 챈 아버지는 변경 축성 사업을 강화하고, 진도 훈련을 맹렬하게 진행했다.

"주원장 이 늙은이가 정안군 나리와 권근 일당을 부추기는 모양인데, 어림도 없다. 제까짓 것들이 내 허락없이 손가락 하나 튕길 수 있으랴."

---

25) 정릉에 묻혔지만, 방석과 방번 형제를 죽인 이방원은 신덕왕후를 첩으로 깎아내리고, 능을 묘로 격하시켰으며, 묘를 양주로 이장시켜 버렸다. 방원의 아들 세종 이도는 한술 더 떠 나라에서 지내던 제사를 폐하고, 영정까지 불살라 버렸다. 묘지에 있던 석물은 청계천 다리 공사에 밑돌로 썼다. 1669년 8월 13일에 송시열 등의 청원으로 다시 정릉으로 돌아왔고, 왕후 지위가 복원되었다.

아버지는 조선 관할로 들어온 여진족 추장들에게 전투 대기령을 내렸다. 스스로 전방 군대를 시찰하며 보급 등을 점검하고, 이성계 전하는 술과 옷을 보내며 친필 서한으로 위로했다. 이때의 전방 시찰이란 대부분 압록강과 두만강 인근의 여진족 기마군을 살피는 일이었다.

아니나 다를까, 이방원의 측근들은 요동수복은 불가하다며 사사건건 반대하고 나섰다. 이방원은 전에는 요동수복에 대해 별다른 이견이 없었다. 여진과 조선이 힘을 합쳐 고구려의 옛 땅을 수복하자는 대원칙에는 이견이 없었다. 그런데 권근이 주원장의 후한 대접을 받고 돌아온 이후 이방원과 그의 세력들은 무슨 지령이라도 받은 것처럼 갑자기 요동수복을 반대하기 시작했다.

아버지는 그들이 주원장의 손을 탄 게 틀림없다고 보고 나름대로 칼을 빼들었다. 금릉에서 무슨 일이 있었든지 이방원의 꿈을 좌절시키기로 결심하셨다. 아버지는 전격적으로 사병 혁파를 단행했다. 이방원을 비롯한 왕자들이며 공신들의 사병은 모두 해체되고 무기가 회수되었다. 사병들은 모두 관군으로 편입시켰다.

이러고 보면 아버지는 아버지대로 주원장의 꾀를 정확히 읽고 있었다. 하지만 일은 생각지 못한 딴 데서 터진 것이다. 아버지가 어느 대목에서 무엇을 놓쳤는지 나는 잘 모르겠다. 어쨌든 내 기억은 여기까지고, 더 이상 내가 아는 사실은 없다. 내가 아는 것은 곧 아버지가 아는 것이다. 내가 모르는, 그래서 아버지도 몰랐던 비밀이 뭔지 나는 모른다. 이제 내가 이방원에게 물어야 한다. 이방원은 진실을 알 것이다.

명은 주씨의 나라요,
조선은 이씨의 나라다

이제 내가 묻고, 그가 대답해야 한다. 이 자리가 아니면 다시 거론할 기회가 없다. 오늘 물어야만 한다. 그간 머릿속으로만 굴리고 굴려 온 의문덩어리를.

"전하, 몇 가지 여쭙겠습니다. 우리 아버지께서는 당시에 전하와 권근 일당이 뭔가 음모를 꾸미고 있다는 걸 어렴풋이 알고 계셨습니다. 그래서 사병을 혁파하고 내심 진법 훈련을 강도 높게 진행하셨던 거지요. 도대체 우리가 모르는 무슨 비밀이라도 따로 있었습니까?"

"비밀은 무슨 비밀. 주원장은 당신 아버지 삼봉 문제로 우리 조선을 핍박하고, 우리 아버지 태조 전하를 협박했지. 여차하면 대군을 보내 조선을 정벌하겠다고 으름장을 놓곤 했어. 그는 자네 아버지더러 입조

하라고 조서를 잇달아 보내왔지만 태조 전하께서는 응하지 않았어. 그러자니 가는 사신단마다 죄다 붙잡혀 옥고를 치르거나 맞아 죽기까지 했지. 도저히 풀릴 문제가 아니었어. 조선을 건국하는 데 나름대로 애쓴 내가 보기에 참으로 답답한 국면이었지."

"그렇다고 몇 안 되는 심복만으로 어찌 우리 아버지를 당해 내실 수 있었습니까? 그건 아마도 불가능했을 겁니다. 다른 이유가 있겠지요."

"그래, 그대가 모르는 일을 내가 말해 주지. 자네도 알 거야. 금릉에서 온 사자 편에 주원장은 표전문 책임자를 굳이 보내지 못할 처지라면 왕자라도 들어오라는 조서를 보내왔지. 그래서 내가 간 것까지는 자네도 알지 않는가?"

"압니다. 아버지는 전하께서 주원장의 회유에 넘어갔을 거라고 말씀하셨습니다. 그래서 아버지는 왕자들이 거느리고 있던 사병을 없애셨습니다. 나름대로 방비를 하신 거지요."

아버지는 사병혁파만으로도 이방원의 날개쯤은 완전히 부러뜨린 줄 알았다.

"과인은 삼봉이 하는 일을 속속들이 다 알고 있었지만, 삼봉은 내가 하는 일을 다 알지 못했지. 그게 승부를 가른 거야."

"뭘 알지 못했지요?"

"내가 금릉에 갔을 때 주원장이 뭐라고 했는지 모르지? 주원장이 말하기를 '우리 명나라는 누가 뭐래도 우리 주씨 집안의 기업이야. 그런데 왜 호씨[26]가 끼어들어 마음대로 짐의 모사를 죽이고, 멋대로 인사를 하지? 황통이 흐려지면 나라는 망하는 법이야. 그래서 내가 호씨 일당을 잡아 죽였지.' 하더군. 결국 조선은 이씨의 기업이지 정씨의 기업이 아니라는 말이었어. 자신은 호씨를 죽였으니 넌 정씨를 죽여라, 이런 뜻이었단 말이야. 물론 난 듣기만 할 뿐 대답은 하지 않았지."

"그럼 언제쯤 아버님을 죽이려고 작정했습니까, 전하?"

"나중에 권근이 사신으로 간 적이 있지 않은가? 그때 이미 사단이 난 거야."

"그래서 우리 아버님은 권근이 주원장과 내통했다면서 탄핵을 했는데 태조 전하께서 다른 이들 몇을 파직시키고 유배 보내는 것으로 꼬리를 자르고, 정작 주범인 권근은 내버려 두셨지요."

"그랬지. 우리 아버지 태조 전하께서는 너무 생각이 많으셨어. 매사 우물쭈물하는 나쁜 버릇이 있으시거든. 위화도 회군만 해도 그래. 그 이전부터 자네 부친 삼봉은 아버지더러 거병을 해야 한다고 누차 진언했지. 그러나 아버지 태조 전하께서는 차일피일하다가 급기야 최영의 영을 받고 명나라 정벌군을 이끌고 압록강 가운데 위화도까지 가셨던 거야. 사실 회군이 성공해서 다행이지 너무 늦었어. 이렇게 우리 아버지 태조는 사태의 기미를 잘못 읽으시는 버릇이 있어.

그때 누가 보아도 권근을 의심할 만한 상황이었지만 아버지는 만사 귀찮다면서 내버려 두셨지. 자네 아버지가 입이 닳도록 권근을 탄핵했

---

26) 호유용을 가리킴.

지만 아버지는 그를 처벌하지 않으셨어. 흥, 그 우유부단한 성격이 어딜 가겠나. 첩 강씨[27]가 죽은 뒤로는 숫제 정신을 놓고 살다시피 했으니까."

"오늘 한 번만 말씀하실 거라면 소신이 알아들을 수 있게 소상히 말씀해 주소서."

"그래……, 그러자면 어디서부터 얘길 할까? 그렇지. 삼봉은 개국하면서 일면 사대, 일면 자주를 부르짖으며 군사를 조련했어. 첩자들을 금릉으로 보내 명나라 내정을 탐지하고, 군사들을 보내 여기저기 두드려 보았지. 결국 주원장은 머리를 썼어. 명나라 사신 우우 편에 내게 밀지를 보내왔어. 그때 우우는 국왕의 맏아들이나 둘째왕자가 직접 도적을 잡아끌고 오라는 조서를 보내왔지. 그 우우가 내 사가로 은밀히 찾아와 말하기를, 주원장은 내가 들어오기를 간절히 바란다는 말을 전하더군."

"그때부터 명나라 사신과 내통하셨군요."

"삼봉은 몰랐지. 나도 명나라 사신 우우가 나를 찍어 사신으로 와 달라고 할 때는 무슨 뜻인지 잘 몰랐어. 나중에 금릉에 들어가서야 그 까닭을 알았지. 그러니 내 이야기는 사신으로 들어갈 때부터 시작해야겠군. 자네가 알고 있는 건 코끼리 다리 한 짝만도 못하니까."

드디어 이방원의 입으로 그날의 진실이 쏟아져 나올 참이다. 물론 진실인지는 다 듣고 나서 내가 판단할 일이다. 나는 입을 닫고 이방원

---

27) 신덕왕후 강비를 낮춰 부르는 말이다.

의 입을 지켜보았다. 거기서 과연 진실이 나올 것인가.

이방원이 말한다. 나는 듣는다.

명나라 사신 우우가 객관에서 빠져나와 남몰래 이방원의 사가로 찾아간 것은 비가 추적추적 내리는 한밤중이었다. 그는 조선인 종자를 데리고 조선옷을 입고 나타나 이방원에게 놀라운 제안을 했다.

"왕자님, 황제 폐하께서 이번에는 꼭 왕자님더러 들어오시랍니다. 긴히 나누실 말씀이 있으시다 합니다."

"황제 폐하가 세자도 아닌 저를 군이 찾는 이유가 뭘까요?"

우우는 얼굴에 잔뜩 미소를 지으면서 목소리를 낮춰 말했다.

"다른 건 몰라도 왕후장상은 황제 폐하께서 친히 임명하시는 거지요. 비록 조선이 금릉에서 멀다 하나 어찌 황제 폐하의 은혜가 미치지 않겠습니까. 자세한 내용은 폐하께서 직접 말씀하실 것이니 폐하 생신 축하 사자를 자청하시기 바랍니다. 저는 저대로 국왕 전하께 황제 폐하의 노여움을 계속 전하겠습니다. 그래야 왕자께서 사신이 되실 수 있습니다."

명나라 사신 우우는 짤막한 소식만 전하고 살그머니 돌아갔다. 오래 머물면 보는 눈이 있을까 봐 그는 가마도 타지 않고 종자와 함께 밤길로 사라졌다. 이방원은 우우의 말이 무슨 뜻인지 알아들을 수 있었다. 그날 밤, 이방원은 아버지 이성계와 조선의 설계자 정도전을 거역하고 왕계를 바로잡을 각오가 돼 있는지 스스로 물었다.

"아버지가 왕이 되신 것은 당연하다. 하지만 그 다음은 내가 돼야 마땅하다. 역적 정몽주가 공양왕을 앞세워 매섭게 공격해 올 때, 그리하여 정도전이 폐서인되어 유배지로 끌려가고, 아버지를 따르던 관리들이 여기저기서 낙직되고 옥에 갇힐 때 젊은 내가 분연히 일어나 정몽주를 때려죽이지 않았다면 아마도 나까지 죽었을지 모른다. 조선 개국은커녕 위화도 회군은 일장춘몽으로 끝났을 것이다. 하물며 저 방석 따위는 제대로 크지도 못했을 것이다."

이방원은 하인 소근이만 데리고 몰래 집을 나와 믿을 만하다고 평소 생각해 오던 권근의 집으로 향했다. 그리고서 소근이를 먼저 들여보내 권근에게 말을 전하고, 그의 가솔들조차 모르도록 몰래 사랑채 뒷문으로 들어갔다.

"소근이 너는 문 밖에서 말이 새나가지 않도록 단단히 틀어막아라."

"예, 나리."

소근이는 몽둥이를 쳐들고 어둠 속에서 눈을 부릅떴다. 뻐꾸기 울음소리만 나도 퍼뜩 돌아볼 정도로 사방을 경계했다.

"나리, 우중에 웬일이십니까?"

권근이 술을 내오려 하자 이방원이 손사래를 쳤다.

"술 생각이 나서 온 게 아니오. 긴히 할 말이 있소. 내가 다녀갔다는 게 알려져서도 안 되오."

"이 밤에 긴한 말씀이라니요?"

"아까 우리 집으로 명나라 사신 우우가 왔다 갔소."

"사신이 왕자의 사가를 몰래 출입했다고요? 정도전이 알면 사신을 죽이고, 왕자님도 탄핵할 걸요?"

"그렇소. 변복을 하고 은밀히 다녀갔소."

권근은 뭔가 심상치 않은 일이 일어났다는 걸 직감했는지 방문을 열어 바깥을 둘러보았다. 이방원이 데리고 온 하인 소근과 권근의 집 하인은 말소리가 들리지 않도록 멀찍이 떨어진 마당에 서서 밖을 지키고 있었다.

"혹시 주원장이 무슨 소식을 보내왔습니까?"

"그렇소. 나더러 사신으로 들어오라고 했소."

"나리를 잡아 놓고 전하를 압박하려는 것 아닐까요? 워낙 음흉한 늙은이라서."

"이번에는 그게 아닌 것 같소. 다른 이유가 있다 했소."

"그럼 혹시……,"

권근은 거기까지만 말하고 이방원의 얼굴을 뚫어져라 쳐다보았다. 말을 다 하지 않았지만 이어질 얘기란 뻔했다. 적어도 두 사람 사이에서는. 이방원은 주저 없이 흉중의 진심을 털어놓았다. 생각하고 또 생각해 온 일이요, 명나라 사자 우우는 그저 불을 붙였을 뿐이다.

"나도 그렇게 생각하오."

권근은 침을 꿀꺽 삼켰다. 그 역시 정몽주를 때려죽이는 초강수로 조선을 개국시킨 이방원이 뭔가 도모하리라는 것쯤 어렴풋이 짐작하고 있었다.

"나리, 정말 뜻이 있으시옵니까? 있으시다면 신은 죽음을 무릅쓰고 나리께 충성을 바치겠습니다."

"그래서 양촌 선생부터 찾아온 것 아닙니까?"

이렇게 뜻이 통한 이방원과 권근은 머리를 맞대고 금릉에 들어가 주원장을 만나면 어떻게 말할 것인지 두루두루 이야기를 나누었다. 장차 조선을 어떻게 이끌어 갈지 반역을 꿈꾼 것이다.

의기투합한 이방원과 권근은 이튿날에는 조준, 이방원의 형 방과, 방의, 방간까지 불러 모의를 했다. 대찬성들이었다. 방원, 방과 형제는 이씨가 아닌 정씨가 조선을 쥐고 흔드는 것에 불만이 많은 사람들이고, 권근, 조준은 은근히 정도전을 시기 질투하는 사람들이었다. 조준이 훗날 거사를 맞이하여 좌정승이라는 고위직을 차고 있으면서도 선뜻 역모 주모자인 이방원에게 줄을 선 인연이 이 날 맺어진 것이다.

이방원이 결심하자 그가 사신으로 가는 문제는 어렵지 않게 추진되었다. 명나라 사신 우우는 이방원을 돕기 위해 사나운 조서를 흔들어대며 왕자가 사신으로 가지 않으면 아마도 조선은 전쟁을 해야 할 것이라며 연일 엄포를 놓고, 이방원의 사주를 받은 권근과 조준 등은 아무래도 이방원이 큰일을 맡아야겠다며 거들었다.

방과, 방의, 방간까지 이방원 편이니 자연히 이방원에게 기회가 온 것이다. 물론 그들은 무거운 책임이요 살신성인의 길이라고 거들었다.

이성계는 아직은 주원장과 전면전을 벌일 만한 형편이 아니라는 걸 알고 있었기 때문에 결국 이방원을 사자로 보내기로 결심했다. 이방원 말고는 가겠다는 왕자도 없었지만 이방원 스스로 자청하는 걸 무를 수도 없었다. 정도전은 반대하지 못했다. 그를 사자로 보내는 것은 마땅치 않았지만 딱히 잡아 세울 명분이 없었다.

　1394년 6월 1일(양력 7월 7일), 이방원은 주원장의 생신 축하 사절을 겸해 조선국 사신이 되어 무더위가 기승을 부리는 금릉을 향해 떠났다. 주원장의 생일은 음력 9월 18일(이 해는 양력으로 10월 21일이었다.)이므로, 대략 석 달 전부터 길을 떠나야만 한다. 뙤약볕이 내리쬐는 한낮을 피해 주로 아침나절과 저녁나절에 움직였는데 말이나 사람이나 다 헐떡거리며 8천 리 길을 갔다. 이방원은 대업을 앞둔 사람은 이만한 수고쯤 개의치 않아야 한다고 다짐하면서 온몸에 흐르는 땀을 훔치며 사행단을 이끌었다.

　이방원이 머나먼 길을 간 끝에 마침내 주원장 생일 한 달 전에 설레는 가슴으로 금릉에 도착했다. 8천 리 길을 두 달 걸려 간 것이다.

　이방원이 금릉에 이르자 주원장의 환대는 예상 밖으로 극진했다. 사실 이 환대는 이방원이 압록강을 건너 명나라 국경에 들어서면서부터 시작되기는 했다. 사신이 묵는 객사에서도, 사신을 호송하는 군사들까지 이방원을 예의로 극진히 모셨다. 가는 곳마다 땀에 젖은 몸을 씻으라고 시원한 물을 준비해 주고, 길 중간 중간 그늘막을 만들어 쉬어가게 했다.

　아마도 명나라 사신 우우가 금릉으로 돌아가 이방원이 사자로 온다는 걸 주원장에게 알린 모양이었다. 그랬다 쳐도 이런 대우를 받으리라고는 미처 상상하지 못했는데, 이방원은 그제야 우우의 말이 사실이라는 걸 어렴풋이 느꼈다. 금릉의 황궁에 들어서자 거기서는 환대의 절정에 이르렀다.

주원장은 이방원을 보자마자 흔쾌히 두 팔을 크게 벌리며 자리에서 일어났다.

"오, 조선국 세자!"

이방원은 그 말에 그만 감격했다. 세자 자리를 어린 이복동생에게 빼앗긴 뒤 절망의 나날을 보내 온 이방원으로서는 눈물이 왈칵 솟을 만큼 감격적인 호칭이었다. 그간 조선 땅에서 참고 참아 온 울분[28]이 한꺼번에 꺼져버리는 듯했다. 무겁던 체증이 스르르 내려가는 듯했다. 이방원을 알아주는 나라 명, 그 나라 황제 주원장이라니.

주원장은 만면에 미소를 짓고 이방원을 환대했다. 명나라를 찾은 어떤 사신도 이방원 같은 대접을 받은 일이 없었다. 그 전에도, 그 뒤에도. 조선국뿐만 아니라 각지 제후들과 주변국 사자들이 황제의 생신을 축하하는 공물을 바치는 등 공식 의전이 끝난 뒤, 따로 날을 잡은 주원장은 이방원더러 믿을 만한 역관만 데리고 따로 들어오라고 하여 단둘

---

28) 이 당시 이방원은 실제로 절망의 나날을 보냈다. 훗날인 1419년(세종 1년) 2월 3일, 태종이 세종에게 양위하고 상왕으로 있을 때 세자 자리에서 밀려난 장자 양녕을 위로하면서 양녕의 처지를 자신과 비교하여 동정하는 기록이 있다.
"내가 젊은 시절에 아들 셋을 연이어 여의고 갑술년에 양녕을 낳는데 그 애도 죽을까 두려워서 처가에 두게 했고, 병자년에 효녕을 낳았는데 열흘이 채 못 되어 병이 들므로 홍영리의 집에 두게 했고, 정축년에 충녕을 낳았다. 그때 내가 정도전 일파의 시기로 말미암아 형세가 용납되지 못하니, 실로 남은 날이 얼마 없지 않나 생각되어 항상 가슴이 답답하고 아무런 즐거움이 없었다."

이 밀담을 나눴다.

여기서 이방원을 부른 그의 흉중의 비밀이 낱낱이 밝혀졌다.

"세자, 세자가 짐의 근심을 덜어 줘야겠다."

"폐하, 외신外臣 이방원, 폐하의 근심이 무엇인지 감히 여쭙습니다."

"잘 알지 않는가? 짐의 근심은 오직 한 가지다."

"외신은 감히 짐작할 수가 없습니다, 폐하."

"자네 부친이 감히 우리 명나라 국경을 넘보고 있단 말이야. 요동을 되찾겠다고 미친소리하는 정도전을 시켜 군사 20만을 조련한다는 첩보를 입수했는데, 그러면 우린 백만 대군을 보낼 참이야. 허나 짐이 이 대업을 이루기까지 이미 많은 생명을 죽였으니, 이 말년에 또 사람 죽이는 게 짐도 귀찮다. 이제 싫다. 그러니 세자가 알아서 조선국을 진정시키고 우리 명과 조선이 길이 화락하도록 애를 쓰라."

"폐하, 힘이 있는 한 그렇게 하겠나이다."

"세자가 결심하는 게 중요하지 결심만 하면 나머지는 저절로 되는 거야. 짐이 누군가, 바로 황제 아닌가. 귀국하거든 조용히 때를 기다려라. 그대와 짐 간의 연락은 우리 명나라 사신들이 할 것이고, 정말 때가 무르익었다고 판단되거든 세자의 사람을 사자로 보내 소식을 전하라. 그러면 짐은 할 수 있는 모든 도움을 주리라. 알겠는가, 세자."

"예, 폐하. 신명을 바치겠나이다."

"다시 말하건대 오늘날 짐의 근심은 정도전 하나라. 언제고 세자가 알아서 정도전 일당을 제거하라. 만일 정도전을 죽이지 않는다면 백만 대군을 일으켜 조선을 초토화시키겠다. 그런즉 당黨을 만들어 그날을 대비하라. 그것이 세자 자신을 지키는 길이고, 이씨의 기업을 지키는 길이다."

"폐하, 신의 부친 조선 국왕은 실상 늙고 병들어 온갖 정사를 정도전한 사람에게 다 맡겨 놓은 상태입니다. 하오나 정도전은 삼군을 쥐고 흔들 뿐만 아니라 조정 요직에 그의 심복들을 심어 놓아 신이 비록 왕자라고는 하나 그들을 이겨 내기가 쉽지 않습니다."

"쉬우면 짐이 굳이 세자까지 불렀겠는가? 은인자중하다가 일거에 정도전을 죽여야만 일이 성사될 것이야. 그놈이라고 잠을 안 자고 술에 취하지 않으며 몸이 아프지 않으랴."

결국 주원장은 이방원더러 나라를 뒤엎고 정도전과 이성계를 몰아내라고 주문한 것이다.

"세자, 짐은 조선이 두려워 차일피일하는 것이 아니라 조선의 백성이 불쌍하여 참고 또 참는 것이라. 짐의 이런 마음을 보여 주고자 한다. 세자는 귀국길에 내 아들 연왕 체의 군영으로 가서 우리 기마군의 위용을 보고 가라. 그러면 짐의 말이 허언이 아니라는 것을 알게 될 것이다."

주원장은 이방원의 두 손을 꼭 잡으면서 간절하게 하명했다. 그는 손자 윤문이 황제가 된 이후를 늘 생각하고 있었다. 그러자면 주변 국가들이 조용해야 내정도 편안해질 수 있다고 믿었다.

"만일 세자가 정도전을 없애 주기만 하면 짐은 그대를 조선 국왕으로 봉하고, 그런 뒤로 우리 명나라와 조선은 대대손손 평화롭게 지낼 것이다. 조선국에 대해 어떤 차별도 하지 않을 것이며, 어떤 수고도 끼치지 않을 것이라. 조선의 충성이 지극하기만 하다면 그까짓 요동 땅을 왜 아까워하랴."

"폐하, 삼가 어지를 받들겠나이다."

"귀띔해 줄 게 있어. 우리 조정에서도 호씨가 당을 이루었는데, 정도전 저리 가라였지. 조정이 온통 호씨 세력으로 우글거리는 거야. 심지어 내 오줌똥 받아가는 환관놈들까지 호씨 당이야. 내가 어떻게 한 줄 아나?"

"폐하, 가르침을 주소서."

"다 필요 없어. 호씨 한 놈만 딱 찍어 죽여 버렸어."

"왜적과 통하고, 몽골과 내통한 죄가 아니었나이까?"

"죄는 나중에 갖다 붙이는 거야. 아, 호씨가 삼고구배를 한답시고 넙죽 엎드려 있을 때 미리 준비한 심복을 시켜 다짜고짜 목을 베어버렸지. 호씨가 죽었는데 그 당이 천 명이든 만 명이든 그게 무슨 상관이야. 뿌리 잘라 안 마르는 나무 없거든. 그까짓 나뭇가지가 몇 개든, 이파리가 몇 장이든 소용없어. 잘 듣게, 세자. 호유용이 곧 정도전이라."

이방원은 말귀를 알아듣고는 대답 대신 넙죽 엎드려 머리를 조아렸다. 주원장은 수염을 쓸어내리며 호탕하게 웃었다.

이방원은 엄청난 환대를 받고 또 받은 끝에 금릉을 떠나 연경[29]으로 올라갔다. 거기서 미리 주원장의 명령을 받은 연왕 체는 이방원에게 휘하의 기마군을 사열하게 해 주었다. 이방원은 연왕이 이끄는 기마군의 위세를 보았다. 조선군의 위용에는 미치지 못하는 듯했다. 더구나 조선군에는 여진족 기마군까지 더 있잖은가. 그래도 이방원은 국왕이 돼야겠다는 욕심을 버리지는 못했다.

"그래서 주원장의 주구가 되신 겁니까?"

이방원은 나를 노려보았다. 눈빛이 그리 매섭지 않다. 그래도 군신 간의 예는 지키자.

"제 말씀은 그때 이미 음모가 싹텄느냐는 물음입니다. 우린 북원 몽골군하고 군사동맹을 맺어 조선군이 요동으로 쳐들어가면 몽골군은 북경 서북쪽 태원 일대를 치기로 약조돼 있었습니다. 이런 걸 알고도 주원장의 말만 믿었습니까?"

"알았지만, 난 그때부터 우리 백성들을 전란에 빠지지 않게 해야겠다고 결심했지. 주원장이 권력 싸움에서 밀려난 이 이방원을 세자라고 불렀다는 것은 사신단들도 다 알고 있었기 때문에 자네 부친 삼봉도 전해 들었겠지. 나는 왕자에 대한 의례적인 표현일 뿐 어떤 의미도 없다고 둘러댔네. 삼봉은 그래도 의심했어. 하지만 과인이 주인공이다 보니 경계만 할 뿐 별다른 조치는 취하지 않더군. 왕자라는 신분 덕을 본 거지."

---

29) 곧 북경이다. 옛날 연나라의 수도였기 때문에 연경으로 부르기도 하고, 혹은 북경으로 불리기도 한다.

"알아도 어쩔 수 없었을지 모르지요. 태조 전하께서도 그런 의심을 하셨지만 겉으로는 내색을 안 하셨으니까요."

"과인도 태조 전하께서 무슨 조치를 내리지는 못할 거라고 믿고 있었어. 그냥 늙은 황제가 주책으로 한 말이려니, 그렇게 여기도록 내가 잘 둘러댔거든. 나머지는 주원장과 나 말고는 누구도 모르는 일이니 증거가 없는 비밀이 된 거야. 내가 주원장의 극진한 대접을 받았다는 것도 나중에 내가 한 말이지 삼봉은 잘 몰랐으니까."

"그래서 어떻게 되었습니까? 주원장과 줄기차게 내통하셨습니까?"

"내통이라. 그래, 내통이라고 보면 그럴 수도 있지. 하지만 자네 부친 삼봉도 여간 아니었어. 내가 귀국하자마자 말뚝을 치듯이 심효생의 딸을 세자빈으로 정해 버리더군. 정도전 일파로 세자를 포위한 거지. 아울러 내 측근들은 요직에서 끌어내려 한직으로 돌리더군. 변중량, 박포 등이 유배당하고. 하하하. 공격이 제법 날카로웠어. 역시 삼봉이 더군."

"그래서 어떻게 하셨습니까?"

"참아야지. 참으면서 때를 기다려야지. 내가 정몽주를 때려죽인 건 그 시기가 절묘했기 때문에 가능했던 거야. 아무 때나 칼 들고 설친다고 성공하는 건 아니거든. 정몽주가 '아얏' 소리도 못하고 죽게 만들 그런 적기가 필요했던 거야. 그러기 위해 나는 세력을 몰래 끌어모으면서 은인자중했지. 난 참을 때는 확실히 참고, 할 때는 확실히 하거든. 그게 나야."

"주원장은요?"

"두 나라 간에 외교 분쟁이 첨예했던 만큼 그걸 핑계로 사자들이 부지런히 오갔지. 명나라 사자들도 그만큼 자주 들어오고, 그들이 들어올 때마다 황제의 비밀 친서가 내게 전해졌다네. 나도 이쪽 정세를 말로 전했지. 글로는 전하지 않았어. 정도전이라면 명나라 사자들을 죽이면서까지 증거를 찾을 수도 있었으니까."

이방원은 정도전의 연이은 공격에 사실상 항복한 것처럼 사가에 칩거했다. 하지만 그런 중에도 비밀 사자들이 이방원의 사가를 몰래 들락거렸다.

그러다가 정도전의 요동정벌이 가시화되고, 압록강 인근 군진마다 요새화되고, 여진족 군사들이 부족 단위로 개편되는 걸 보고는 더 이상 기다릴 수 없다고 판단했다. 전쟁은 피할 수 없는 현실이 되어갔다. 시시각각 운명의 날이 다가오는 듯했다. 다만 그 운명의 날이란 조선이 망하고 이씨 왕실이 무너지는 날이 아니라 정도전이 무너지는 날이어야만 했다.

이방원은 시기가 무르익었음을 느끼고, 1396년 주원장 생신 축하 사절로 측근인 권근이 가도록 주선했다. 주원장은 이미 정도전 측근들이 사신으로 가면 가는 대로 잡아 가두거나 때리거나 구박하는 중이었다. 그래서 성노선의 측근들은 사신으로 가는 것을 서로 꺼리던 참이었다. 그러니 권근이 사신을 자청해도 정도전 측의 의심을 사지 않을 수 있었다. 오히려 나라를 위한 일이라고들 칭찬했다.

하지만 정도전은 이방원 측을 주의 깊게 감시하고 있었다. 그는 권근이 이방원과 모의하여 사신으로 간다는 걸 짐작하고는 사신이 출발한 뒤 느닷없이 수군 정예를 동원해 산해관을 공격해 버린 것이다. 결국 이 일로 권근 일행은 금릉에 도착하자마자 체포되어 감옥에 갇혀야 했다.

"권근이 주원장을 만나 무슨 얘기를 나누었는지는 다들 모르지? 그냥 막연히 환대를 받았다고만 들었을 거야."

"그렇지요. 권근 등의 무리가 주원장에게 아부를 떨었다는 정도만 알고 있지요."

"다 지나간 얘기니 털어놓지. 사실 권근을 사신으로 보낸 사람은 나야. 어떻게든 들어가서 이제 정도전을 따르지 않는 무리가 많이 생겼다는 걸 황제에게 알려라, 이렇게 내가 밀지를 내렸지. 그리고 신이 황제 폐하의 근심을 덜어드리겠습니다 하는 밀서도 비밀리에 보냈지. 말하자면 주원장의 정도전 제거 명령에 대한 나의 답신이었어. 또한 거사 뒤 나를 조선 국왕으로 봉한다는 약속을 재차 확인하려는 것이기도 하고."

"오, 그때 이미 그날의 역모가 시작되었단 말씀이십니까?"

"그렇소. 자네 부친 삼봉이 자세히는 알지 못했겠지만 내 측근인 권근이 사신으로 가는 걸 보고는 산해관 사태를 일으켰잖소? 권근더러 죽으라고 벌인 일이 아닌가 싶어. 하지만 그게 약이 되었어. 도리어 삼봉을 죽이는 계책으로 돌변한 거지.”

　결국 사신단은 황제 주원장은 만나 보지도 못하고 투옥되었다. 주원장의 생일잔치에는 초대받지도 못했다. 답답해진 권근은 계책을 써 보지도 못하고 죽는구나 하고 낙담했다. 거기까지는 정도전의 의도대로 흘러갔다. 권근을 따라온 사신들은 역시 금릉에 오는 길은 죽는 길이구나 하고 고민했다. 그들이야말로 무슨 일이 있는지 전혀 모르는 사람들이었다. 권근은 그래도 비밀 계책을 하나는 쥐고 있었다.

　권근은 이번 사신이 정해지기 전 이방원을 몰래 만나 사행을 준비했다. 주원장을 만나거든 명나라 황제에게 충성하는 왕자 이방원에게 당이 생겼다는 걸 알리고, 그런 다음 황제의 비밀 어지를 받아 세상을 한번 뒤집어 보자는 거였다. 황제에게 인가를 청하는 것이다.

　사신으로 가기 전 권근과 이방원은 날마다 몰래 만나 속삭였다.

　“나리, 주원장이 미워하는 사람은 오직 하나 정도전입니다. 정도전이 친구가 자꾸만 요동을 넘보니까 주원장이 불안해서 저러는 게 아니겠습니까. 그러니 정도전만 없어지면 이 나라와 명나라는 서로 잘 지낼 수 있는 겁니다.”

　“그래서 주원장이 날더러 그이를 제거해 달라고 은밀히 청한 것 아니겠소? 하지만 아무것도 모르는 아버지가 저토록 감싸고도는데 무슨 수로 정도전을 없앨 수 있겠소? 강비도 독수리처럼 방석을 감싸고 있잖은가. 황제의 명령은 지엄하고 우리 아버님은 빈틈이 없으신걸.”

　“나리께 사병이 수백 명 있잖습니까? 뒀다 어디 쓰시게요?”

"정도전이 사병을 없앤다고 벼르고 있지 않소? 아버지께 사병 혁파는 부당하다고 말씀드렸지만 내 말은 듣지도 않소. 내가 정몽주 때려죽이고, 이 나라를 세울 때는 가만히 뒷짐 지고 나앉아 계시던 아버지가 뒤늦게 백주에 늙은이를 때려죽인 패륜아라고 날 나무라지 않았겠소. 처음에는 수수방관하다 눈엣가시 같던 정몽주를 내 손으로 죽여주니 그제야 나서는 아버지에 대해 배신감이 치밀어 혼났소. 그랬더니 그 일로 아버지는 왕이 되고 난 살인자가 되어 버렸소. 날 정몽주나 잡아죽인 사냥개로 여기신 것이오. 절대 그럴 수 없소."

"그러니까 이번에는 황제 폐하로부터 확실히 공을 인정받자는 거지요. 제가 황제를 찾아가 제대로 답을 받아야겠소. 국왕으로 봉할 겁니까, 아닙니까, 이렇게 물을 겁니다."

"하여튼 양촌이 알아서 잘 해결해 주시오. 노자는 넉넉히 드릴 테니 황궁에 뇌물을 쳐서라도 기어이 황제를 따로 만나 인가를 받아야만 하오. 내가 밀서는 마련했으니 붓두껍이든 상투든 몰래 숨겨 가시오."

"나리, 정도전 일당만 생각하면 안 됩니다. 국왕 전하에 대해서도……"

"정도전만이 아니라면?"

"정도전은 일개 신하일 뿐입니다. 그 위에 지존이 계십니다."

"묻지 마오. 나도 다 생각이 있소."

그렇게 온 걸음이다. 그런데 낌새가 이상하다고 생각한 정도전이 그만 먼저 손을 쓰는 바람에 권근은 금릉에 들어가자마자 감옥에 갇혀 버렸다. 권근은 하는 수없이 옥리를 매수하여 유기의 아들 유중경을 만나게 해 달라고 사정했다. 돈맛을 본 옥리는 고관대작도 아니고 기껏 죽은 유기의 아들이라니 어렵지 않게 주선해 주었다.

며칠이 안 되어 과연 유중경이 나타났다. 권근은 그에게 이방원의 밀서를 내주었다. 내용은 간단했다. 조선의 근심을 풀어드릴 테니 황제를 만나게 해 달라는 짤막한 서찰이었다. 권근은 유중경이 그의 아버지 유기가 억울하게 독살된 뒤 주원장이 특별히 아끼는 사람이라는 걸 알고 있었다. 명나라 사신들에게 접근해 그간 조금씩 모아 온 정보가 있었다.

권근은 유중경에게 뇌물을 건네며 결정적인 말을 던졌다.

"실상 표전문 교정자는 정도전이 맞지만 그이는 죽어도 안 옵니다. 그래서 내가 교정자라고 자청하여 사신으로 온 것이니, 그 까닭은 바로 우리 왕자의 밀지를 전하기 위해서입니다."

유중경은 고개를 끄덕였다.

그런 지 며칠 되지 않아 유중경이 다시 찾아와 권근을 몰래 만났다.

"황제폐하를 만나 무슨 이야기를 할 생각이오? 폐하께서는 나더러 먼저 말을 들어 보라고 하셨소."

"황제폐하가 조선을 근심하는 것은 오로지 정도전 하나 때문입니다. 우리 왕자께서 그 정도전을 없앨 준비를 끝냈소."

"왕자라면 폐하께서 조선 세자로 칭하셨던 그 왕자 말이오?"

"그렇습니다. 어지를 받들기로 하여 준비를 마치고 그 보고를 드리고자 합니다."

"너무 쉽게 생각하는 것 아니오? 정도전은 이성계의 총애를 입으면서 20만이나 되는 정예 군사와 정사를 쥐고 있다고 들었소. 무슨 수로 그를 죽일 수 있겠소? 사병 몇백 명으로 정도전 군대를 이길 수 있을 것 같소?"

"우리 나리 이방원은 정몽주도 죽인 사람입니다. 만일 우리 나리가 정몽주를 죽이지 않았다면 조선이란 나라는 건국되지 못했을 것입니다. 그때 이성계는 낙마하여 은거 중이었고, 정도전 등 혁명세력은 정몽주에게 붙잡혀 모조리 유배지로 쫓겨나 있는 상태였습니다. 그걸 우리 나리께서 전격적으로 군사를 동원, 정몽주를 죽이고 공양왕까지 끌어내린 겁니다. 우리 나리의 결단이 조선을 만든 겁니다. 한 번 했는데 두 번 못하겠습니까?"

"한 번이야 하겠지만 국왕인 이성계도?"

"그렇습니다. 국왕은 폐위될 것입니다."

"그래요?"

유중경은 이방원이 주원장 못지않은 인물이라고 생각했는지 씁쓸하게 웃었다.

"그럼 황제께 무얼 원하시오?"

"일단 괴수 정도전이 죽고 나면 조선 국왕은 나이를 핑계로 저절로 물러나실 것입니다."

"다시 확인하고 싶은데, 안 물러나면 죽이기라도 할 거요?"

"대전을 포위해서 물러날 때까지 지키게 할 겁니다. 다른 사람은 못 해도 우리 나리는 하실 수 있습니다. 나이 스물여섯에 고려왕을 등에 업은 정몽주를 때려죽인 분이라는 걸 상기하십시오."

"좋소. 간단히 말합시다. 정도전을 죽일 테니 그 대가로 이방원을 조선 국왕으로 봉해 달라는 얘기요?"

"바로 그렇습니다. 정도전이 죽거든 꼭 그렇게 해 주시오. 다른 건 원하지 않습니다."

"물론 우리 명나라도 다른 건 원하지 않소. 정도전의 목숨 하나면 충분하오. 황제폐하께서 이미 약조하신 일이기도 하니 원하는 대로 확답 하실 거요."

유중경은 권근의 얘기를 듣고는 그가 내미는 밀서까지 받아들고 황궁으로 돌아갔다. 이날 저녁이 되기 전에 황궁에서 연락이 왔다. 석방 명령과 함께 황궁으로 들어오라는 것이었다.

황궁으로 들어간 조선 사신단은 깜짝 놀랐다. 주원장은 산해진미를 차려 놓고 이들을 맞이했다. 그간 감옥에 갇혀 식은 만두나 얻어먹던 사신들로서는 상상이 가지 않는 일이 벌어진 것이다. 험상궂게 생긴 주원장이지만 뜻밖에도 자애로운 얼굴로 물었다. 표전문 따위는 묻지도 않았다. 표전문을 구실로 그간 조선 사신들을 볶아온 주원장이 막상 표전문은 다 잊었다는 듯이 거론조차 하지 않는 것이다.

"한양에서 이곳 금릉까지 오려면 길이 멀다지?"

"예, 대략 8천 리 길이라고 합니다."

"아이고, 멀긴 엄청나게 멀구나. 그래, 먼 길 오느라 얼마나 고생들이 많은가? 아랫사람들이 뭘 잘못 알고 그대들을 가둬 둔 모양이야. 알잖아들? 그간 태자가 죽은 뒤로 내가 정신이 없어. 많이 힘들었지?"

"아니옵니다, 폐하."

권근이 얼른 나서서 대답했다. 다른 사신들은 어제까지만 해도 죽일 듯이 사납게 굴던 그가 왜 갑자기 산해진미를 차려 내며 입술에 웃음을 달고 있는지 그 까닭을 몰라 마음을 졸이고 있었다.

"아니긴 왜 아니야? 감옥이 오죽 더러워. 게다가 금릉에서 조선까지 오다가다 여독으로 죽는 사람도 많다면서?"

"워낙 지세가 험하고 풍토가 달라서 병이 생기고, 사행이 피곤하와……."

"배를 타고 오지 그러는가? 왜 전에 정몽주하고 정도전이는 배타고 온 적이 있었잖나?"

"서해 바다는 풍랑이 심해 목숨 걸고 타기 전에는 위험해서 배를 띄울 수 없습니다. 바다가 깊질 않아서 바람만 한번 불었다 하면 죄다 쓸어간답니다."

"그래? 어쨌든 사신들은 이래저래 고생이야."

조선 사신들의 얘기를 들어 보니 좋은 수레타고 좋은 말 타는 사신단도 오기 험한 길인데 백만 대군이 움직이려면 얼마나 더 힘들지 상상이 가는 듯했다. 명나라가 장강에서 일어난 만큼 해로로 전선을 띄워 수전을 벌이면 좋겠지만 조선 앞바다는 풍랑이 심하다잖는가.

'아, 그래서 수나라, 당나라가 고구려를 이기지 못했고, 원나라도 기어이 강화를 하고 말았구나. 옳거니, 그러면 수는 나왔다. 네 마음이 내 마음이다.'

"조선 국왕은 우리 명나라를 치라는 명령을 거부하고 도리어 고려 조정을 혼내 준 이성계 아닌가. 내가 늘 고마워하고 있지. 우리 명나라와 조선은 가깝고도 가까운 나라야. 안 그런가?"

"그러문요. 몽골 앞잡이들은 다 없어지고 지금은 오로지 명나라를 섬기는 신하들만 조정에 남아 있습지요."

"그래? 내가 조선을 잘 모르니 조선 풍광도 자랑하고, 조정에 있는 훌륭한 인물들이 누군지 자랑 한번 해 보게나. 한번 들어보자고."

주원장은 또 계략을 꾸미며 대며 조선의 내정을 탐문했다. 이방원의 밀서가 사실인지 아닌지 알기 위해서였다. 며칠이고 잔치를 연 끝에 주원장은 조선의 내정을 소상하게 알게 되었다. 표전문 따위는 거론하지도 않았다.

주원장은 지난번에 만나 한껏 바람을 넣어 준 조선국 왕자 이방원의 밀서를 받고 뛸 듯이 기뻐했다. 그 사이 사신을 통해 이방원이 뜻을 굳히고 있다는 은밀한 보고는 몇 번 받았다. 그런데 이번에는 이방원이 측근을 사신으로 보내 모든 준비가 끝났음을 보고하는 게 아닌가.

주원장은 이방원이 어떻게 정도전을 죽일 수 있는지 그 계책에 대해 묻고 또 물었다. 주원장은 권근으로부터 조선 내정을 샅샅이 파악하고 계책까지 들어 본 다음 이방원에게 보내는 비밀 어지를 내놓았다.

"그간의 보고도 그렇고, 사신의 얘기를 듣고 보니 과연 왕자가 정몽주를 때려죽이지 않았더라면 조선이란 나라는 서지도 못했겠구먼. 그런데 왜 정도전이는 똑똑한 왕자를 못살게 군다지?"

"그야 방석이 같이 어리바리한 놈을 왕으로 세워야 제 멋대로 할 수 있으니까 그렇지요. 정안군은 여간 똑똑한 게 아니라서 정도전도 함부로 못해요. 우리 국왕이 거사를 하기 전 우리 왕자님은 스스로 과거에 나가 합격할 만큼 실력도 있고, 정몽주 같은 걸림돌쯤은 간단히 해치워 버릴 만큼 강단도 있다니까요."

"왕자는 정말 쓸 만한 인물이야. 배포도 있더군. 다 그만두고 정몽주 때려죽이듯이 정도전을 한 번 더 죽이면 되는 거지. 까짓 거 사람 몇 죽이는 건 일도 아니지. 짐은 말이야, 우리 세손을 위해 수만 명도 죽였어. 사람이란 살아서 아무리 힘이 세도 일단 죽으면 꼼짝 못해. 귀신이 있기는 뭐가 있어. 그러면 내가 이렇게 건강하고 팔자 늘어지게 잘 살겠나? 안심하고 도모하라고 하게. 돈이 필요하면 돈을 줄 것이고, 무기가 필요하면 무기를 줄 걸세. 정도전만 죽이고 나면 짐이 알아서 왕자를 조선 국왕으로 밀어줄 거야."

권근은 신이 났다. 사실 그는 정도전의 절친한 후배이긴 했으나 개국 과정에 아무 일도 한 게 없어 권력 중심에서 한참이나 비켜나 있는 인물이었다. 그런데 이날 마침내 일생일대의 기회가 그를 찾아온 것이다. 한양에서 이방원과 모의할 때만 해도 주원장이 이토록 적극적으로 나올 줄은 꿈에도 알지 못했다. 어떻게든 이방원을 밀겠다, 반드시 조선국왕으로 만들어 주겠다는 파격적인 제의, 권근은 놀란 가슴을 안고 황제의 명령을 받들었다.

'아, 이방원 나리가 왕이 되면 나는 저절로 2인자가 되는 것인가? 정도전의 자리가 내 자리란 말인가?'

권근은 황제 앞이건만 마구 덜컹거리는 가슴을 진정시키느라 애를 썼다. 그래도 그 지긋지긋한 표전문 때문에 조선 사자들이 들락거리는 만큼 할 말은 해야 한다.

"폐하, 그럼 표전문은 어찌하리까? 정도전은 다 죽어가는 몸이라 잡아올 수도 없습니다마는."

"아, 그 표전문? 이 사람아, 짐이 이미 조선 세자하고 통했는데 그거야 정도전이 잡아죽일 계략이지 표전문이야 무슨 상관이야?"

"예? 하오나 불경스런 글을 지어바친 죄를 어찌 감당하오리까."

"내가 독禿 자나 광光 자를 쓴 글을 보면 미쳐 날뛴다는 소문, 너희도 들어 봤지?"

주원장은 두 자 뿐 아니라 도적을 뜻하는 적賊, 또 도적을 뜻하는 도盜는 물론 비슷한 발음이 나는 칙則이나 도道 자도 못쓰게 했다. 그리고 승려를 뜻하는 승僧과 발음이 비슷한 생生도 쓰질 못하게 했다. 쓰지 못한 게 아니라 그런 글자가 들어간 글을 지은 사람들을 잡아다 마구 죽인 것이다.

"예, 폐하."

"그거 다 통치술이야. 젊은 시절에 내가 중노릇한 거, 그게 뭐 어때서? 명나라 천지에 책이 흔하고 흔한데, 거기에 아무럼 그런 글자 하나 안 들어가겠나? 〈논어〉 〈맹자〉 같은 사서삼경에도 들어간다고. 도道 안 들어간 글이 어디 있어? 그러니 예쁜 놈이 쓴 글을 봐주는 거고, 미운 놈이 쓴 글은 어떻게든 트집을 잡아 죽이는 거지."

"그, 그럼 표전문은?"

"그것도 정도전 그 인간을 잡아 죽이려고 내가 트집을 잡아본 거야. 그런데 정도전이 각기병에 걸렸다고 핑계를 대? 핫핫핫. 서로 알고 속이고 속는 거지. 솔직히 말해주지. 그래, 짐이 표전문 가지고는 정도전을 잡아 죽이기 어려우니 이제 조선세자의 힘을 빌어 놈을 쳐보려는 것이야. 무슨 말인지 제대로 알아들어야 하네. 안 그러면 표전문 시비는 두고두고 끝나지 않을 거라고. 그대의 목도 언제 날아갈지 사실 나도 모른다고, 으하하핫."

"폐하, 황은이 망극하옵니다."

이튿날, 기분이 좋아진 주원장은 권근하고 모의를 마무리 지은 기념으로 사신단에 옷을 한 벌씩 내려 주었다. 그런데 마침 조선에서 신덕왕후 강비가 죽었다는 소식이 전해졌다.

정도전파인 정총과 김약항, 노인도는 도리를 따져 마땅히 상복을 입어야 한다고 주장하고, 권근과 설장수 등 이방원파는 사신들까지 그럴 필요가 없다며 주원장이 하사한 옷을 입었다. 사실 강비는 예민한 문제였다. 바로 세자 방석의 친모이기 때문에 이방원 측에서 보자면 눈엣가시일 뿐이고, 정도전 측에서 보자면 국모이다. 이렇게 생각이 다르니 한쪽은 상복을 입고, 한쪽은 주원장이 하사한 옷을 입었다.

사신단이 하직 인사차 황궁으로 들어가자 주원장은 사신단이 하얀 상복을 입고 있는 걸 보고는 노발대발했다.

"아니, 우리 태자가 죽은 지 언제인데 아직도 상복을 입어?"

주원장이 이맛살을 찌푸리자 권근이 앞으로 나서며 대신 설명했다.

"조선에서 후궁 하나가 죽은 모양인데 굳이 이런답니다."

정총이 발끈해서 권근을 쏘아보았다.

"후궁 하나라니! 국모가 돌아가셨는데 상복을 입어야 마땅하지! 당신이 역적이야!"

주원장은 역관으로부터 전후 사정을 들어 보고는 이것도 이방원과 정도전의 싸움이라는 걸 알고 냅다 시위 군사들을 가리키며 소리쳤다. 권근을 독대했다는 사실을 아주 묻어 두려면 눈과 귀를 없애는 수밖에 없다.

"이놈들, 짐이 이번에 너희 목숨을 살려 주려 했더니 그만 죽음을 자초하는구나. 너희 놈들은 짐의 생신을 축하하러 온 사절단 아니냐! 그런데 왜 재수 없이 상복을 입고 그래! 이놈들을 당장 끌어다가 지체 없이 목을 베어라!"

엉겁결에 상복을 입은 조선 사신단은 그날로 목이 날아가 버렸다.

그러고서 권근은 설장수와 역관, 종자들만 데리고 가뿐하게 귀국했다.

정도전은 정총 등 자신의 측근들이 모조리 죽은 걸 알고는 권근이 주원장과 내통한 게 틀림없다고 보았다. 자세한 내용은 알 수 없지만 전후 사정이 그러했다. 그는 즉시 권근을 탄핵했다.

"전하, 어째 다른 이들은 다 죽었는데 권근과 설장수 두 사람만 살아왔겠습니까? 이상하게도 죽은 이들은 저하고 친한 이들이요, 산 이는 정안군하고 친한 이들입니다. 국모가 상을 당했는데 마땅히 상복을 입어야 하거늘 권근과 설장수는 입지 않았답니다. 아무리 생각해도 이두 놈은 주원장하고 내통한 게 틀림없으니 엄히 문초해야 합니다."

하지만 이성계는 늘 그렇듯이 차일피일할 뿐 아무런 행동도 취하지 않았다. 그러잖아도 즉위하자마자 붙기 시작한 두 나라의 싸움이 지겨워 죽겠는데 더 거론하기도 싫었다. 짜증이 나고 지겹다. 주원장과 더 이상 불필요한 긴장 관계를 유지하고 싶지 않던 이성계는 권근이 이방원의 측근이라는 점을 고려해 사면해 주었다. 이성계는 매사 이렇게 우유부단했다. 생각을 너무 많이 하고 오래 해서 항상 일을 그르치곤 했는데 이때에도 그랬다.

"삼봉, 황제 앞이라 조심한 거라네. 귀국 길에는 상복을 입었다지 않은가."

이성계는 사실 가장 공이 많은 아들 방원을 제치고 강비 소생의 방석을 세자로 삼은 것을 늘 미안하게 생각하고 있었다. 그런 것이 그만 이런 대사에서 오판하는 결과를 낳은 것이다. 이성계가 그때 권근과 주원장이 꾸민 짓을 제대로 간파했더라면 그날의 비극은 일어나지 않았을 것이다. 전하는 고비마다 이렇게 정도전을 위험에 빠뜨려 왔다.

정도전 일생이 굴곡이 많기는 하지만 폐서인되는 이 엄청난 사건 뒤에는 이성계의 무심함이 도사리고 있었다. 그때에도 이성계가 나서기만 하면 정도전이 폐서인되는 것까지는 막을 수 있었다. 공양왕마저 이성계가 갖다 세운 왕이었잖은가. 또한 고려에서 가장 강한 군사를 이끌고 있는 것도 그였잖은가. 하지만 그는 움직이지 않았다. 고려 최고의 실권자이면서도 그는 정치가 싫고 귀찮다면서 최측근인 정도전이 그 모욕을 받으며 유배되고, 그 자식들까지 서인으로 강등되는 그 순간에도 침묵했다.

그날 일도 그렇다. 다른 놈도 아니고 자기 아들이 저지른 일인데 그는 침묵했다. 그의 휘하에는 명령만 내리면 성난 맹수처럼 달려 나갈 함흥 출신 여진족 무장들이 수두룩하게 남아 있었다. 그들의 칼은 아직 날이 서늘하고, 활시위는 팽팽했다. 그러나 그는 어떤 조치도 취하지 않았다. 심지어 세자 방석이 죽을 지경인데도 막아서지 않았다. 이 방원의 따귀 한 대 갈기지 않았다. 실없는 욕이나 할지언정 손 한 번 쳐들지 않았다.

그런 그를 믿고 정도전은 대업을 이루었으니, 세상 사람들이 정도전을 가리켜 유방을 갖다 쓴 장량이라고 말하는 것도 실의에 부합되는 말일지도 모른다. 정도전은 장량을 넘어서지만 이성계는 유방에 미치지 못하는 인물이라고 말하는 사람들도 있었다. 하여튼 이성계는 권근의 간계, 나아가 그 깊은 곳에 도사리고 있는 그의 아들 이방원의 음모를 알아차리지 못했다. 아니 알려고 하지 않았다.

이방원의 속말이 끝났다.

그간 가슴속에 묻어 두었던 무거운 비밀을 털어놓았다는 뜻으로 그는 길게 한숨을 내쉬었다. 그러고는 술잔을 물리고 화로 위에 놓여 있던 주전자를 내려 차 한 잔을 따른 뒤 후후 입김을 불다가 이내 단번에 마셨다.

"음, 얘기에 정신을 팔다 보니 차가 너무 식었다. 화롯불이 식어 가니 새 숯을 갖다 넣고, 어서 따끈한 차를 들여오너라."

이방원이 밖을 향해 말하자 내관이 종종 걸음으로 들어왔다. 그는 먼저 김이 무럭무럭 나는 새 주전자를 내려놓고, 그 다음에는 식어가는 난로에 참숯 여남은 개를 넣고 물러났다.

그러는 내관을 이방원이 불렀다.

"차수야, 네 귀는 입으로 연결되지 않았지?"

"전하, 신은 입이 없습니다."

"그래야지."

내관이 밖으로 나가자 이방원은 따뜻한 차를 내게 권했다.

"마시게. 술 끝에는 따뜻한 차를 한두 잔 마시는 것이 좋아. 음, 내가 주원장을 만나러 금릉에 갔을 때 그는 황군을 사열하는 자리에 날 데리고 갔어. 훈련하는 장면도 내 눈으로 똑바로 보았지. 자네 아버지 삼봉이 본 군대하고는 영 달랐어. 이놈들은 전쟁 경험이 풍부한 정예부대였지. 과연 몽골 기마군을 몰아내고 중원을 차지할 만하더군. 주원장은 중원을 거저먹은 인물이 아니야. 크고 작은 수많은 전투를 치르고, 헤아릴 수 없는 많은 위기를 극복하면서 마침내 그 자리에 올라간 인물이야. 그가 이끄는 군대도 그런 거야. 자네 아버지가 그 예기를 보았더라면 생각이 달라졌을 텐데 그게 유감이야. 내가 보기에 적어도 주원장이 살아 있는 한 요동을 도모한다는 건 꿈일 뿐이었어. 귀국 길에 북경에 주둔 중이던 연왕의 군대를 또 보았어. 지금의 황제 영락제가 그 연왕이고, 주원장의 아들이잖아."

"마음을 올바로 먹지 않으면 제 도끼로 제 발등을 찍는 법이지요."

연왕 주체란 놈이 바로 주원장의 대를 이은 조카 건문제를 쳐 죽이고 스스로 황제가 된 영락제다. 주원장은 손자 윤문의 적이 아버지 정도 전이나 이성계 전하인 줄 착각하고 지나치게 조선 내정에 간섭하다 그만 제 놈의 아들이 반역을 꿈꾸는 걸 알아차리지 못했다. 주원장은 죽은 지 얼마 안 되어 저승에서 손자 건문제를 만났을 테니 말이다. 제 도끼로 제 발등을 찍은 것이다.

"흠, 어쨌든 연왕의 군대를 시찰하라는 건 주원장의 명령이었지. 연왕의 군대는 북원의 침입에 대비해서 전원 기마군으로 이뤄졌더군. 자네 아버지가 본 요동의 군대하고는 전혀 달랐어. 자네 말대로 연왕이 나중에 주원장의 뒤를 이어 황제가 된 조카 건문제를 죽이고 스스로 황제가 된 그 영락제 아닌가. 그만한 실력이 있었던 거야. 몽골을 고원으로 밀어낸 것도 그들이었어. 오늘날 영락제가 통치하는 걸 봐도 알잖는가. 명나라는 주원장 시절보다 몇 배 더 강해졌어. 삼봉이 만일 요동을 공격했더라면 우리 조선은 엄청난 병화兵禍를 입었을 거야."

"달리 생각할 수도 있잖습니까? 영락제가 조카를 죽이는 혼란스런 시기를 틈타 우리 조선군이 요동을 도모할 수도 있었잖습니까? 요동을 도모하여 여진족을 모두 끌어들이고, 요동 백성으로 수십만의 군사를 더 꾸릴 수도 있었을 것 아닙니까. 그러고 나서 산해관을 틀어막았으면 반역으로 황제가 된 영락제는 감히 동쪽을 바라보지 못했을 것입니다."

"천만의 말씀. 영락제가 이끄는 군대는 몽골의 수도 카라코롬까지 함락시키고, 서쪽으로 여러 나라를 공략했네. 안남도 그들 손에 들어갔잖은가. 금릉의 황제 근위군, 북경 연왕의 기마군을 보고 난 뒤 난 확실히 마음을 정했네. 우리는 명과 싸워 이길 수가 없다는 사실을. 설사 이기더라도 나라를 세운 지 몇 년 안 되는 우리 조선이 전쟁의 참화에 빠진다면 조선 왕조의 뿌리를 내리지 못할 것이라는 사실도. 아직도 고려를 못 잊어하는 무리가 곳곳에 숨어 눈을 번득이는 마당인데, 그때는 나라를 세운 지 겨우 6년밖에 안 된 때였어. 시장이나 거리에서 백성들마다 조선을 말하지 않고 고려, 고려라고 말할 때였어. 명나라에서도 날 가리켜 고려국 세자라고 말하는 놈들이 허다했으니까."

"그래도 전하는 부친이신 태조 전하를 배신하고, 혁명 동지인 우리 아버지를 배신한 것입니다."

"부인하지는 않겠네. 맞지. 자네 아버지 삼봉을 배신하고, 우리 아버지 태조 전하를 배신했지. 하지만 나는 백성을 배신하지는 않았어."

정말 그런가. 이방원의 고백은 진실일까.

아무래도 석연치 않다. 그렇다면 미진한 채 묻어둘 게 아니다. 금고를 해제하고 직첩을 돌려준다고 해서 덮어둘 일이 아니다.

전하, 묻겠습니다

"전하, 저는 오늘 전하의 말씀을 듣고 풀리지 않는 의문이 있어 기어이 여쭤야겠습니다. 그래도 되겠는지요?"

"뭔가?"

"전하의 해명을 듣자니 신은 더욱 더 의심스러워질 뿐입니다. 한 가지 묻겠습니다. 우리 아버지가 죽기 직전 시를 남긴 사실을 알고 있습니까?"

"그런 시가 있다는 풍문은 들었네."

"제가 읊어 드리지요."

양조兩朝에 한결같은 마음으로 공력을 다 기울여

서책에 담긴 성현의 참 교훈을 저버리지 않고 떳떳이 살아왔소

30년 긴 세월 온갖 고난 다 겪으면서 쉬지 않고 이룩한 공업

송현방 정자에서 한잔 술 나누는 새 다 허사가 되었구나

"흠, 마음이 아프군."

"묻습니다. 실록에 이르기를 아버지와 불과 서너 명의 측근들이 송현방에 모여 술을 마셨다고 합니다. 군사도 없이 말을 끄는 마부와 종인들 몇몇이 있었다고 합니다. 그래서 전하의 습격에 허무하게 무너졌다고 합니다. 그런데 어떻게 이 시조를 쓸 시간이 있었을까요?"

"미리 썼겠지."

"아닙니다. 옆집, 앞집에 다 불이 붙어 허둥대는 중에 어떻게 지필묵을 구하며, 어떻게 그걸 쓸 시간이 있었을까요?"

"삼봉이 잡힌 뒤 자조하며 시조를 읊는 걸 누가 듣고 전한 거겠지."

"아닙니다. 제가 구한 건 분명 아버님의 필체가 맞습니다."

"과인은……, 모르는 일이오."

이방원은 입술이 타는지 찻잔을 다시 들었다. 뭔가 하지 않은 말이 남아 있다. 몰아붙이는 길에 확실히 몰아야 한다. 내가 이방원에게 집안 일로 물을 기회는 아마 이번이 마지막일 것이다.

"한 가지 더 묻습니다. 제 막내아우 담이 목을 매 죽었는데, 제게 유서를 남겼더군요. 유서에는 제 형 둘과 우리 집 하인들이 송현방으로 뒤늦게 달려가 보니, 알지 못할 군사들이 전하를 둘러싸고 있었으며,

그 정체불명의 군사들이 우리 아우들과 우리 집 하인들을 죽이고 있는 걸 보았답니다. 놈들이 하는 말은 알아들을 수 있는 말이 아니었답니다. 막내 담은 놈들에게 쫓겨 그길로 집으로 도망쳐 와 황급히 유서를 쓴 다음 목을 맸습니다. 누굽니까? 전하를 둘러싸고 있었다는 그 정체불명의 군사들이란!"

나는 담이 남긴 유서를 내보였다. 잃어버릴까 봐 늘 품에 지니고 다니던 것이다. 이방원은 담의 유서를 받아 훑어보았다. 어차피 그가 찢어 버린다면 소용없는 유서다. 유서가 제대로 주인을 찾아왔다.

수백 명이나 되는 시신들이 여기저기 널려 있는데, 우리 군사도 죽고 저들도 많이 죽은 듯합니다. 형님, 뭔가 이상합니다. 이상한 옷을 입은 자들 백여 명이 방원 나리를 둘러싸고 있습니다. 두 형을 죽인 놈들도 그놈들입니다. 알아듣지 못할 말로 떠들어 대기도 합니다. 제 눈으로 목도하고, 제 귀로 들었습니다. 방원이는 나서지도 못합니다. 형님은 어떻게든 살아남아 아버님의 억울한 죽음을 밝히시고, 아버지가 꿈꾸던 선비의 나라를 되살려 주십시오. 형님이 못하면 조카들 머릿속에 깊이 새겨 주십시오.

이방원은 불편한 듯 끄응 하면서 쪽지를 내려놓았다.

"전하, 어떻습니까? 실록에 이르기를 죽은 사람은 아버지와 남은 등불과 대여섯 명에 불과하다는데, 어째서 우리 아우 담은 수백 명이나 되는 시신들이 여기저기 널려 있다고 했을까요?"

"정변이라는 게 본디 그런 것 아닌가? 정몽주를 죽일 때도 수십 명이 죽었잖소? 그런데도 사람들은 정몽주 하나만 죽은 줄 알지. 뭐, 사람 많이 죽었다고 기록해서 좋을 것도 없고."

"전하의 군사들이 가지고 있었다는 무기는 대체 어디서 난 것입니까? 군기감을 털었다는 실록의 기록은 믿을 수 없습니다. 그곳이 어딘데 그렇게 쉽게 무너집니까? 제가 알아본 바로 군기감은 송현방 사건이 끝난 뒤에야 전하께 복종한 것으로 알고 있습니다. 삼군부가 무너지고 군기감이 털렸는데 송현방에 계시던 아버지가 어찌 모르셨을 것이며, 지적에서 궁을 지키던 박위 장군이 몰랐을 리가 없습니다."

"앞뒤가 틀릴 수는 있지. 과인의 부인이 무기를 숨겼다 내놓았다고 하잖는가."

"산으로 사냥 갑니까? 부인이 무기를 숨긴들 뭘 얼마나 숨길 수 있었겠습니까? 그건 명백한 거짓말입니다. 저를 속일 순 없습니다."

"허, 할 말이 없군."

"또 전하를 둘러싸고 있었다는 그 정체불명의 군사들이란 누구입니까? 왜 그들은 알아들을 수 없는 말을 썼지요?"

"우리 사병들이었겠지. 휴가 차 나온 아이들을 소집한 것이니 복장이 저마다 달랐을 것이고, 난전 중에 떠드는 소리라 잘 들리지 않을 수도 있는 거 아닌가?"

"아닙니다. 전하는 지금 전하 자신을 속이고 있습니다. 저 또한 이 행궁 밖에 나가서는 추호도 오늘의 일을 발설하지 않을 것입니다. 전

단지 진실을 알고 싶을 뿐입니다. 신이 16년간 구차한 목숨일 이어온 것은 전하한테서 그 한 말씀을 들을 기회가 있을까 해서였습니다. 아버님이 어떻게 가셨는지 모른다면 제가 어찌 그분의 아들이라고 말할 수 있겠습니까? 신은 오로지 진실을 원합니다.”

“후…….”

이방원은 하늘로 난 창을 바라보면서 긴 한숨을 내쉬었다. 그러고는 또 차 한 잔을 따라 단번에 마셨다. 목이 타는 모양이다. 말 못할 진실이 있기는 있는데, 과연 말을 해야 되나 말아야 되나 고민하는 듯했다. 충녕과 내 아들 래는 고개를 숙인 채 일부러 외면하고 있다. 이 아이들로서는 부담스런 자리임에 틀림없다. 그러나 그들도 알아야 한다.

그는 결국 용기를 냈다. 눈빛이 그러했다. 그의 눈에 물기가 비쳤다.

“우리 조선의 장구한 앞날을 위해 내가 오늘 이 자리에서 모든 걸 털어놓고 가리다. 모두들 귀담아 듣기 바란다. 단 한 번밖에는 말할 수 없는 비밀이고, 한 번 듣거든 더 이상 기억하지 말기 바란다. 16년간 지녀 온 나만의 부끄러운 기억이다. 어차피 나만 알고 있기에는 병통으로 자랄 수 있기에 있는 대로, 사실대로 모두 말하겠다.”

이방원은 마침내 비밀이 담긴 곳간을 열어젖혔다. 어쩌면 아버지의 명예를 회복시킬 수 있는 거대한 비밀이 숨어 있을지도 모른다.

“사실 그대의 부친 삼봉을 죽인 것은 내가 아니라……, 주원장이었다네.”

"전하, 소근이든 이숙번이든 주원장이든 같은 말 아닙니까? 내 형제들이 눈을 부릅뜨고 똑똑히 보았으며, 아버지를 처형하라고 고래고래 소리를 지르는 전하를 목격했다는 기술들이 있는데, 이제 와서 내가 안 죽였다? 주원장이 죽였다? 오, 전하, 제발이지 신은 진실만을 원합니다."

"사실이야."

"전하, 저는 그 말씀을 믿고 싶습니다만, 죽은 주원장이 무슨 수로 살아나 우리 아버지를 죽인단 말입니까? 그때 주원장은 이미 귀신이 되어 있었잖습니까?"

주원장은 그 사건이 있기 몇 달 전에 죽었다. 그런데 왜 이방원은 굳이 제 손으로 죽여 놓고 더 일찍 죽어 버린 주원장을 끌어댄단 말인가. 16년 세월이 지났다고 얼렁뚱땅 넘어가겠다는 말인가? 내게는 바로 엊그제 일 같거늘.

"주원장이 죽었다는 사실을 자네 아버지 삼봉은 몰랐어. 물론 나도 모르다가 거사를 하기 며칠 전에야 겨우 짐작했지."

"전하는 아셨다고요? 그 중요한 사실을 왜 아버님이나 태조 전하께는 알리지 않으셨습니까? 주원장이 죽은 걸 알았다면 아버님은 그날로 진군령을 내리셨을 것입니다."

"내 얘기를 들어 봐. 그해 여름, 금릉에서 비밀무사들이 나를 찾아왔지. 주원장을 지키는 위사들이었어. 내가 본 건 열 명이었는데 모두 몇이나 되는지 알 수가 없었어. 놈들은 워낙 은밀히 잠입했기 때문에 아무도 몰랐지. 강남땅에서 숙련된 무술의 고수들. 그들은 황제의 수결이 선명한 어지를 내게 내밀었어. 거기에 '조선국 세자 이방원은 역적 정도전 일당을 쳐 죽여라.' 이렇게 적혀 있었지. 살아 있는 주원장이 보낸 살인 명령이었어."

이방원은 금릉으로 들어갔던 사신 권근이 돌아온 지 1년 반쯤 지난 1398년 6월의 이야기부터 시작했다. 그때 중국에서 정기 사신단이 들어왔는데, 이 무리 속에 황제 시위대 소속 비밀 무사 열 명이 장사치를 가장해 들어왔다는 것이다. 늘 조선을 오가는 사신 우우는 이방원의 사가까지 은밀히 접근하여 명 태조 주원장의 정도전 살해 명령을 전달했다. 이미 이방원이 언질을 받고, 권근이 구체적인 어명을 받은 뒤이므로 무를 수도 없었다.

세자는 왜 거동하지 않는 것인가? 어서 화의 근원 정도전을 제거하고 안녕을 도모하라. 너희 조선이 요동수복을 그만두지 않으면 짐은 조선을 없애기 위해 3백만 대군을 이끌고 요동을 건널 것이다.

이들 주원장 황제 시위대는 비밀리에 잘 벼린 칼 수백 자루를 들여와 안전한 장소에 숨겼다. 이방원에게 얼굴을 보인 자들은 열 명이었지만, 그들 뒤에 몇 명이 있는지 파악이 되지 않았다. 그러고서 때를 기다렸다. 이방원으로서는 엎질러진 물이었다. 그들이 백성들 속에 숨어 있는 한 가장 두려운 건 그 자신이었다. 거사가 실패하면 이 모든 책임이 자신에게 떨어지는 것이다. 그들이 입을 열어 주원장의 명령을 전했다.

"폐하께서는 약조에 따라 적당한 시기를 잡아 대사를 도모하라고 명령하셨습니다. 지금 세자 앞에 있는 우리 말고도 적잖은 무사들이 성내 혹은 성 밖에 숨어 지켜보고 있습니다. 우리 역시 가장 가까운 곳에서 하명을 기다리겠습니다."

권유가 아닌 협박이었다. 주원장은 더 이상 기다릴 수가 없다고 보고 직접 무사들까지 보낸 것이다. 황제 시위대는 주원장이 보냈다는 사실만 확인될 뿐 그들 이름이 뭔지, 몇 살인지 무엇 하나 알 길이 없었다. 그들이 어디에 숨어 지켜보는지조차 알 수 없었다. 실제로 있는지, 있다면 얼마나 있는지도 알 수 없었다. 이방원이 눈으로 본 건 불과 열 명이지만, 어쨌든 그들은 적잖은 수의 무사들이 성 내에 잠입했다고 주장했다.

이방원은 기왕 벌어진 일, 조선의 피해를 최소로 줄이기 위해 측근들과 치밀한 계획을 세웠다. 그러고서 정도전에게 밀리는 인물들을 하나하나 찾아 만나고 다녔다. 권근이 먼저 마땅한 인물을 찾아내면 나중에 이방원이 몰래 만나 약속받는 식이었다. 이렇게 해서 권근, 변중량, 이화, 이숙번, 민무질, 민무구, 신극례, 이거이, 조영무, 조준, 하륜 등이 뭉쳤다.

그러던 중 절호의 기회가 찾아왔다. 마침 실시되는 진법 훈련에 이방원이 불참해 버렸다. 모든 왕자들도 반드시 참여하라는 이성계의 명이 있었지만 이방원은 형제들과 작당하여 거절했다. 방원의 형 방간, 방의, 이제 등의 왕실 종친과 유만수 같은 원종공신이 이방원과 뜻을 같이했다. 처음에는 경고만 들어왔다. 또 나가지 않았다. 그러자 정도전은 사람을 보내 이방원의 종 소근을 비롯해 불참 왕자와 공신들의 부하나 종들을 잡아갔다.

예상대로 정도전은 이들의 부하나 종을 잡아다가 각각 태형 50대를 갈겨 버렸다. 이방원 등 왕자들을 때린 것이나 마찬가지다. 미끼를 문 것은 다름 아닌 정도전이었다. 이방원은 이 모든 소식을 사가에 앉아 시시각각으로 전해 들었다. 충분한 모욕이었다. 누가 봐도 이방원은 모욕을 받은 것이다. 종 소근이가 피투성이가 되어 들것에 실려 왔다.

"소근아, 아프냐?"

"참을 만합니다, 나리."

이방원은 자신을 대신해 태형을 당한 종 소근이의 엉덩이를 어루만 졌다. 핏발이 이리저리 나 있었다. 장독을 가시게 한다고 약재를 지어다가 발라 댔지만 통증은 잘 가시지 않았다.

"나리도 미련한 소인처럼 그저 참기만 하실 겁니까?"

속을 모르는 소근이가 울먹거리며 이방원에게 물었다.

"소근아, 넌 네 몸이나 잘 간수하거라."

아니나 다를까 이방원이 태형을 당했다는 소문이 나자 기왕에 포섭된 측근들이 찾아오고, 이번 일에 연루된 왕자들, 그렇지 않은 큰 왕자들까지 우르르 몰려왔다. 정도전을 규탄하는 목소리들이 높았다. 항간에 떠도는 민심을 살펴보았다. 이방원이 비록 잘못하기는 했으나 왕자에게 태형을 가한 것은 너무 심했다는 주장이 대부분이었다.

이방원은 왕자들더러 명령이 있을 때까지는 찾아오지 말라고 전했다. 정도전의 의심을 살 만한 행동은 어떤 것도 하지 말라고 신신당부했다. 측근들도 멀리 물러났다. 이방원의 사가는 적막했다. 적어도 정도전의 수하들이 볼 때는 그러했다.

'웃어야 한다. 고개를 숙여야 한다. 그러다 단 한 번에 적을 무너뜨려야 한다.'

이방원은 피가 끓는 듯했지만 사가에 칩거하며 두문불출했다. 어차피 그가 동원할 사병은 다 차출되어 훈련장에 끌려 나가고, 하필 지긋지긋하게 보기 싫은 신덕왕후 강비가 누워 있는 정릉을 지키러 온 이숙번의 안산병밖에 없었다. 그것도 거기서 육조거리까지 출동시키려면 첩첩이 정도전 군대를 물리쳐야만 가능하다.

'기다리자. 때를 기다리자. 미련하자. 미련해야 정도전이 나를 무시하고, 주원장이 마음을 놓는다.'

며칠이 되지 않아 이성계가 병이 나 누웠다. 정도전은 국왕이 아픈데 함성을 질러 시끄럽게 할 수 없다며 전 장병에게 휴가를 주었다. 사병이 혁파되어 거사할 인력이 모자라는데, 정도전이 그 인력을 돌려보내 준 것이다.

정도전은 휴가가 끝나는 대로 병력을 이끌고 압록강을 넘어 요동으로 진격할 예정이었다. 여진족 기마군에게도 날짜를 통지해 연합할 것을 다 지시해 놓았다. 막상 조정은 전시 태세로 들어갔다. 그러니 며칠간의 휴가란 태풍 속의 고요에 불과한 것이었다.

어쨌든 휴가를 받은 이방원의 사병들은 은밀한 명령에 따라 저희 고향이나 집으로 가지 않고 성 밖 모처에서 대기했다. 이방원은 몰래 무기를 추슬렀다. 숨겨 둔 무기와 황제 시위대가 가져온 날카로운 중국산 칼이 넉넉히 있었다. 군마도 마련해 놓았다. 또 이방원의 측근들이 거느리는 사병들, 이를 테면 다른 왕자들이 거느리는 사병들도 역시 대비를 한 채 쉬라고 비밀히 연락해 두었다. 언제 어디서든 명령이 떨어지면 거병할 수 있는 준비를 갖춘 것이다.

모든 준비를 마친 이방원은 겉으로는 술에 취해 거리에 나서고, 아무렇게나 옷을 걸쳐 입고 시전을 돌아다녔다. 그러는 중에도 비밀리에 세작을 놓아 정도전의 동선을 감시했다. 그러던 중 더없이 좋은 기회가 찾아왔다. 이무로부터 정도전이 송현방에서 술을 마시기로 했다는 첩보를 받았다. 이방원은 그의 아버지 이성계와는 달리 적의 약점을 보는 순간 지체 없이 행동하는 빠른 인물이다. 주저 없이 칼을 빼들었다. 그는 기회란 한 번 오는 것이지 두 번 오는 것이 아니라고 믿었다.

"황제 시위대에 작전 개시를 알리고, 다른 왕자들에게도 알리고, 사병들에게 집결 명령을 내려라. 또 권근, 하륜 등 우리 쪽 사람들에게 일일이 알려, 많든 적든 사병을 이끌고 육조거리로 나와 시위하라고 일러라. 이숙번에게는 가장 빠른 말을 보내 지금 즉시 출동하여 송현방 일대를 포위하라고 전하라."

사병들이 집결하는 데 시간이 걸렸다. 성 밖에 주로 머물던 이들은 걸어서 들어와야만 했다. 성문을 통과하는 것도 쉽지 않았다. 이숙번 쪽에도 연락했지만 정해진 시각 안에 도착하기가 어려웠다. 하지만 주원장의 황제 시위대는 순식간에 몰려들었다. 그들이 어디 숨어 있었는지는 이방원도 알 수 없었다. 그가 본 열 명의 무사들은 각기 열 명의 부하들을 데리고 나타났다. 모두 검은 옷을 입고 검은 두건을 쓰고 있었다. 황제 시위대가 집결할 때까지 다다른 그의 사병은 불과 수십 명이었다.

이방원은 그들을 이끌고 송현방으로 달렸다.

송현방 남은의 집 주변은 정도전에게 충성하는 수십 명의 호위대가 지키고 있었다. 어차피 피할 수 없는 상황이었다. 즉시 접전이 일어났다. 황제 시위대들이 앞으로 나가 싸우고, 이방원의 사병들도 측면으로 치고 나갔다. 이때 이방원이 데려온 종들은 남은의 집을 돌며 주변 가옥들을 향해 불붙은 짚단을 던져 대기 시작했다.

전투가 벌어지자 정도전 등이 밖으로 나와 칼을 뽑아들었다. 싸움이 치열해 피아간에 사상자가 속출했다. 이방원은 악을 쓰며 싸우라고 소리쳤다. 황제 시위대들의 솜씨도 좋았지만 오랫동안 요동정벌을 준비해 온 정도전의 호위대도 만만치 않았다. 다급해진 이방원은 사람을 보내 왕자들더러 급히 와 달라고 재차 청하고, 권근 등 몇몇 측근들에게도 되는 대로 모아 오라고 연락했다. 이숙번의 안산병이라도 어서 와 주면 좋겠지만 소식이 없었다.

그런 사이 정도전 측에서도 사람을 놓아 삼군부, 궁궐 수비대 등 인근 부대에 긴급 연락을 취했다. 전세가 뒤집힌 것은 바로 그 무렵이었다. 다른 왕자들의 사병들이 도착하고, 마침내 고대하던 이숙번의 안산병이 당도했다. 특히 안산병은 송현방을 통째로 포위해 누구도 달아나지 못하게 막았다.

수적으로 우세해진 이방원의 반란군은 기어이 정도전의 호위대를 무찔렀다. 전투 중에 호위대와 정도전의 측근들은 대부분 죽고 마침내 정도전이 사로잡혔다.

이방원은 핵심인물인 정도전 등을 죽여 목을 장대에 꽂아 높이 쳐들었다. 그리고서 반란군을 돌려 삼군부와 군기감으로 향했다. 이방원이 장대에 꽂힌 정도전, 남은 등의 머리를 앞세워 나타나자 삼군부 군사들은 하는 수 없이 칼을 던졌다.

상대가 만일 왕자들이 아니었다면 기어이 싸웠겠지만, 삼군부로 몰려온 이들의 면면은 바로 국왕의 둘째 왕자, 셋째 왕자, 넷째 왕자, 다섯째 왕자 등이었다. 막상 정도전이 체포되자 거사는 일사천리로 정리되었다.

마지막으로 궁궐에 쳐들어갈 때는 박위가 결사 항전했지만 이미 포섭된 조온이 내부에서 반란을 일으켜 박위를 등 뒤에서 찍어 버렸다. 그다음에는 경복궁 건녕전까지 쳐들어가 세자 방석과 방석의 형 방번을 끌어냈다.

이 과정에 그림자처럼 참여한 주원장의 시위 무사들은 정도전의 목이 잘리는 걸 보고는 이방원조차 모르게 조용히 사라졌다. 그리고 나자 주원장이 이미 봄에 죽었다는 소식이 조선에 들려왔다. 이방원은 아차 싶었지만 이미 끝난 일이었다.

나는 고백한다

눈물이 저절로 흐르고, 가슴이 쿵쿵 뛴다. 그날의 절규와 함성이 생생하게 들려오는 듯하다. 아버지를 따르던 호위대들의 결사 항전, 이방원을 꾸짖었을 아버지의 카랑카랑한 목청이 뒤섞여 송현방은 요란했을 것이다. 그러면 그렇지, 그랬어야 한다.

"전하, 우리 아버지 수급은 전하께서 직접 베셨나요?"

이야기를 하는 이방원의 얼굴이 붉게 상기되었다.

"그게 문제가 아니었어. 진짜 중요한 이야기는 지금부터 시작되는 것이니 귀담아 들어 주게. 나에 대한 분노도 잠시 유예해 주시게."

이방원은 나와 내 아들 래, 그리고 그의 아들 충녕을 천천히 둘러보고는 다시 입을 열었다.

"내가 자네 아버지에게 가까이 다가갔어. 조선의 거인 삼봉은 두 손이 뒤로 묶이고 땅바닥에 무릎이 꿇린 채 내 종 소근이 앞에 앉아 있더군. 무식한 놈이 전날의 원한을 들어 함부로 대한 거지. 내가 삼봉을 일으켜 의자에 앉히고, 두 손을 풀어드렸지. 그리고 나서 내가 한 말이 있어. '삼봉, 주원장은 바보가 아니었소. 이미 전군에 비상령을 내려 놓고, 특히 요동 지역 방어를 강화하는 중이오. 그런데도 우리가 전쟁을 고집하면 전면전이 일어난다는 말인데 그런 식으로는 대사를 도모할 수 없소. 거란도 여진도 몽골도 전면전을 치러서 중국을 차지했던 게 아니오. 기습전을 해야만 하는데, 삼봉은 지금 전면전을 도모하고 있소. 삼봉을 그대로 두면 조선이 멸망하겠기에 내가 나선 것이오. 나라를 살립시다.'"

"우리 아버님은 뭐라고 말씀하시던가요?"

"웃으시더군. 그러면서 한 수 가르쳐 주셨어. 요동을 도모하자는 것에 두 가지 이유가 있다고 말씀하시더군. 그 하나는 요동까지 국토를 넓혀 이제 더 이상 중원 땅의 정세에 따라 우리나라의 운명이 좌지우지되는 것을 막자는 것이고, 또 하나는 전쟁 준비를 하는 명분을 들어 고려 출신 백성을 하나로 묶는 것이라 했네. 조선이 개국한 지 얼마 되지 않았으니 상하좌우를 하나로 묶는 뭔가가 필요한데 그것으로 요동 정벌이 필요했다는 뜻이지. 난 정말 뜻밖의 말을 들었다네."

"저도 처음 들어본 얘기입니다."

"고려 유민을 자처하는 세력이 뿌리 깊게 남아 있어서 나라가 조금만 흔들려도 그들이 치고 올라올 태세였잖은가. 삼봉은 그걸 걱정한 거야. 그는 죽는 순간까지도 완전한 조선을 꿈꾼 거지. 그러면서 요동이야말로 참으로 입맛 당기는 사냥감이라고 말씀하시더군. 막상 요동을 차지하면 명나라도 우릴 함부로 대하지 못할 거란 말씀이었어. 그러면서 나더러 '어리석은 짓을 하셨소.' 하고 나무라시더군. 하지만 이미 화살은 시위를 떠난 뒤였지. 그래서 내가 어떻게 말한 줄 아나?"

그때 이방원은 정도전에게 고개를 숙여 예를 표하고 자신의 생각을 말했다.

"그럼 진심을 말씀드리리다. 이미 명나라 황제 시위대에서 가장 날랜 장수 놈들이 들어와 있었소. 사실 내가 진법 훈련에 참가하지 않은 것은 오늘 이 일을 저지르기 위해 일부러 꾸민 것이었소. 저기 저놈들 보이시지요? 검은 두건에 수탉 꼬리털을 꽂은 놈들요. 저놈들이 바로 명나라 장수놈들이오. 저놈들 뒤에 또 얼마나 많은 검사들이 있는지는 나도 모르오. 보시오, 지금 나를 힐끔거리잖소?"

정도전이 그쪽을 바라보니 과연 눈매가 다른 장수들이 서 있었다. 어디서도 본 적이 없는 얼굴들이고, 복장이었다.

"삼봉, 이제 다른 계책을 써야 할 때가 온 것 같소. 삼봉은 이제 할 일을 마치셨으니 제 일을 성공하게 도와주시오. 일단 주원장의 의심을 덜고 나서 우리 아버지와 삼봉 두 분이 세운 이 나라, 내가 잘 지키고 가꾸겠소. 고려로 되돌리려는 세력을 잠재우고 조선을 굳건히 세우겠소. 삼봉이 정한 율이나 제도, 법령은 한 점 한 획도 고치지 않겠소. 그리고 지금 도모하지 못하는 요동, 때를 보아 반드시 되찾겠소. 내가 못하면 내 자식들이 하도록 유지를 남기겠소. 안심하고 돌아가시오."

"나리, 너무 쉽게 생각하는군요. 기왕 이렇게 됐으니 내 속마음도 털어놓지요. 나와 전하가 요동정벌을 꿈꾸는 이유를 솔직히 말씀드리지요. 오늘날 나리를 비롯한 여러 왕자들이 데리고 있는 사병이 저마다 수백 명씩 되고, 우리 전하를 따르는 장수들까지 수십 명씩 사병을 따로 두고 있어 이것이 장차 나라의 근심이 될 거라고 본 거지요. 위화도회군이 성공한 배경에는 사병을 두고 있는 개경의 주인들이 몸을 사렸기 때문에 가능했던 겁니다. 개경에 있는 군사들이 우리 군사보다 훨씬 많았잖습니까. 그런데 고려를 좌지우지한다는 최영 장군조차 막상 자신의 군대는 얼마 없었던 거지요. 사병을 둔 권신들이 저마다 허락하지 않으면 대장군도 어쩔 수 없었습니다. 그래서 아버님은 그런 일이 다시 생기지 않도록 사병을 혁파하고, 이 군대를 모아 하나로 단련시키려 했던 것입니다. 그러자니 목표가 필요했습니다. 그것이 요동정벌입니다. 요동은 갈 수도 있지만 형편에 따라 가지 않을 수도 있는 겁니다."

"그 말씀을 다 믿지는 못하겠습니다, 삼봉."

"하하하. 이런 마당에 나리를 속이기야 하겠습니까. 실은 전하와 제가 소선을 설계하면서 약조한 게 한 가지 있습니다. 왕은 하늘을 받드는 존재로 지엄한 자리에 높이 계시고, 정사는 신하들이 의논해서 처결하자는 것이었습니다. 존엄하신 왕께서 시시콜콜한 세속의 일에 관여하지 않는 대신, 학문을 깊이 닦은 덕망 있는 신하들이 이 나라를 하상주夏商周 3대보다 더 빛나도록 다스리는 것이지요. 그런데 나리께서는 왕권이 강한 나라를 꿈꾸는 듯하여 사실상 세자가 되지 못하셨던 겁니다. 창업자는 훌륭할 수 있어도 2세, 3세가 다 훌륭할 수는 없습니다. 주나라를 보십시오. 한나라를 보십시오. 저, 세상을 뒤엎어 버릴 듯이 기세등등하던 칭기즈칸의 원나라를 보십시오. 국가란 핏줄로 이어지는 것이 아닙니다. 조선은 조선의 정신으로 이어져야 합니다.”

“그래도 방석 같이 용렬한 아이를 세자로 삼는 것은 저의가 있는 것 아니오?”

“그래야 신하들이 감히 왕의 목숨을 노리지 않으며, 왕실을 폐할 음모를 꿈꾸지 않습니다. 그래야만 왕실이 천년이고 만년이고 갈 수 있지 중국처럼 왕의 자식에게 국사의 전권을 갖게 하면 기어이 용렬한 자가 나와 나라를 망치는 것입니다.”

“미안하오. 난 삼봉이 꿈꾸던 일을 다 따르겠지만 그것만은 따르지 못하겠소. 조선은 우리 이씨의 나라요.”

“그러면 우리 조선 왕실은 길어야 2백 년밖에 지속되지 못합니다. 중국의 왕조들처럼 종국에는 비참하게 멸망하고 맙니다. 제발 훌륭한 신하들에게 국사를 맡기셔서 왕실의 장구한 안녕을 구해야 합니다. 이 신하들은 어려운 과거를 통과하고, 낮은 직급부터 차례로 경험을 쌓으며 올라온 인재들입니다. 그러나 본디 왕자란 구중궁궐에 갇혀 세상일을 모르고, 백성들이 어떻게 사는지 모르는 채 자라기 때문에 비록 용상에 앉아 있어도 무슨 일을 해야 할지, 어떻게 해야 할지 허둥대며, 심지어 충신과 간신을 가려보는 눈조차 갖지 못하게 됩니다. 나리 같은 왕자야 광야를 말 달리고 직접 싸움까지 해 보셨으니 그러지 않겠지만, 나리의 아드님들부터는 달라집니다. 그들은 태어날 때부터 호의호식하여 세상이 생긴 이래 본디 그런 줄 알 것입니다. 내 말을 귀담아 들으셔야 합니다. 나리가 비록 이 나라 왕이 되더라도 사직을 백 년, 이백 년 보존하기가 결코 쉽지 않으며, 가더라도 왕실이 고통스럽게 찢어집니다."

"우리 아버님과 의논한 일이십니까?"

"함흥에서 처음 뵐 때부터 제가 늘 강조한 말이고, 폐하께서도 그때마다 동감하신 부분입니다. 안 그러면 저 어린 방석을 세자로 세웠겠습니까?"

"무슨 말씀이신지는 알아듣겠습니다. 그러나 실행하지는 못하겠습니다. 다만 장자라도 똑똑하지 못하면 둘째나 셋째가 세자가 될 수 있도록 하지요."

"집안도 흥망과 부침이 파도처럼 일어나거늘 왕실이야 말해 무엇하겠습니까? 그런 환상을 버리셔야 조선왕실이 장구해질 것입니다."

"노력은 하리다. 하지만 왕은 궁궐에 숨어 부귀영화나 누리라는 말씀만은 받아들이기 어려울 것 같소. 이제 얘기는 다 끝난 듯하오."

정도전은 무슨 말인지 알아들었다. 어쩔 수 없으니 부디 죽어달라는 청이다.

"그렇다면 할 수 없는 일이지요. 주제넘게 천년왕국을 꿈꾼 내가 욕심을 접을 수밖에. 다만 내 집안은 어쩔 셈이오, 나리?"

"주원장이 문제 삼은 건 삼봉이지 자제분들이 아니오. 그러니 적당한 때에 모든 걸 회복시켜 드리리다. 하지만 놈들 눈이 있으니 아무 일도 없었다는 듯이 하지는 못할 거요. 명나라와 싸우기에 우린 아직 힘이 모자랍니다. 삼봉도 주원장의 아들 주체가 거느린 연군을 보았더라면 생각이 달라졌을 것입니다. 그들은 몽골의 수도인 카라코롬까지 달려가 초토화시킨 군대요."

"허, 이런. 나만 역적이 되겠군."

"아마……, 그렇게 될 겁니다. 어쩌면 우리가 함께 죽인 역적 정몽주를 충신으로 내세워야 될지도 모릅니다. 저도 왕실을 지키는 꾀를 내야지 않겠습니까. 역적 정몽주는 충신이 되고, 충신 삼봉은 역적이 되는 것입니다. 허나 정몽주는 가짜이고, 삼봉은 진짜가 될 것입니다. 삼봉이 지은 궁전이나 궁문이나 종묘를 지날 때마다 주춧돌에서 대들보까지 직접 올리신 삼봉에게 예를 표하고, 삼봉이 이름 붙인 도성의 8대문, 성내 48방의 이름을 들을 때마다 삼봉이 꿈꾸던 나라가 무엇인지 다시 살피겠습니다. 삼봉이 지으신 『조선경국전』, 『경세문감』, 병제와 진법, 진도, 주군州郡과 역참을 일점 일획도 고치지 않겠습니다. 삼봉께서 창업 후 지으신 악장 〈몽금척夢金尺〉, 〈수보록受寶籙〉, 〈문덕곡文德曲〉은 조선왕조가 살아 있는 한 천년만년 궁중에서 연주하도록 하겠습니다. 삼봉의 육신은 가셔도 혼령은 한양성 곳곳에 살아 숨 쉬는 것입니다. 삼봉은 대조선의 뿌리 깊은 나무요, 샘이 깊은 물이 될 것입니다. 남은 빚은 아드님들에게 대신 갚겠습니다. 그러니 부디 노여워 마십시오."

"정안군 나리, 우린 혁명 동지요. 낡고 부패한 나라 고려를 뒤엎고 새 나라 조선을 세웠소. 부디 이 조선을 잘 이끌어 주오. 내가 꿈꾸던 그런 좋은 나라, 절반만이라도 만들어 주오. 정안군 나리의 어깨가 무겁소. 우리 조선은 건국한 지 얼마 안 돼서 곳곳에 간악한 무리들이 도사리고 있소. 아마도 오늘 밤 안으로 나를 따르고 나를 보자마자 머리를 꺾던 관리들까지 죄다 나리 앞에 줄을 설 것이오. 권력이란 본디 그런 것이오. 하여튼 나리가 이 나라를 맡았으니 머지않아 요동을 수복해 줬으면 좋겠소. 당대에 안 되면 대를 이어서라도 꼭 해 주오. 백 년이 걸리든 이백 년이 걸리든 꼭 전하시오."

"죽을 때까지 정신 똑바로 차리고 삼봉의 말씀을 잊지 않겠소. 항상 남의 자리라고 생각하고 부지런히 일하겠소. 그러니 삼봉도 저승에서나마 날 도와주시오."

"조선의 왕이 모두가 다 나리만 같다면야 내가 왜 군이 방석을 세자로 세웠겠소. 허나 그건 불가능한 일이오. 하여간 내겐 수모를 주어도 좋지만 우리 아이들은 워낙 영민하여 나리에게 도움이 될 것이니 잘 거둬 주오. 그래야 화합이 될 거요."

"그러리다."

이방원은 정도전에게 목례를 올린 뒤 역사를 불렀다.

258

"아프지 않게 단칼로 모셔라. 이 나라를 지으신 분이니 존귀한 피가 땅에 떨어지지 않도록 하얀 비단을 깔고 수급은 신속히 수습하라."

정도전은 목을 늘어뜨리고 눈을 감았다.

"삼봉, 안녕히 가십시오. 결코 잊지 않겠습니다."

이방원은 참수 명령을 내리고 멀찍이 물러났다. 곧 안산군수 이숙번이 거느리던 역사가 큰 칼을 차고 나왔다. 역사는 예의를 차려 정도전에게 목례를 올렸다. 그리고 지체 없이 무거운 칼을 내리찍었다. 목이 툭 떨어져 하얀 비단 위에 떨어졌다. 그러는 걸 이숙번이 달려들어 얼른 나무상자에 옮겨 담았다.

"시신을 삼봉의 집으로 모셔라."

이방원은 그제야 한숨을 몰아쉬면서 멀리서 자신을 지켜보던 주원장의 시위무사들을 돌아다보았다. 그들이 고개를 끄덕였다. 임무가 완수되었다는 뜻이었다. 그들은 곧 자리를 떴다. 눈으로 목격했으니 그 길로 귀국했을 것이다.

이방원은 이야기를 마치고 또 찻잔을 들었다. 찻잔을 든 손이 가느다랗게 떨렸다. 그러고 보니 그때 그 일이 생각나는지 그의 얼굴이 무척 상기되었다.

"난 정말 큰 죄를 지었지. 특히 우리 아버님께 말이야. 나라를 세운 국왕이 자식의 반란으로 쫓겨난 예는 아마 드물 거야. 내가 그 오명을 뒤집어쓰는 거지."

어쨌거나 나는 이방원이 말하는 이런 자세한 내용까지는 모르고 있었다. 그리고 보니 아버지가 왜 요동정벌을 서둘렀는지 알지 못하는 부분이 있었다. 왕은 태양처럼 하늘 높이 떠 있고, 국사는 현명한 신하들이 힘을 모아 이끌어 가는 나라, 위대한 조선을 꿈꾸셨던 것이다. 또한 돌아가시는 그 위급한 순간에마저도 우리 형제들의 목숨을 구하려 하셨다니.

"당신 형제들을 하나도 다치게 할 생각이 없었소. 그런데 예기치 않게 당신 아우들이 칼을 들고 싸움을 걸어왔기 때문에 나도 모르는 사이에 불행한 일이 생겼소. 내 수하들이나 황제 시위대들이 뭘 알았겠소. 어차피 목숨 걸고 벌인 일, 다들 지나치게 긴장했던지라 앞뒤 볼 것 없이 칼을 썼던 모양이오. 그래서 그날 시신도 인도하지 못한 걸로 들었소."

"내 아우들이 죽은 게 정녕 전하가 시킨 탓에 그렇게 된 게 아니란 말씀이오?"

"절대 아니오. 안 그러면 형이 삼봉을 장사 지내도록 버려두었겠소? 장남인 당신을 그냥 두었겠소? 난 시신을 훼손하지 말고 그대로 집까지 모시라고 지시했었소. 그러나 목숨을 건 거사였던 만큼 군사들이 너무 긴장하여 그리 안 된 것뿐이오. 전투도 너무 치열했고."

"물론 장례를 치르도록 내버려두는 걸 보고 나도 의아했소. 나는 그저 우리 아버지와 태조 전하의 관계 때문에 함부로 하지 못한다고만 생각했소."

"삼봉의 장례가 끝난 뒤 날을 보아 편안한 시각에 당신네 가솔을 잡아들였소. 그러고는 당신 부자를 수군으로 보낸 거요. 그 뒤로도 사실수사에게 밀지를 내려 당신들을 잘 살피라고 했소. 잘 해 주란 말은 안했소. 오직 목숨이 위험하지 않게 눈 여겨 살피라고만 했소. 잘 생각해보시오. 당신 부자는 화살이나 깎고 노를 젓는 일에나 동원되었지 왜구가 쳐들어오거나 해적을 소탕할 때 한 번도 전선을 탄 적이 없었잖소? 당신 부자가 전라좌수영에 내려가 군역을 치르는 15년 동안 왜구는 다섯 번이나 쳐들어와 크고 작은 전투가 벌어져 죽은 군사들도 많았잖소? 내 밀령이 있었기 때문이오. 어떤 군관이라도 당신 부자를 부당하게 부려 먹거나 숙식을 방해하거나 아픈 데도 약을 주지 않은 일은 없었을 거요. 핍박은 받았을지언정 나는 그대들을 불러들일 시기를 저울질하고 있었소. 나 역시 그대의 부친으로부터 혹은 고려의 수구세력으로부터 수년간 핍박을 받았었으니."

"그렇다면 왕위에 오르신 뒤 우리 부자의 금고를 바로 해제할 수도 있었잖습니까? 내 나이 쉰넷이옵니다. 이제 금고가 해제된들 대체 뭘할 수 있겠습니까? 전하, 이렇게 속 시원히 말씀해 주실 것 같으면 진작 불러주시지 왜 16년이나 기다리셨습니까?"

"사실 난 영락제 주체가 두려웠소. 주체는 주원장보다 더 잔인한 놈이라서 그가 버티는 한 의심 살 만한 일을 할 수가 없었소. 그런데 세작들이 알아보니 영락제가 병이 들어 앞으로 오래 살 것 같지 않다고 하오. 그래서 내가 오늘 큰 결심을 한 것이오. 또 형의 나이가 많다고 걱

정하나 그러기로 말하면 우리 아버지는 쉰여덟이 되어서야 겨우 왕이
되시고, 그때 삼봉은 쉰하나였소. 두 분은 그 나이에 청년처럼 일하셨
잖소? 나이가 들면 지혜는 더 날카로워지는 법이오. 당신은 삼봉의 피
를 이어받았으니 대를 이어 조선을 설계하시오. 아니, 설계는 삼봉이
다 끝내 놓았으니 그 설계대로 이 조선을 가꿔 주시오. 난 왕으로서,
당신은 신하로서 함께 해 봅시다. 왕 혼자 독단하지 않고, 신하들이 저
희들끼리만 당을 짓지 않는, 상하가 화합하는 나라로 만듭시다."

"정말로 우리 아버지가 꿈꾸던 조선국을 하나도 안 바꾸고 그대로
만드시렵니까?"

"그렇소. 한 점 한 획도 바꾸지 않고 철저히 따르겠소. 다시 말하지
만 그런다고 해서 삼봉에게 씌워 놓은 역적 누명을 벗겨 주지는 못하
오. 이 조선이 건재하는 한 그는 영광과 굴욕을 함께 해야 할 거요. 대
신 내 말도 잊지 마시오. 어설픈 자주는 나라를 몰락시킬 수 있소. 삼
봉이야말로 일면 사대를 하면서 일면 요동수복을 노리는 실리주의자
셨소. 나 또한 그렇소. 사대를 할지언정 정신을 잃어서는 안 되오. 그
것이 삼봉의 유훈이고 과인의 결심이오. 나 역시 삼봉이 하던 대로 연
경에 세작들을 보내 명나라 조정 상황을 수시로 보고받고 있다오."

"아까 들려주신 대로 신하들이 국정을 책임지는 나라는 더 이상 생
각해 보지 않으셨나요?"

나는 아버지가 주장하던 왕권과 신권을 거론하여 그의 심중을 저울
질해 보고 싶었다.

나 역시 과거를 보려고 중국의 경전과 사서를 익힐 때 왕실이나 황실이 혈통으로 권력을 전하는 것을 보고 안타까움을 많이 느꼈다. 신하들은 수많은 인재 중에서 뽑고 또 가려 나라를 위해 일하는데도 쥐꼬리만 한 권한밖에 주어지지 않지만, 왕의 자식으로 태어난 이는 능력이 있든 없든, 병약하든 건강하든, 설사 정신이 혼미하더라도 제멋대로 천하대사를 농단할 수 있는 전권이 주어지는 것이다.

　아무리 큰 나라라도 그 자식이나 손자 대에 이르러 쪼그라드는 일이 비일비재한 것은 다 이 때문이다. 천하의 진시황도 그의 아들 호해에 이르러 여지없이 멸망하고, 누구도 넘어설 수 없는 패업을 이룬 제환공도 그 아들에 이르러 와르르 무너지고 말았다. 칭기즈칸의 자식이 칭기즈칸이 아니며, 야율아보기의 아들이 야율아보기가 아니며, 아구타의 아들이 아구타가 아니고, 왕건의 아들이 왕건이 아니고, 주원장의 아들 또한 주원장이 아닌 것이다. 그러니 아버지가 보시기에 어찌 그 많은 이성계 전하의 아들이 모두 이성계일 수 있었겠는가. 이성계는 어려서부터 몽골어와 여진어를 쓰며, 몽골인과 여진인 친구들과 더불어 어린 시절과 청년 시절을 보냈지만 이성계의 자식들은 고려 말을 배우고 고려인으로 자랐다. 이성계는 지리산을 넘어 호남을 유린하던 아키바츠의 왜군을 섬멸하고, 중국이 전전긍긍하던 나하추 무리를 일거에 소탕했다. 하지만 이성계의 자식들은 이방원을 빼고는 이런 무예를 갖춘 자식이 없다.

　이런 이유로 아버지는 국왕은 영예를 누리되 경험과 능력이 필요한 국사는 뛰어난 신하들이 맡아야 한다고 주장한 것이다. 그러나 아무리 좋은 생각인들 이방원이 받아들이지 않으면 할 수 없는 것이다. 아버지의 죽음과 함께 이런 꿈은 날아가 버린 것이다. 조선이 아버지 '정도전이 꿈꾸던 나라'가 될 수 있는 기회는 이렇게 사라졌다.

그래도 나는 한 번 더 묻고 싶었다. 그의 의지가 있어야 가능한 일이기 때문이다. 그가 거부한다면 그의 아들이나, 그 아들의 아들이나, 또 그 아들의 아들이 얼마나 심약하고, 병약하고, 어리석은 혼군이 되어 나타날지 아무도 모른다.

"그렇소. 나는 맹자가 말하는 왕도 국가를 실현하겠소. 다만 삼봉의 말씀에 일리가 있기 때문에 왕이 독단하는 것도 막고, 신하들도 당을 지어 독단하지 못하도록 국법을 정비했소. 삼봉의 뜻을 반만 따른 것이지만 이만 해도 중국의 왕조들하고는 많이 다를 듯하오."

나는 맹자나 공자나 다 어리석은 인물이라고 생각한다. 그들은 오직 왕이나 황제를 위한 도를 설했을 뿐 후대의 어리석은 자식들에 대해서는 말하지 못했다. 나라를 만든 이들이 비록 공자를 배우고 맹자를 숭배한들 후대에 이르러 그들의 글 한 줄, 아니 그들에 관해 단 한 번 언급조차 않는 혼군, 폭군들이 얼마나 많았던가. 제자백가의 그 누구도 아버지 같은 생각을 하지 못했다. 그러니 벌써 왕권을 쥔 이방원에게는 얼마나 낯설겠는가. 하물며 아버지가 외친 민본民本 두 글자가 눈에 들어오겠는가.

"그만큼이라도 아버님의 뜻을 살려 주셨으니 고맙게 따르겠습니다."

"여태 내 말을 듣고도 다 이해하지 못했을 거야. 그럼 한 가지 묻겠소. 삼봉의 묘가 어디 있소?"

"몰래 썼습니다. 전하가 파헤칠까 봐 은밀히 만들었지요."

"우면산?"

"아시는군요?"

"거긴 없어. 하인들 무덤으로 위장하기까지 했지만 결국 내가 알아냈지."

"예? 그럼 우리 아버님 시신을 훼손하셨습니까?"

"천만에. 과인이 비밀리에 두골을 이장했지."

"우리 가족 모르게요? 어디로요?"

"산해관이 바라다 보이는 노룡두에 무덤을 마련해 모셨지. 노룡두는 만리장성이 시작되는 동쪽 산이거든. 그토록 밟으려 하신 삼봉의 평생 소원을 그렇게나마 달래 주려 한 일이지. 장자 몰래 한 일이니 용서해 주게."

"오, 전하."

"나중에 중국에 사신으로 갈 일이 생기거든 꼭 들러서 술 한 잔이라도 바치게. 이제 속 시원히 털어놓고 나니 살 것 같군. 이제야 말이지만, 내가 바로 위에 있는 우리 형 방간 때문에 속을 많이 썩었지. 그 형이 이런 비밀을 다 알고 있었거든. 물론 다른 형들도 알고 있었지만 방간 형은 노골적으로 그 비밀을 폭로하겠으니 자신을 세제世弟[30]로 지

---

30) 차기 왕이 될 왕의 동생. 왕이 될 아들은 세자, 손자는 세손이라고 한다.

명해 달라고 요구하더군. 박포 같은 일당들이 방간 형을 꼬드겨 일을 꾸민 거야. 하는 수 없이 난 재차 군사를 일으켜 방간 형 일당을 모조리 잡아 죽였지. 방간 형은 아직도 유배 중이시지. 죽이라는 말이 많지만 난 차마 그러지 못하고 있다네."

"항간에서는 전하께서 본디 포악해서 친형까지 죽였다고들 합니다. 제가 그 소식을 듣고 얼마나 고소했는지 아십니까?"

"그랬겠지. 아무리 억울해도 나로서는 설명할 수 없는 일이잖소. 나 혼자 끙끙 앓기만 했지. 자, 할 이야기는 다 한 것 같소. 자네 아들 래와 내 아들 충녕이 한 마디 빼지 않고 다 들었으니, 우리 초심으로 돌아가 힘을 모읍시다. 우리 두 집안은 조선이 건국될 때 그러했듯이 앞으로도 함께 갈 것이오. 그런 의미에서 우리 양가 대표들을 모은 것이라고 여겨 주오. 맹약에는 술이 제격이지."

이방원은 이번에는 내관을 불러 소주 한 병과 술상을 차려 들이라고 명했다.

곧 술상이 들어오고, 이방원은 주전자를 들어 차례로 술을 따랐다. 나, 내 아들 래, 이방원과 그의 아들 충녕의 잔에 술이 넘칠 듯 찰랑거렸다. 국왕이니 그가 먼저 술잔을 들었다. 이어 내가 들고, 충녕과 래가 차례로 들었다. 우리 모두 이방원을 따라 함께 술잔을 비웠다.

그때 마침 머릿속을 스쳐가는 의문이 하나 떠올랐다. 아버지는 금릉에 세작들을 심어 놓고 주원장에 관한 첩보를 수시로 듣고 있었는데 왜 그가 죽었다는 사실이 그토록 늦게 알려졌는지 궁금하다.

"전하, 한 가지만 더 말씀해 주셔야겠습니다. 아버지는 금릉에 세작단을 두어 운영하고 계셨는데, 어째서 주원장이 죽었다는 소식을 그날이 되도록 몰랐을까요? 주원장이 죽은 건 윤 5월 24일(양력 7월 16일)이고, 전하께서 거사를 하신 날짜는 그로부터 약 석 달 뒤인 8월 26일(양력 9월 30일) 아닙니까? 주원장이 죽은 지 석 달이나 되도록 아버지께서 그 사실을 모르셨다는 게 이상합니다. 무슨 일이 있었습니까?"

이방원이 들고 있던 술잔을 다시 내려놓았다. 나와 내 아들 래, 충녕도 잔을 도로 내려놓았다. 다시 분위기가 무거워졌다. 누가 생각해도 말이 되지 않는 걸 내가 지적한 것이다. 주원장이 죽었으면 하다못해 연왕, 요왕 등 번왕들이 모두 금릉으로 몰려갔을 텐데, 조선의 세작들이 그걸 전하지 않았다는 것은 앞뒤가 맞지 않는 것이다.

이방원은 손바닥으로 얼굴을 한번 쓱 문지르면서 입을 열었다.

"여러 정황상 주원장이 이미 죽었으리라는 건 짐작하고 있었지만 진짜 죽었다는 소식은 나중에 들었어. 참으로 이상했지. 그래서 나중에 명나라에서 들어온 사신 우우를 붙들고 꼬치꼬치 물었어. 그제야 말을 해 주더군. 주원장은 죽기 직전에 황제 시위대를 조선으로 파견했다는 거였소. 만일 내가 거사를 하기 전에 자신이 죽으면 안 되니, 일단 무사들을 들여보내 거사를 재촉하고, 압록강에 요왕 휘하의 군대들을 보내 오가는 사람들을 단속하라고 했다는군. 삼봉이 죽은 뒤 황제 시위대들이 돌아가면서 그제야 압록강의 경계가 풀렸다는 걸세. 그러니 우리는 감쪽같이 몰랐던 거지. 이 얘기는 사실 너무 부끄러워 말을 안 하려고 했는데 말이야. 허허허. 부끄럽군. 삼봉에게 할 말이 없게 된 셈이지.”

그러고 보면 우리 아버지를 죽인 건 주원장이 틀림없다. 그렇다면 죽은 주원장이 꾀를 내어 산 우리 아버지를 잡아간 셈이다. 허망하다. 아, 어디서부터 잘못되었는지 모르겠다. 억울하고 속상하다.

이방원이 입술을 깨물면서 또 말했다.

“너희들은 한 가지 내 욕을 덜어다오. 후대의 사가들은 이렇게 나를 비난할 것이다. 그때 주원장이 죽어 건문제와 영락제 사이에 전쟁이 났을 때 요동을 회복하지 못한 것은 순전히 이방원의 죄라고 말이다. 그렇다. 나는 고백한다. 그것은 역사에 지은 내 죄다. 실수도 있었고, 백성을 배신한 측면도 있다. 그러니 내 죄를 너희가 씻어 줘야만 한다. 언제고 힘이 생기고 기회가 닿거든 조상들의 땅 요동을 수복해 다오.”

“예.”

충녕이 대답하고, 래도 목소리를 크게 내어 대답했다.

“충녕에게 묻겠다. 왕이 된다면 요동을 어떻게 경영할 것이냐?”

“아바마마, 깊이 생각하지는 못했으나 압록강과 두만강 인근에 사는 우리 여진족들부터 되찾겠습니다. 그런 다음에 요동을 노리겠습니다.”

“맞나. 여신족과 힘을 합치는 게 제일 중요하다. 압록강과 두만강 인근은 강성한 시절의 고구려 근거지였다. 이보시오, 정진. 충녕은 한 번 약속하면 반드시 지키는 아이요. 한 번 말하면 그게 법이오. 너무 올곧

아 걱정일 만큼 듬직하다오. 이만하면 안심할 수 있지 않겠소?"

"전하, 제 자식들에게도 잘 가르쳐 놓겠습니다."

"좋소. 오늘 내 입에서 나온 말은 연기처럼 흩어지고, 메아리처럼 사라졌다. 더 기억하지 말라. 충忠 한 자만 굳게 잡자."

"예."

나와 내 아들 래, 충녕 셋이서 함께 대답했다.

"내가 죽어 삼봉을 만나려면 언제고 요동을 수복해야만 한다. 안 된다면 여진족이라도 끌어들여야 한다. 그렇다고 의기만으로 전쟁을 일으켜서는 안 된다. 때를 보아 저들이 힘이 없을 때 도모해야 한다. 차근차근 한 뼘씩이라도 요동을 찾아야 한다. 그러겠느냐?"

충녕과 래는 또 복명했다.

"예, 요동을 되찾겠습니다."

이방원은 흐뭇하게 웃으면서 술 한 잔을 더 비웠다.

"하지만 영락제가 명나라를 더 강하게 만들어 놓았으니 어느 세월에나 내 꿈이 실현될지 참으로 암담하오. 형은 나를 용서할 수 있겠소?"

이방원은 간절한 눈빛으로 나를 바라보면서 물었다.

"전하, 이미 용서했습니다. 아버지만 신원된다면 더 바랄 것이 없겠으나……"

"미안한 일이오. 종묘사직을 지키기 위해 비록 내 손으로 죽였으나 진짜 역적인 정몽주를 받들 수밖에 없는 것처럼 삼봉 역시 어쩔 수 없는 일이오. 다만 정몽주는 무덤만으로 기려질 것이나 삼봉 정도전은 경복궁을 비롯한 한양성 곳곳의 편액이며, 지명이며, 법령으로 살아 있을 것이오. 곧 삼봉 정도전의 손자들에게 적당한 벼슬을 내릴 것이며, 나아가 정도전이 조선을 건국할 때 시행하려 했던 모든 개혁 조치를 글자 한 자 안 고치고 다 시행할 것이라. 특히 삼봉의 생전 소망 하나를 꼭 실천할 것이오. 삼봉은 혁명 전부터 늘 서적포를 세웁시다, 금속활자로 책을 많이 찍어 백성들에게 읽힙시다, 하며 태조 전하께 소원했지. 백성들의 지혜가 밝아져야 한다는 것이었어. 하지만 창업 후 큰일들이 너무 많아 서적포는 미처 세우지 못한 채 돌아가셨어. 그러니 죄인인 내가 서적포를 만들어야지. 다른 소소한 건 이미 정도전의 동창이신 권근이 그렇게 해 놓은 것도 많소. 정도전이 꿈꾸던 선비들의 나라? 내 그걸 완성할 참이야. 그것이 진정한 신원이 아니겠소?"

"전하, 우리 집안에서 다시는 신원 이야기가 나오지 않도록 하겠습니다. 전하를 굳게 믿겠습니다."

이방원은 내 손과 내 아들 래의 손을 나누어 잡았다. 나는 충녕의 손을 잡고, 충녕은 내 아들 래의 손을 잡았다.

"그대 부친 삼봉의 몸은 비록 이 세상에 안 계시지만 그 정신은 조선국이 망하는 그날까지 시퍼렇게 살아 있을 것이오. 지금도 조선의 국왕인 내 가슴에 펄떡펄떡 뛰는 이 심장처럼 살아 계시거든. 조선의 설계자로서 영원히 말이야. 조선이라는 이름도 그이가 지으셨고, 경복궁景福宮이며 사정전思政殿, 근정전勤政殿 같은 궁내 모든 전실 이름도 삼봉이 지었지. 동서남북의 크고 작은 성문도 남대문은 숭례문崇禮門,

동대문은 흥인문興仁門, 서대문은 돈의문敦義門, 북대문은 숙청문肅淸門이라고 지으셨지. 도성 안 5부部 49방坊의 이름도 모두 다 그이가 지었어.

　내가 참말로 삼봉을 미워한다면 왜 그런 이름들을 그대로 두며, 그가 지은 책들을 왜 이 나라의 방향타로 삼겠는가. 그이가 정한 대로 불교를 걷어치우고 유학을 숭상할 것이며, 재상 정치를 높여 나라의 기틀을 튼튼히 하겠네. 날 의심하지 말게. 난 그이가 이름을 지어 준 근정전에서 정사를 보며, 그이가 이름을 지어 준 강녕전에서 잠을 자네. 영원히 그 이름을 바꾸지 않을 걸세. 내가 만약 진심으로 삼봉을 역적으로 여긴다면 어찌 그가 이름 지은 근정전이며 강녕전에서 정무를 보고 편히 쉴 수 있겠는가. 그런 점에서 난 삼봉에게 떳떳하다네. 난 삼봉의 진짜 후계자라네. 요동만 빼면 말이야. 오늘 우리 네 사람이 맹약을 하는 자리를 군이 삼각산 삼봉 아래로 잡은 것 역시 그런 나의 진심을 나의 스승이자 조선의 스승이신 삼봉 선생에게 보여 주기 위한 것이라네.”

　진심을 말하는 것 같기도 하다.

　듣고 보니 아니라고는 못하겠다. 아버지가 참으로 역적이라고 생각한다면 아버지가 만든 제도, 명칭 등 숱한 것들을 이방원이 왜 그대로 두었으랴. 『조선경국전朝鮮經國典』, 『감사요약監司要約』, 『경제문감經濟文鑑』 세 권은 조정에서 그대로 쓰이고, 한양 도성의 문루를 비롯한 궁전과 궁문의 모든 명칭, 도성 내 49방 이름까지 모두 아버지가 일일이 지은 것인데 어느 것 하나 바뀌지 않고 지금도 그대로 쓰이고 있다.

그렇다면 나는 믿는다. 이방원의 진심을.

'오, 아버지. 당신은 다시 살아나셨습니다. 이미 살아계셨습니다. 아니, 한시도 돌아가신 적이 없습니다.'

눈에서 눈물이 주르르 흘러내린다. 그것도 모르고 16년간 원망하고 저주하면서 살아 온 나날들이 부끄럽다. 오원은 16년 만에 원수 초평왕을 잡았으나 이미 죽은 시신이었으므로 가죽 채찍으로 때리기만 했다. 그의 아버지와 형의 원한은 제대로 갚지 못하고 엉뚱한 초나라 백성들을 무참히 죽였다. 그러나 나는 마침내 16년 만에 아버지를 실제로 신원시키고 있잖은가. 아버지를 죽인 방원의 손으로 되살리고 있잖은가. 오원은 원한을 풀지 못했고, 나는 풀었다.

그렇다면 미진한 것 없이 깨끗해진 것인가.

과연 그런 것인가.

"요동 빚이 아니라면 오늘 우리 아들 충녕과 그대의 아들 래를 부르지도 않았을 것이오. 다른 수모쯤이야 나 혼자 끌어안고 살 수도 있었소. 요동 때문에 이 아이들을 앞에 두고 내가 이처럼 힘들게 고백하는 것 아니겠소. 자, 오늘은 나도 말을 많이 했고, 정진 당신께서도 너무 긴장했을 테니 이쯤에서 마칩시다. 충녕, 래, 내 말을 부디 잊지 말라. 꼭 가슴에 새겨야 한다."

"예."

우리 회담은 이렇게 끝났다. 짧은 만남이었지만 16년간의 긴긴 고초와 회한, 절망 따위가 마치 햇살에 마르는 이슬처럼 허공으로 날아가 버렸다.

이날 우리 부자는 행궁 옆 천막에서 잠을 자고, 이튿날 새벽 이방원 전하의 행차가 먼저 떠난 뒤 삼봉 누옥으로 돌아갔다. 특별히 다른 이야기가 더 있지는 않았다. 우리가 행궁에서 만났다는 사실조차도 아는 사람이 드물었다. 하물며 내용에 대해서는 실상 네 사람 말고는 아무도 알 수 없는 것이다.

나는 삼봉 누옥을 정리했다. 언제 다시 돌아와 은둔할지는 몰라도 지금은 아니다. 있는 대로 짐을 꾸려 곧 한양 옛집으로 이사를 했다. 우리가 가는 길을 아무도 막지 않았다.

아버지가 사시던 수진방의 옛집은 모양 하나 변한 것 없이 그대로였다. 다행이다. 우리 집은 육조거리에 있어 경복궁까지는 걸어서 불과 몇 분밖에 안 걸리는 지척에 있다. 그것도 조선 최고의 실력자답게 너른 땅을 깔고 앉아 제법 가상家相이 우람하다. 그렇건만 이방원은 우리 집 가산만은 일절 건드리지 않은 것이다. 그날 아버지를 위해 나섰던 세 아우 말고는 더 죽거나 다친 사람이 없다. 그때 빼앗겼던 하인들 몇이 찾아와서 자신들도 머지않아 돌아올 것이라는 소문이 있다고 귀띔했다.

집에서 기다리니 이튿날이 되어 선전관이 나와 우리 부자가 금고에서 해제되었다는 어지를 통보했다. 아울러 가까운 친척들까지 저마다 받았던 금고며 유배에서 모두 해제되었다는 소식이 들려왔다. 꽁꽁 묶여 숨죽인 채 지내 온 우리 봉화 정씨 가문이 기사회생한 것이다. 아버지가 살아난 것이다.

그로부터 며칠 되지 않아 근정전에서 조회가 열렸는데 그 자리에서 우리 아버지가 받았던 개국 공신 녹권과 과전을 돌려주기로 결론 났다는 소식이 날아들었다. 일이 풀리려니 속히 풀렸다. 집에서 쉴 새도 없이 내게는 판나주목사 인수가 내려지고, 우리 아들 래는 전에 합격한 과거시험을 인정한다면서 용인현령 인수를 보내 주었다. 종5품으로 높이 올려 준 것이다. 예상하지 않았는데 둘째 속에게도 직산현감 인수를 보내왔다. 종6품이다. 숙부들과 조카들도 그날 이전의 직첩을 모두 돌려받고, 두세 직급씩 올려 실직을 받았다.

나도 그렇고 내 아들 래도 그렇고 우리가 그날 행궁에서 이방원과 나눈 얘기는 일절 입 밖으로 내지 않았다. 사람들은 폐서인되어 고초를 겪던 우리 가족이 하루아침에 복권되는 것을 보고 놀라는 눈치들이었다. 일이란 이렇듯 이루어질 때는 속히 이루어지고 무너질 때에도 속히 무너지는 법이다. 다만 기다림만이 지루할 뿐이다.

내 인생에서 16년은 없다. 나는 송현방 그 사건이 나던 날 외지에 나가 일하다 오늘 돌아온 것이다. 나는 다시 벼슬살이를 하면서 아버지의 정치철학이 담긴 『삼봉집』 목판본을 찍어 냈다. 이제 『삼봉집』은 조선의 관리라면 누구나 한 번쯤 꼭 읽어야 할 필독서가 되어 찾는 이들이 적지 않다. 과거를 보는 젊은이들도 반드시 읽어야만 하는 책이 되었다. 과거 시제가 이 책에서 자주 출제되기 때문이다. 그간 한스러운 시절을 견디기 어려울 때마다 악에 받쳐 흉중에 품었던 저주는 허공으로 날려 보냈다. 더 이상 가슴에 담고 있을 필요가 없다. 그래서 새로 다듬은 『삼봉집』에는 원망하는 글귀가 하나도 없다.

아버지는 이렇게 해서 되살아났다. 나도 살아나고 내 자식들이 살아났다. 아버지 정도전이 꿈꾸던 나라 조선이 살아났다.

후기
유종공종儒宗功宗 정도전
– 이 몸이 죽고 죽어 일백 번 고쳐 죽는 〈단심가〉는 없다

　이 소설의 주인공 정진을 비롯한 정도전의 후손들은 그 뒤 어떤 차별도 받지 않고 높은 벼슬을 지냈다. 누구도 이들을 가리켜 역석의 후손이라고 말하지 않았다. 정도전은 역적이라고 밟아 대면서도 그의 자식들에 대해서는 아무도 그렇게 다루지 않았다. 이상한 일이었다.

　정진 같은 경우 이듬해 인녕부윤으로 제수되고, 충청도관찰사, 판한성부사, 평안도관찰사, 공조판서, 개성유후, 형조판서를 지냈다. 그의 아들 래는 용인현령을 시작으로 여러 직위를 거쳐 나중에 죽은 뒤에는 영의정으로 추증되었다. 속 역시 직산현감을 지냈으며, 그의 아들 정문형은 우의정에 이르렀다. 이 모든 것이 대부분 태종 이방원 아들 세종 이도 때에 이루어진 것이다.

세종은 치세 내내 최윤덕을 보내 4군을 개척하고, 김종서를 보내 6진 개척에 공을 들였다. 나름대로 부왕 태종의 유지와 정도전의 생전 소망에 따라 여진족의 근거지를 조선 땅으로 편입하고, 거기 살던 고구려 유민인 여진족들을 조선 백성으로 끌어안은 것이다. 이에 대해 세종은 4군 6진 개척이 자신의 의지로 실행됐음을 이렇게 표현했다.

내가 있다고 해도 종서가 없었다면 이 일(육진 개척)을 처리할 수 없었을 것이고, 종서가 있다고 해도 내가 없었다면 이 일을 주관하지 못했을 것이다.

주인공 정진은 67세에 죽었는데, 그의 부고를 받은 세종은 3일 동안 조회를 철폐하고 부의賻儀와 치제致祭를 내렸다.

그리고 희절僖節이란 시호諡號를 내렸다. 시법에 이르기를 조심하여 두려워하는 것을 희僖라 하고, 청렴을 좋아하여 스스로 억제하는 것을 절節이라고 한다.

이때 세종은 예관禮官을 보내 임금의 명으로 특별히 제사를 지냈다. 이런 것을 사제賜祭라고 하는데 매우 드문 일이다.

세종이 역적의 아들 정진의 영전에 지어 보낸 제문은 이러했다.

몸을 바쳐 신하가 됨에, 마음이 처음부터 끝까지 한결같았으니, 공을 갚고 덕을 높이매, 예의는 마땅히 슬픔과 영화에 극진해야 할 것이다. 생각하건대 경은 천성이 곧고 순수하며, 품행이 온화하고 근신하였다. 맑고 깨끗함으로 몸을 지키고, 청렴하고 조용하여 화려함이 없었다.

… 이미 이루어 놓은 헌장을 존중하여 바야흐로 노숙한 이에게 맡기려 하였다. 경은 내직과 외임을 역임하면서 밤낮으로 정성을 다하고, 형조刑曹에서 옥사를 판결할 때는 반드시 원통함이 없게 하여, 우리나라를 특장 있게 함으로써 모범이 되게 하기에 이르렀다.

그러더니 어찌 갑자기 병사하여 나에게 서러운 회포를 무겁게 하는가. 이미 유사를 시켜 시호를 내렸거니와 이제 예관을 보내 장사 지내기 전에 영좌 앞에 간단하게 술과 과일 등을 차려 예식을 올리게 하노라.

슬프다, 인명은 비록 운수에 매여서 길고 짧은 수한을 어찌할 수 없으나, 은전은 어찌 생사에 차별하랴. 조문하고 위로하는 예의를 마땅히 베푸노라.

정도전의 아들 정진이 이처럼 세종의 극진한 사랑을 받은 것에 비해 정작 그의 아버지에 대한 신원은 이뤄지지 않았다. 거론되지도 않았다. 정도전의 신원 불가란 왕실의 묵계였으므로, 자손들마저 거론하지 않았다. 아무도 말하지 않았다. 심지어 봉화 정씨 후손들도 말하지 않았다.

수백 년이 지난 뒤 개혁 군주 정조에 이르러 약간의 변화가 생겼다. 정조는 『삼봉집』을 탐독하며 조선 건국의 의미를 되새기고 그가 추구해야 할 개혁 과제를 찾은 것이다. 결국 정도전을 신원시킬 사람이 나타났다. 그는 정도전의 후손이 아니었다. 오랜 세도 정치를 끝낸 대원군 이하응이었다.

그는 본격적으로 정도전을 신원시키고, 정도전을 유종공종儒宗功宗이라고 추앙했다. 유학으로도 으뜸이요, 공으로도 으뜸이라는 뜻으로, 원래 태조 이성계가 친히 써서 내린 현액이 있었는데 이방원의 쿠데타에 휩쓸려 사라졌던 것을 이하응이 고종의 어명으로 복원해 주었다. 1871년 고종 8년 3월 16일(양력 5월 1일), 마침내 정도전은 역적의 누명을 벗고 문헌文憲이란 시호를 받았다.

시법에 이르기를 문文이란 경천위지 즉 천하를 다스리는 것을 가리킨다. 도와 덕에 대하여 모르는 것이 없는 것 역시 문이며, 배운 대로 행하여도 도덕에 벗어나지 않는 것 역시 문이라고 한다. 헌憲이란 널리 들어 다재다능한 것을 가리킨다. 선을 상 주고 악을 벌하는 것, 순수한 생각에 따르는 것. 곧은 법도를 창제하는 것을 말하니, 정도전의 일생에 부합되는 시호였다.

다만 자신을 잔혹하게 살해한 태종 이방원에 의해 갑자기 충신으로 변신한 정몽주는 이색 문하생들과 그의 제자들이 신진 사림이란 이름으로 조선 조정에 대거 진출하면서 노골적으로 미화되기 시작했다. 실제 정몽주의 무덤도 '불에 타고 도끼질'을 면치 못하였으나 1518년 중종 13년에 이르러 이자란 사람이 앞장서고 사림들이 주청하여 겨우 수리를 할 정도였다. 중종 때 정권을 잡은 이 사림들은 정몽주를 문묘배향할 것을 요구하였고, 그제야 정몽주는 문묘에 배향된다. 그러면서 갖은 미화 현창이 난무하여 정몽주와 이방원이 만나 시조 〈하여가〉와 〈단심가〉를 주고받았다는 어처구니없는 소문까지 만들어냈다. 그날 이성계 사가에 문병 온 정몽주를 이방원이 잠시잠깐 볼 수는 있었으나 쉰여섯의 정몽주와 스물여섯의 이방원이 마주 앉아 시조를 주고받을 처지가 아니었다. 설사 그렇더라도 단심가를 들은 사람은 이방원 뿐일 텐데 이방원은 살아 생전 하여가니 단심가니 일절 말한 기록이 없다.

더구나 당시는 시조를 부르는 풍습이 널리 펴진 때가 아니다. 정몽주의 충절을 기리기 위해 지어진 하여가와 단심가는 퇴계 이황이 지은 〈도산12곡〉 중 1곡[31]을 본 심광세라는 사람이 고쳐 지어 1617년 〈해동악부〉에 올렸고, 그뒤 50년이 지나서야 새로 간행된 〈포은집〉에 이 가짜 시조들이 등재되기 시작했다. 거짓은 진실을 이길 수 없다.

---

31) 도산1곡 : 이런들 엇더하며 져런들 엇더하료 초야우생(草野愚生)이 이러타 엇더하료 하믈며 천석고황(泉石膏肓)을 곳쳐 무슴하리.

관련 실록 자료

- 태조의 즉위 교서
(태조 1권 1년 7월 28일 (정미) 3번째 기사)

중외(中外)의 대소 신료(大小臣僚)와 한량(閑良), 기로(耆老), 군민(軍民)들에게 교지를 내리었다. 교서(敎書)는 정도전이 지은 것이다.
【태백산사고본】1책 1권 43장 A면

- 개국 공신의 위차를 정하다
(태조 1권, 1년(1392 임신 / 명 홍무(洪武) 25년) 8월 20일(기사) 2번째 기사)

정도전 등은 천명(天命)의 거취(去就)와 인심(人心)의 향배(向背)를 알고, 백성과 사직(社稷)의 대의(大義)로써 의심을 판단하고 계책을 결정하여, 과궁(寡躬)을 추대하여 대업(大業)을 함께 이루어 그 공이 매우 컸으니, 황하(黃河)가 띠[帶]와 같이 좁아지고 태산(泰山)이 숫돌과 같이 작게 되어도 잊기가 어렵도다!
【태백산사고본】1책 1권 52장 B면

- 정도전이 명나라에 가지고 간 황제의 덕을 칭송하는 표문
(태조 2권, 1년(1392 임신 / 명 홍무(洪武) 25년) 10월 25일(계유) 2번째 기사)

표문(表文)은 이러하였다.

"삼가 황제의 칙지(勅旨)를 받았는데, 고유(誥諭)하심이 간절하고 지극하셨습니다. 신은 온 나라 신민과 더불어 감격함을 이길 수 없는 것은 황제의 훈계가 친절하고 황제의 은혜가 넓고 깊으시기 때문입니다. 몸을 어루만지면서 감격함을 느끼고 온 나라가 영광스럽게 여깁니다. 신은 삼가 시종을 한결같이 하여, 더욱 성상을 섬기는 성심을 다하여 억만년(億萬年)이 되어도 항상 조공(朝貢)하고 축복하는 정성을 바치겠습니다."
【태백산사고본】1책 2권 10장 A면

— 황제가 힐문한 조목에 대해 답사하는 표문
(태조 3권, 2년(1393 계유 / 명 홍무(洪武) 26년) 6월 1일(을해) 1번째 기사)

중추원 학사(中樞院學士) 남재(南在)를 보내 표문(表文)을 중국의 서울에 올리게 했다.
"…지금 삼가 수조(手詔)를 받들었사온데, 그 한 항목에, '지난번에 절동(浙東)·절서(浙西)의 백성 중에서 불량한 무리들이 그대를 위하여 소식을 보고한다.' 하고, 한 항목에, '사람을 보내어 요동(遼東)에 이르러 포백(布帛)·금은(金銀)의 종류를 가지고 거짓으로 행례(行禮)함으로써 사유(事由)로 삼았으나, 마음은 우리 변장(邊將)을 꾀는 데 있다.' 하고, 한 항목에, '입으로는 신하라 일컫고 들어와 조공(朝貢)을 한다 하면서도, 매양 말을 가져올 때마다 말 기른 사람으로 하여금 이를 뽑아 보내게 하니, 말은 모두 느리고 또한 타서 피로한 것들이라.' 하고, 한 항목에, '국호(國號)를 고치는 일절(一節)은 사람을 보내어 조지(詔旨)를 칭하므로, 그대의 마음대로 하도록 허용했는데, 조선(朝鮮)을 계승하여 그대가 후손이 되게 하였소. 사자(使者)가 이미 돌아간 후에는 오래도록 소식이 없다.'고 하였습니다.
조지(詔旨)에 또 말씀하기를, '어째서 그대 나라 고려에서 병화(兵禍)를 속히 걸어오는가.' 하였사오니, 삼가 이 말은 진실로 황공하옵니다."
【태백산사고본】1책 3권 10장 A면

— 문하 시랑찬성사 정도전을 동북면 도안무사로 삼다
(태조 4권, 2년(1393 계유 / 명 홍무(洪武) 26년) 7월 5일(무신) 3번째 기사)

문하 시랑찬성사(門下侍郞贊成事) 정도전(鄭道傳)을 동북면(東北面) 도안무사(都安撫使)로 삼았다.
【태백산사고본】2책 4권 1장 A면

- 정도전이 〈몽금척〉, 〈수보록〉, 〈납씨곡〉, 〈궁수분곡〉, 〈정동방곡〉 등의 악장을 지어 바치다
(태조 4권, 2년(1393 계유 / 명 홍무(洪武) 26년) 7월 26일(기사) 1번째 기사)
문하 시랑찬성사 정도전이 전문(箋文)을 올리었다.
"… 삼가 천명(天命)을 받은 상서(祥瑞)와 정치를 보살핀 아름다운 점을 기록하여 악사(樂
詞) 3편을 지어 이를 써서 전문(箋文)에 따라 바치옵니다.

1. 몽금척(夢金尺).
1. 수보록(受寶籙). 비의(非衣) 군자(君子)는 금성(金城)에서 왔으며, 삼전 삼읍(三奠三
邑)이 도와서 이루었으며, 신도(神都)에 도읍을 정하여 왕위(王位)를 8백 년이나 전한다.'는
것을 우리 임금께서 받았으니, 보록(寶籙)이라 하였습니다.
…
임금이 정도전(鄭道傳)에게 채색 비단을 내려 주고는, 악공(樂工)으로 하여금 이를 익히
게 하였다. 도전이 또 그 무공(武功)을 서술하여 악사(樂詞)를 지어 바치었다.
1. 납씨곡(納氏曲).
1. 궁수분곡(窮獸奔曲).
1. 정동방곡(靖東方曲).
【태백산사고본】 2책 4권 2장 B면

- 요동에서 도망해 온 사람들을 돌려보내고, 예부에 자문을 보내다
(태조 4권, 2년(1393 계유 / 명 홍무(洪武) 26년) 8월 29일(임인) 2번째 기사)

전 밀직부사(密直副使) 조언(曹彦)을 보내어 요동(遼東)에서 도망해 온 인구(人口)를 관
압(管押)하여 보냈다. 예부(禮部)에 자문(咨文)을 보냈다.
"홍무(洪武) 26년(1393) 5월 23일에 흠차 내사(欽差內史) 황영기(黃永奇) 등이 이르러서
삼가 수조(手詔)를 받았는데, 그 수조(手詔) 내의 한 항목에, '근일에 몰래 사람을 보내어 여진
(女眞)을 꾀[說誘]여 가족 5백여 명을 거느리고 압록강을 건너가게 했으니, 죄가 이보다 큰것
이 없다.'고 했으므로, 신(臣)은 온 나라 신민(臣民)들과 더불어 놀라고 두려워하여 몸 둘 땅이
없었습니다."
【태백산사고본】 2책 4권 6장 B면

- 무략이 있는 사람을 뽑아 《진도》를 가르치다
(태조 4권, 2년(1393 계유 / 명 홍무(洪武) 26년) 11월 9일(경술) 1번째 기사)

판삼사사 정도전이 임금에게 말씀을 올려, 여러 절제사들의 거느린 군사 중에서 무략(武略)이 있는 사람을 뽑아《진도(陣圖)》를 가르치게 하였다.

【태백산사고본】2책 4권 12장 A면

─ 정도전이 군사를 집합시켜《진도》대로 훈련시키다
(태조 4권, 2년(1393 계유 / 명 홍무(洪武) 26년) 11월 12일(계축) 2번째 기사)

정도전이 군사를 구정(毬庭)에 모아 진도(陣圖)를 설치하고서, 그들로 하여금 고각(鼓角)·기휘(旗麾)·좌작진퇴(坐作進退)의 절차를 익히게 하였다.

【태백산사고본】2책 4권 12장 B면

─ 흠차 내사 노타내 등이 자문을 가지고 오니 임금이 선의문 밖에서 맞이하다
(태조 5권, 3년(1394 갑술 / 명 홍무(洪武) 27년) 1월 12일(임자) 1번째 기사)

그 자문은 이러하였다.

"홍무(洪武) 26년(1393) 11월 20일에 산동 도사(山東都司) 영해위(寧海衛)에서 고려(高麗)의 불한당[劫賊] 1명 최독이(崔禿伊)를 잡아 본부(本府)에 이르렀다. 본인(本人)의 장공(狀供)에 의거한다면 고려 숙주(肅州) 노질동(爐叱洞)에 거주하는 사람인데, 홍무 26년 7월 7일에 고려왕 이성계(李成桂)가 만호(萬戶) 김사언(金寺彦)과 천호(千戶) 차싱부(車成富)·이부수(李富壽)·임원(林原)·임청언(林淸彦)·이불수(李佛壽)·홍충언(洪忠彦)과 백호(百戶) 정융(鄭隆)·홍원(洪原)·임충언(林忠彦)을 보내어 배 7척을 거느리고 배마다 인원 37명씩과 베[布] 2곤을 실으니, 합계 인원이 2백 59명이요, 베가 5백 60필이었는데, 매매(賣買)를 가작(假作)하여 소식을 듣게 하고는 말하기를, '만약 대군(大軍)이 오지 않을 때는 우리가 군사를 일으켜 요동(遼東)을 공격할 것이다.'라고 했으며, 뒤를 이어 재차 배 10척을 보내는 데, 배마다 인원 37명을 싣게 하고는 각기 군기(軍器)를 가지게 하니, 합계 인원이 2백 70명이 되었다. 또 잡아 보낸 천호(千戶) 김완귀(金完貴)의 공술(供述)에 의거하면, '여진(女眞)에 소속된 백호(百戶) 김광의(金光義)는 곧 금성 판관(金城判官) 임갈(任葛)과 용의령(龍義令) 사여균(史藜均)·피역(皮力) 등의 소위(所爲)이므로 모두 김완귀(金完貴)에게는 관계 안 되는 일이다.' 한다. 각인(各人)이 현재 필둔 구자(畢屯口子)에 거주하고 있는데, 본부(本府)의 좌도독(左都督) 양문(楊文) 등 관원이 각인(各人)의 공사(供詞)를 가지고 봉천문(奉天門)에 본대대로 갖추어 황제에게 아뢰어서 성지(聖旨)를 받았다. '이와 같이 도독부

(都督府)에서 그 연고(緣故)로써 문서를 보내어 가서 이성계(李成桂)에게 알게 할 것이니, 그들이 왜적(倭賊)을 가조(假造)하고 또 한번 흔단(釁端)을 일으키고, 그들로 하여금 여진(女眞)의 관리를 꾀어서 보내게 한다.'는 사실이다. 이를 삼가 받들 것이다."
【태백산사고본】 2책 5권 1장 A면

- 판의흥삼군부사 정도전과 장수들이 쇠 갑옷을 입고 둑에 제사지내다
  (태조 5권, 3년(1394 갑술 / 명 홍무(洪武) 27년) 1월 27일(정묘) 1번째 기사)

판의흥삼군부사(判義興三軍府事) 정도전(鄭道傳)을 보내어 태뢰(太牢;소 한 마리를 통째로 제물을 바치는 일)로써 둑(纛)에 제사 지내게 하니, 도전(道傳)과 제사에 참여한 장사(將士)들이 모두 철갑(鐵甲) 차림으로 제사를 지냈다.
【태백산사고본】 2책 5권 3장 A면

- 표전 문제 등 황제가 힐문한 10가지 조항에 대해 해명하는 주문
  (태조 5권, 3년(1394 갑술 / 명 홍무(洪武) 27년) 2월 19일(기축) 1번째 기사)

주문(奏文)은 이러하였다.
"홍무(洪武) 26년(1393) 12월 초8일에 흠차 내사(欽差內史) 김인보(金仁甫) 등이 이르러 좌군 도독부(左軍都督府)의 자문(咨文)을 받아, 삼가 성지(聖旨)를 받자왔는데, 이르기를, '어찌해서 고려의 이성계(李成桂)가 스스로 변방의 흔단을 일으켜 해마다 그치지 않는가? 그 계량(計量)은, 창해(滄海) 강토(疆土)를 빙 둘러 있고 겹친 산[重山]을 짊어져서 험지(險地)를 삼은 것은 믿는 데 불과하니, 자주 흉완(兇頑)한 짓을 함부로 행하여, 우리 조정에서 군사 징발함을 한(漢)나라·당(唐)나라와 같이 여기고 있다. 또한 한(漢)나라·당(唐)나라 장수들은 기사(騎射)에는 장점이 있고 주즙(舟楫)495) 에는 단점이 있는 까닭으로, 바다를 건너는 데 고생을 하고 군사의 행진이 뜻대로 되지 않았었다. 짐(朕)은 중국을 평정함으로부터 호로(胡虜)를 물리치고 하해(河海)와 육지(陸地)를 통틀어 정벌했으니, 수군(水軍)의 여러 장수들이 어찌 한(漢)나라·당(唐)나라의 한 일에 비할 수 있겠는가? 만약 반드시 군사가 삼한(三韓)에 이르지 않더라도 전후(前後)에 유인(誘引)한 여진(女眞)의 대소(大小) 가족들을 돌려보내고, 유인된 여진(女眞)의 변방을 수비한 천호를 보내어 오고, 이후에는 간사한 꾀를 만들어 변방의 흔단을 일으키지 말고 그 나라의 백성으로 하여금 편안하게 한다면, 바야흐로 동이(東夷)의 군주가 되고 후사(後嗣)도 또한 번성하게 될 것이다.' 하였는데, 삼가 그윽이 생각하옵건대, 소방(小邦)이 천조(天朝)를 섬기기를 지성으로 하고 두 마음이 없으니, 어찌 감히 스스

로 변방의 흔단(釁端)을 일으키겠습니까? 국토(國土)는 좁고 인민은 적은데, 보잘것없는 산해(山海)를 무엇이 믿을 것이 있기에, 흉완(兇頑)한 짓을 함부로 행하겠습니까? 전후(前後)에 여진(女眞)을 유인한 적이 진실로 없었는데, 지금 삼가 성지를 받고 전일에 있었다고 함을 알았으니, 두렵고 낭패하여 몸 둘 곳이 없습니다.

1관(款)에 '조정(朝廷)에서 매양 장수에게 명령하여 요동(遼東)을 지키게 했는데, 저들이 즉시 사람을 보내어 포백(布帛)과 금은(金銀)의 유(類)로써 거짓으로 행례(行禮)한다고 이유로 삼고 있으나, 마음속은 우리의 변장(邊將)을 꾀는 데 있다.' 하였는데······.

1관은 '요사이 사람을 보내어 제왕(齊王)의 처소에 이르러 행례(行禮)하였는데, 보내 온 사람이 거짓으로 이상한 말을 하면서 스스로 그 나라를 비방하고 있으니, 마음속은 왕(王)의 동정(動靜)을 정탐하는 데 있다.' 하였는데······.

1관은 '전부터 자주 청하여 약속을 듣겠다 하고는, 약속한 지가 이미 오래 되매, 가고 난 뒤에는 곧 전일의 약속을 어기고 암암리에 여진(女眞)을 꾀어서 가족 5백여 명을 거느리고 몰래 압록강을 건너게 했으니, 과연 이것이 약속을 듣겠다고 한 것인가? 죄의 큰 것이 이 흔단(釁端)보다 더할 것이 없다.' 하였는데, 전건(前件)의 사리(事理)는 조회(照會)해 보니, 소국(小國)의 군민(軍民)이 잇달아 요동(遼東)으로 도망해 가서 군정(軍丁)에 충당된 사람과 혹은 잠시 거주한 사람은 본디부터 유인한 일이 없었는데도, 고향을 생각하여 도로 다시 도망해 와서 산골짜기 사이에 몰래 거주하고 있는데······.

1관은 '근일에 요동(遼東)에서 와서 아뢰기를, 「금년 7월에 불한당[劫賊] 1명을 잡아 왔는데 살펴보니, 고려 해주(海州) 청산(靑山) 파절 천호(把截千戶) 합도간(哈都干)의 하민(下民)으로서, 이름은 장갈매(張葛買)인데, 그가 말하기를, 고려왕(高麗王)이 흑포(黑布) 30통을 합도간(哈都干)에게 귀착(歸着)시켜 배 17척을 내게 했는데, 배마다 군사 40명, 노 젓는 사람[搖櫓人] 18명, 백호(百戶) 1명씩이며, 연강(燕江)의 오천호(吳千戶)를 시켜 관령(管領)하게 하고는 7월 초5일에 길을 떠났습니다. 배 위의 사람은 모두 왜적(倭賊)을 만들고, 배를 분장(扮裝)하여 모두 흑색(黑色)으로 꾸며, 거짓으로 매매(賣買)합니다.」 하면서 소식을 정탐하게 하되, 만약 관군(官軍)을 만나면 다만 이것이 왜선이라고 말하고는, 연로(沿路)에서 겁략(劫掠)하여 잡아가면서 안치(安置)했는데, 화자(火者) 9명 중에서 1명은 죽이고, 6명은 놓아 돌려보내고, 2명을 남겨 두어 길을 인도하게 하여, 7월 28일 밤에 금주(金州)의 위도(衛島)에 도착하여 조금 정박했다가 오천호(吳千戶)가 매(每) 선척(船隻)에 남은 군사 10명을 내어 간수(看守)하게 하고, 그 나머지 군인들은 자기가 인솔하여 언덕에 올라 신시(新市)의 군둔(軍屯)을 불사르고 겁탈하여, 군인과 가속(家屬) 합계 4명을 사로잡아 가고, 2명을 죽이고, 3명을 살상(殺傷)하였다.'고 하였으며……

1관은 '또 거짓으로 왜적(倭賊)을 꾸며 선척(船隻)을 타고 산동(山東)의 영해주(寧海州)로 가서 언덕에 올라 본주(本州)의 인연을 겁살(劫殺)하였음을, 본디 잡혀갔던 화자(火者)가 도망해 돌아와서 말하여 그전의 사정을 알게 되었다.' 하였습니다.

1관(款)은 '표문(表文)을 올려 입공(入貢)한다 일컫고는 매양 말[馬]을 가져오면서, 말을 기르는 사람으로 하여금 징발하여 보니, 말이 모두 둔하고 타서 지친 것들 뿐이며, 이번에 바친 말 중에는 다리가 병들고 이[齒]가 없는 것과 길들이지 않은 것이 반이나 되며, 그 나머지는 비록 관절병(關節病)은 없지마는, 또한 모두 둔하여 지성으로 바친 물건이 아니니, 이런 것으로써 업신여기고 화단(禍端)을 만드는 것보다는 어찌 줄여서라도 물건이 좋고 뜻이 성실한 것만 같겠는가?' 하였는데……

1관(款)은 '국호(國號)를 고친 데 대한 사은(謝恩)하는 표전(表箋) 내에 업신여기는 언사(言辭)를 섞었으니, 소국(小國)으로서 대국(大國)을 섬기는 정성이 과연 이와 같을 수가 있겠는가?' 하였는데……."
【태백산사고본】 2책 5권 6장 A면

- 군제 개정에 관한 판의흥삼군부사 정도전의 상서문
(태조 5권, 3년(1394 갑술 / 명 홍무(洪武) 27년) 2월 29일(기해) 5번째 기사)

판의흥삼군부사(判義興三軍府事) 정도전(鄭道傳) 등이 상서(上書)하였다.

"……신 등은 직책이 삼군(三軍)을 관장(管掌)했으니, 염려하지 않을 수 없사와 삼가 부위(府衛)의 당연히 행해야 될 사건(事件)을 조목별로 아래에 갖추어 올립니다.

……임금이 그대로 따랐다.
【태백산사고본】 2책 5권 12장 A면

-변방을 침입한 사람들을 압송하라는 좌군 도독부의 자문

(태조 5권, 3년(1394 갑술 / 명 홍무(洪武) 27년) 4월 25일(갑오) 1번째 기사)

그 자문은 이러하였다.

"홍무(洪武) 27년 3월 20일에 본부(本府)의 첨도독(僉都督) 이증지(李增枝) 등 관원이 봉천문(奉天門)에서 성지(聖旨)를 받는데, '근일에 감포 등지에서 수어(守禦)하는 관군(官軍)이 절차(節次)에 의하여 잡아 온 적인(賊人) 호덕(胡德) 등 5명이 공술(供述)하기를, 「고려 각처의 수파관(守把官)이 보내어 연해(沿海)지방을 겁략(劫掠)하고 소식을 듣게 하였습니다.」하므로, 이와 같이 좌군(左軍) 문서(文書) 속에 공출(供出)해 온 사람과 전일에 간 사람의 성명(姓名)까지 써서 가지고 가서, 이성계(李成桂)의 장남(長男)이나 혹은 차남(次男)을 시켜서 친히 잡아 가지고 오게 하라.' 하였습니다."

【태백산사고본】 2책 5권 19장 B면

– 도읍터에 관한 논의에 판삼사사 정도전이 국가 치란은 사람에 달려 있음을 역설하다
(태조 6권, 3년(1394 갑술 / 명 홍무(洪武) 27년) 8월 12일(기묘) 2번째 기사)

임금이 여러 재상들에게 분부하여 각각 도읍을 옮길 만한 터를 글월로 올리게 하니, 판삼사사(判三司事) 정도전(鄭道傳)이 말하였다.

"신은 음양술수(陰陽術數)의 학설을 배우지 못하였는데, 이제 여러 사람의 의논이 모두 음양술수를 벗어나지 못하니, 신은 실로 말씀드릴 바를 모르겠습니다. 맹가의 말씀에, '어릴 때에 배우는 것은 장년이 되어서 행하기 위함이라.' 하였으니, 청하옵건대, 평일에 배운 바로써 말하겠습니다. … 이것으로 말하면 〈국가의〉 잘 다스려짐과 어지러움은 사람에게 있는 것이지 지리의 성쇠(盛衰)에 있는 것이 아님을 알 수 있습니다.

……어찌 술수한 자만 믿을 수 있고 선비의 말은 믿을 수 없겠습니까? 삼가 바라옵건대, 전하께서는 깊이 생각하여 인사를 참고해 보시고, 인사가 다한 뒤에 점을 상고하시어 자칫 불길함이 없도록 하소서."

【태백산사고본】 2책 6권 11장 A면

– 병권과 정권 장악한 조준·정도전을 비판한 변중량 등을 국문하다
(태조 6권, 3년(1394 갑술 / 명 홍무(洪武) 27년) 11월 4일(경가) 2번째 기사)

전중경(殿中卿) 변중량(卞仲良)을 순군옥에 가두고, 대사헌 박경(朴經)과 순군 만호 이직(李稷) 등으로 하여금 국문하게 하였다. 당초에 중량이 병조 정랑 이회와 말하였다. "예로부터

정권(政權)과 병권(兵權)을 한 사람이 겸임을 못하는 법이라, 병권은 종친에게 있어야 하고 정권은 재상에게 있어야 하는 것이다. 그런데 지금 조준·정도전·남은 등이 병권을 장악하고 또 정권을 장악하니 실로 좋지 못하다."

이에 임금이 성이 나서 말하였다. "이들은 모두 나의 수족과 같은 신하들로 끝끝내 같은 마음을 가진 사람들이다. 이들을 의심한다면 믿을 사람이 누구냐? 이런 말을 하는 자들은 까닭이 있을 것이다."

【태백산사고본】2책 6권 16장 B면

– 정도전과 정총이《고려사》를 편찬하여 바치다. 그들에게 내린 교서
(태조 7권, 4년(1395 을해 / 명 홍무(洪武) 28년) 1월 25일(경신) 1번째 기사)

판삼사사(判三司事) 정도전(鄭道傳)과 정당 문학(政堂文學) 정총(鄭摠) 등이 전조(前朝)의 태조(太祖)로부터 공양왕에 이르기까지 37권의《고려사(高麗史)》를 편찬하여 바치니, 임금이 친히 보고 정도전에게 교서(敎書)를 내리었다.

【태백산사고본】2책 7권 2장 B면

– 판삼사사 정도전이《경제문감》을 저술해 올리다
(태조 7권, 4년(1395 을해 / 명 홍무(洪武) 28년) 6월 6일(무진) 4번째 기사)

판삼사사(判三司事) 정도전(鄭道傳)이《경제문감(經濟文鑑)》을 저술하여 올리었다.

【태백산사고본】2책 7권 13장 B면

– 정도전에게 새 궁궐의 침실 벽에 쓸 경계가 될 말을 모아 올리게 하다
(태조 8권, 4년(1395 을해 / 명 홍무(洪武) 28년) 9월 22일(계축) 1번째 기사)

판삼사사 정도전(鄭道傳)에게 명하여 새 대궐의 침실(寢室) 사면의 벽 위에 본받을 만하고 경계될 만한 훈계를 쓰고자 하니, 경서와 사서에 있는 좋은 말들을 모아서 올리라고 하였다.

【태백산사고본】2책 8권 6장 A면

– 판삼사사 정도전에게 새 궁궐 전각의 이름을 짓게 하다
(태조 8권, 4년(1395 을해 / 명 홍무(洪武) 28년) 10월 7일(정유) 2번째 기사)

판삼사사 정도전(鄭道傳)에게 분부하여 새 궁궐의 여러 전각의 이름을 짓게 하니, 정도전이 이름을 짓고 아울러 이름 지은 의의를 써서 올렸다. 새 궁궐을 경복궁(景福宮)이라 하고, 연침(燕寢)을 강녕전(康寧殿)이라 하고, 동쪽에 있는 소침(小寢)을 연생전(延生殿)이라 하고, 서쪽에 있는 소침(小寢)을 경성전(慶成殿)이라 하고, 연침(燕寢)의 남쪽을 사정전(思政殿)이라 하고, 또 그 남쪽을 근정전(勤政殿)이라 하고, 동루(東樓)를 융문루(隆文樓)라 하고, 서루(西樓)를 융무루(隆武樓)라 하고, 전문(殿門)을 근정문(勤政門)이라 하며, 남쪽에 있는 문[午門]을 정문(正門)이라 하였다."
【태백산사고본】2책 8권 9장 A면

– 밤에 정도전 등 훈신을 불러 주연을 베풀다
(태조 8권, 4년(1395 을해 / 명 홍무(洪武) 28년) 10월 30일(경신) 1번째 기사)

밤에 임금이 판삼사사 정도전 등 여러 훈신(勳臣)을 불러 술을 마시고 풍악을 잡혔다. 주연(酒宴)이 한창 벌어질 무렵에 임금이 정도전에게 하는 말이,
"내가 왕위에 오르게 된 것은 경 등의 힘이니, 서로 공경하고 삼가서 자손만대에까지 이르기를 기약함이 옳을 것이다."
하니, 도전이 대답하였다.
"제(齊)나라 환공(桓公)이 포숙(鮑叔)에게 묻기를, '어떻게 해야 나라가 다스려지오?' 하니, 포숙이 대답하기를, '원컨대 공께서는 거 땅에 계셨을 때를 잊기 마옵시고, 원컨대, 중부(仲父)께서는 함거(檻車)에 있을 때를 잊지 마소서.' 하였으니, 신이 원하옵건대, 전하께서는 말 위에서 떨어지셨을 때를 잊지 마시고, 신도 역시 항쇄(項鎖)했을 때를 잊지 않으면, 자손만대를 기약할 수 있을 것입니다."
임금이 옳게 여기고, 사람을 시켜서 문덕곡(文德曲)을 노래하게 하고, 도전에게 눈을 껌벅이면서 하는 말이,
"이 곡은 경이 찬진(撰進)한 바이니 경이 일어나서 춤을 추라."
하니, 도전이 즉시 일어나 춤을 추었다. 임금이 상의(上衣)를 벗고 춤을 추라 하고, 드디어 귀갑구를 하사하고는 밤새도록 심히 즐기다가 파하였다.
【태백산사고본】2책 8권 12장 A면

– 신년 하례하는 표전문에 희롱하는 문귀가 있다 하여 힐책하는 명나라 예부의 자문
(태조 9권, 5년(1396 병자 / 명 홍무(洪武) 29년) 2월 9일(정유) 1번째 기사)

그 자문은 이러하였다.

"본부관(本部官)이 삼가 황제의 분부를 받드니, '전자에 조선 국왕이 여러 번 흔단(釁端)을 내었다고 해서, 악진(岳鎭)과 해독(海瀆) 등 산천 귀신에게 고하고 상제께 전달하게 했더니, 이번에도 본국에서 보낸 사신이 올린 홍무 29년 정조(正朝)의 표전문(表箋文) 속에 경박하게 희롱하고 모멸하는 문귀가 있어 또 한 번 죄를 범했으니, 이것으로 군병을 거느리고 부정(不靖)한 것을 다스릴 것이나, 만약에 언사가 모만(侮慢)하다고 해서 군사를 일으켜 죄를 묻는다면 옳지 못하니 무엇 때문일까? 예전에 주(周)나라에서 견융(犬戎)을 치려 하니 간하는 자가 있어서 말하기를, '옳지 못합니다. 선왕이 정하신 법제에 원방에 동병을 하지 않는 이유가 다섯 가지 있습니다. 고 하였다. 이번에 즉시 군사를 일으키지 않음도 이 때문이니, 이성계로 하여금 흔단의 소이연이 되는 것을 알게 하고, 글 지은 자는 사신이 돌아올 때 이르도록 하게 하라. 그래야만 사신을 돌려보낼 것이다.' 하였습니다. 삼가 이것으로써 본부에서 지금 황제의 분부를 받들어 자문(咨文)으로 옮깁니다."
【태백산사고본】 2책 9권 2장 A면

- 인신과 고명을 줄 수 없다며 표전의 작성자를 보내라고 한 명나라 자문
(태조 9권, 5년(1396 병자 / 명 홍무(洪武) 29년) 3월 29일(병술) 3번째 기사)

예부(禮部)의 자문(咨文)을 전하기를,
"……이제 조선이 왕국(王國)이 되었고, 천성이 서로 좋아서 오게 했는데, 왕이 간악하고 간사하며 교활하고 사특하며, 그 마음대로 들어서 그 오는 관문(關文)에 인신과 고명을 청한 것은, 경솔하게 줄 수 없다. 조선은 산에 가리우고 바다로 막혀서 하늘이 만들고 땅이 베푼 동이(東夷)의 나라이다. 풍속이 달라서 짐이 만약에 인신과 고명을 주게 되면 저들로 하여금 신첩(臣妾)과 귀신(鬼神)으로 보게 할 것인즉, 너무나 탐욕이 심하지 않겠는가? 상고의 성인에게 비추어 보더라도 약속 일절은 결코 할 수 없다. 짐이 수년 전에 일찍이 그들에게 계칙해서 제도는 본속을 따르고, 법은 옛 제도를 지키며, 명령을 마음대로 하게 하되, 소문과 교화가 좋거든 오게 하고 왕이 노하거든 가는 것을 끊게 하였으니, 역시 하는 대로 듣도록 하라. 너의 예부는 이성계에게 이문(移文)하여 짐의 뜻을 알게 하라.' 하였습니다."

하고, 또 자문(咨文)에,

"……조선이 명절을 당할 때마다 사람을 보내어 표전(表箋)을 올려 하례하니, 예의가 있는 듯하나, 문사(文辭)에 있어 경박하고 멋대로 능멸히 하여 근일에 인신(印信)과 고명(誥命)

을 주청한 장계 안에 주(紂)의 일을 인용했으니 더욱 무례하였다. 혹 국왕의 본의인지, 신하들의 희롱함인지, 아니면 인신(印信)이 없는데도 거리낌 없었으니, 혹 사신이 받들어 가지고 오다가 중도에 바꿔치기 한 것인지도 모두 알 수 없으므로 온 사신을 돌려보내지 않겠다. 만약에 글을 만들고 교정한 인원을 전원 다 내보낸다면 사신들을 돌려보내겠다.'고 하였습니다.

【태백산사고본】 2책 9권 4장 A면

- 중국 사신 우우 등이 오다. 표문 지은 정도전 등을 보내라는 예부의 자문
(태조 9권, 5년(1396 병자 / 명 홍무(洪武) 29년) 6월 11일(정유) 1번째 기사)

중국 사신 상보사승(尙寶司丞) 우우(牛牛) 등이 왔다. 예부(禮部)의 자문(咨文)을 전했는데, 그 내용은 이러하였다.

"본부 상서 문극신(門克新) 등 관이 삼가 성지(聖旨)를 받자오니, '전자에 조선국에서 바친 정조(正朝)의 표문과 전문 속에 경박하고 모멸하는 귀절이 있어 글을 지은 사람을 보내게 하였더니, 단지 전문(箋文)을 지은 자만 보내오고, 그 표문(表文)을 지은 정도전·정탁은 여태껏 보내오지 않아서, 지금 다시 상보사승(尙寶司丞) 우우(牛牛) 등 일동과 원래 보냈던 통사(通事) 양첨식(楊添植)의 종인(從人) 김장(金長)으로 본국에 가서 표문을 지은 정도전 등과 원래 데리고 오라던 본국 사신 유구 등의 가솔을 데리고 와서 완취(完聚)하게 하라.' 하시기에, 이제 이 뜻을 받들어 성지(聖旨)를 갖추어서 자문으로 전한다."

【태백산사고본】 2책 9권 9장 A면

- 표문과 전문 지은 권근·정탁 등을 남경으로 보내며 시말을 주달한 글
(태조 10권, 5년(1396 병자 / 명 홍무(洪武) 29년) 7월 19일(갑술) 1번째 기사)

황제에게 시말을 주달하였다.

"홍무(洪武) 29년 6월 11일에 황제께서 보내신 상보사승(尙寶司丞) 우우(牛牛) 등이 이르매, 예부(禮部)의 자문(咨文)에, '황제 폐하의 분부를 받자왔는데, 그에 이르기를, 지난 번 정단(正旦)에 올린 표문(表文)과 전문(箋文) 속에 경박하게 희롱하고 모멸한 것이 있으므로, 글을 지은 사람을 보내오라 했더니, 전문을 지은 자만 보내왔고 표문을 지은 정도전·정탁은 지금까지 보내지 않았기 때문에, 지금 다시 우우 등을 본국으로 보내서 표문을 지은 사람을 보내기를 재촉하고, 와 있는 사신 유구 등의 가솔(家率)을 보내와서 완취(完聚)하도록 하기를 재촉한다.' 하였습니다.

이에 알아본즉 홍무 29년 정단을 하례한 표문은 성균 대사성(成均大司成) 정탁(鄭擢)이

292

지었고, 전문은 판전교시사(判典校寺事) 김약항(金若恒)이 지은 것이오나, 그때에 정탁은 병이 있었으므로 전문을 지은 김약항만을 홍무 29년 2월 15일에 보내어 경사(京師)에 갔사오며, 이제 온 사유를 받들어 표문을 지은 인원을 분부대로 보내옵는데, 도평의사사(都評議使司)의 장계(狀啓)에 의거하여 정도전의 장고(狀告)에 의하면, 나이는 55세이고 판삼사사(判三司使)의 직(職)에 있사온데, 현재 복창(腹脹)과 각기병증(脚氣病證)이 있다 합니다. 도전은 대사성 정탁이 지은 바 홍무 29년의 하정표(賀正表)를 기초한 것을 고치거나 교정한 일이 없사온데, 이제 거기에 관련되었다 하여 자세하게 살펴 주기를 빌므로, 그 당시의 예문관에 당직(當直)한 자에게 허실(虛實)을 물어서 시행하기로 하여……,

이에 의거하여 그윽이 생각하옵건대, 신이 경사(經史)에 밝지 못하옵고, 글을 지은 자가 모두 해외(海外)의 사람이므로 어음(語音)이 다르고, 학문이 정미하고 해박하지 못해서 표문과 전문의 체제를 알지 못하여, 문자가 어긋나고 틀리게 된 것이요, 어찌 감히 고의로 희롱하고 모멸했겠습니까? 삼가 분부하신 대로 표문을 지은 정탁과 교정한 권근이며, 교정을 계품한 노인도는 판사역원사 이을수를 시켜서 경사(京師)로 압송해 가 폐하의 결재를 청하는 외에, 정도전은 정탁이 지은 표문에 일찍이 지우거나 고치지 않았으므로 일에 관계없으며, 또 본인은 복창(腹脹)과 각기병(脚氣病)으로 보낼 수 없습니다. 유구 등 각항 사신의 가솔들을 보내라는 일질(一節)은 그윽이 생각하기를, 소방(小邦)이 성조(聖朝)를 섬긴 이래로 감히 조금도 게을리 하지 않았사온데……, 폐하께서 너그러이 용서하시와 나라 사람들의 소망을 위안해 주소서."

【태백산사고본】3책 10권 1장 B면

- 계품사 하윤과 표문을 지은 정탁이 가지고 온 예부의 자문
(태조 10권, 5년(1396 병자 / 명 홍무(洪武) 29년) 11월 4일(무오) 1번째 기사)

그 자문은 이러하였다.

"본부(本部) 좌시랑(左侍郞) 장병(張炳) 등 관원이 삼가 황제의 명을 받자온즉, '지난번의 조선국 표문 속에 표문을 지은 자가 고의로 희롱하고 모멸하는 문자를 썼으므로, 특히 사신(使臣) 유구 등 6명을 경사(京師)에 머물러 두고 그 표문을 지은 정도전(鄭道傳)을 찾아내어 경사로 보내라 했더니, 지금 사신이 돌아왔는데, 조선 국왕이 「정도전은 병이 침중(沈重)해서 조리를 하지 못하고 올 수 없다.」하고, 단지 표문을 함께 지은 정탁 등 3명만이 경사에 왔기에, 그 연유를 신문하였는데, 각 관원이 수재(秀才)가 표문을 지은 것이 확실하다 하고, 앞서 보낸 글도 그들이 의논해 만든 것이라 하는데……,"

- 안익·김희선·권근 등이 황제의 칙위 조서, 선유 성지, 어제시, 그리고 예부의 자문을 받들고 오다
(태조 11권, 6년(1397 정축 / 명 홍무(洪武) 30년) 3월 8일(신유) 1번째 기사)

선유성지(宣諭聖旨)에는 이렇게 말하였다.
"조선 국왕(朝鮮國王)이여! 나는 아직도 기운이 난다. 홍무(洪武) 21년에 그대의 조그만 나라 군마(軍馬)가 압록강(鴨綠江)에 이르러 장차 이 중국을 치려 하였다. 그 시절에 이성계가 한 번에 회군하여 지금 고려국에 왕 노릇하고 국호를 조선(朝鮮)이라 고쳤으니……, 작은 나라로서 큰 나라를 섬기는 데는 일마다 지성을 요하며, 직직정정(直直正正)하여야 할 것이니, 해가 어디에서 떠서 어디로 떨어지겠는가? 천하에는 한 개의 해가 있을 뿐이니, 해는 속일 수 없는 것이다. 그대 나라에서 사신이 다시 올 때에는 한화(漢話)를 아는 사람을 보내고, 한화(漢話)를 알지 못하는 사람은 올 필요가 없다. 우리 손아(孫兒)와 조선 국왕의 손아(孫兒)의 성혼(成婚)하는 것을 승낙할 때에는, 한화(漢話)를 아는 재상을 보내라. 내가 그 사람에게 말하여 돌려보내겠다."

"……어째서 깊은 꾀와 먼 생각을 힘써서 굳게 이웃과 친목하는 방도를 세우지 않고 좌우에 쓰는 것이 모두 경박한 소인이었는가. 비록 유사(儒士)라고 일컬으나, 실상은 옛사람들의 기부(肌膚)의 이치[理]만 표절하였으니 그 때문에 왕을 덕으로 돕지 못하는 것이고, 비록 작은 나라로 큰 나라를 섬긴다고 일컬으나 그 행문(行文)하는 것이 전장(典章)에 화를 만들기를 구하니, 실상은 삼한(三韓)에 병란의 앙화를 만드는 것이며, 조선 국왕을 몸 둘 땅이 없게 만드는 것이다. 이런 무리들을 써서 무슨 도움이 되겠는가?"
【태백산사고본】3책 11권 4장 B면

- 설장수 등이 남경에서 돌아오다. 인친 의논을 파한다며 흔단을 내지 말라는 자문
(태조 11권, 6년(1397 정축 / 명 홍무(洪武) 30년) 4월 17일(기해) 1번째 기사)

자문은 이러하였다.
"본부(本部)에서 흠봉(欽奉)한 성지(聖旨)에, '……전자에 왕씨(王氏)가 정사를 게을리 하여 망하고 이씨(李氏)가 새로 일어났는데, 자주 변경에서 흔단을 내므로 짐(朕)이 두세 번 말하였으나, 마침내 그치게 하지 못하였다. 오래 되면 병화가 생길까 염려하여 실은 서로 혼인을 하여 두 나라의 생민을 편안히 하고자 했고, 이런 생각을 가진 지 여러 해가 되었다. 그러므로 29년 6월에 다만 행인(行人)으로 이 뜻을 통하게 하였는데, 사자(使者)가 돌아오매, 왕이

나와 영접하였다는 말을 듣고, 짐(朕)이 장차 반드시 혼인의 일이 이루어지리라고 생각하였다. 30년 봄에 조선에서도 이 일을 위하여 사람을 보내어 안장 갖춘 말까지 바치어 성의를 표하였는데, 다음날 안장 갖춘 말을 조사하여 보니, 기구와 짐승에 모두 흠이 있었다. 물건에 대해 용심한 것을 보니 처음 사귀는 데에도 오히려 이렇거늘, 오래 되면 반드시 그렇지 못할 것이다. 너희 예부(禮部)는 조선에 이문(移文)하여 인친(姻親)의 의논은 파하고, 행인(行人)을 잘 대접하되, 돌아가서라도 변경의 흔단을 내지 말도록 하라.' 하였다."

또 자문에 말하였다.

"본부에서 흠봉(欽奉)한 성지(聖旨)에, '나라를 열고 가업(家業)을 이음에 있어서 소인(小人)은 쓰지 말아야 하는데, 조선은 새로 개국하여 등용된 사람의 표전(表箋)을 보니, 이것은 삼한(三韓) 생령(生靈)의 복이 아니요, 삼한의 화수(禍首)이다.

……지금 조선 국왕 이성계의 문인(文人)인 정도전(鄭道傳)이란 자는 왕에게 어떤 도움을 주는가? 왕이 만일 깨닫지 못하면 이 사람이 반드시 화(禍)의 근원일 것이다. 지금 정총(鄭摠)·노인도(盧仁度)·김약항(金若恒)이 만일 조선에 있다면 반드시 정도전의 우익(羽翼)이 되었을 것이니, 곧 이들로 인하여 이미 화를 불러 그 몸에 미쳤을 것이다. 왕은 살필지어다. 만일 정하게 살피지 않으면 나라의 화가 또 장차 발하여 남에게 손을 빌릴 것이다. 너희 예부는 조선 국왕에게 이문하여 깊이 생각하고 익히 싱량하여 삼한을 보진하게 하라' 하였다."

설장수가 또 선유(宣諭)를 전하였다.

"2월 초2일에 황제가 우순문(右順門)에 나아가 장수(長壽) 등을 인견(引見)하고 말하기를, '이성계는 분간할 줄을 모른다. 정도전을 써서 무엇을 할 것이냐?' 정총(鄭摠)은 전일 한림원(翰林院)에다 써서 주기를, '왕비가 작고하였으니 재최를 입겠다.'고 하였다. 회답하기를, '본국에 비록 상사가 있더라도 조정에서는 그리 할 수 없다.' 하였다. 그런데도 뒤에 연절(年節)에 이르러 흰옷을 입고 궐내에 들어왔다. 또 압록강(鴨綠江)이란 시를 지었는데, 용만(龍灣)이 소색(蕭索)하다고 말하였다. 물으니, '압록강에 용만이 있다.' 하였다. 정도전은 여기에 왔다가 돌아가는 길에 산해위(山海衛)를 지나가 사람을 대하여 말하기를, '좋은 것이 좋은지 좋지 않은지 모르겠다.' 하여, 한 마당을 다투었다."

【태백산사고본】 3책 11권 9장 B면

- 정도전이 무고하여 양천식·설장수·권근을 탄핵하였으나 임금이 불문에 붙이다
(태조 11권, 6년(1397 정축 / 명 홍무(洪武) 30년) 4월 20일(임인) 1번째 기사)

헌사(憲司)에서 전 호조 판서 양천식(楊天植)을 탄핵하고, 또 판삼사사(判三司事) 설장수와 화산군(花山君) 권근(權近)을 탄핵하였다. 처음에 황제가 우우(牛牛) 등을 보내어 정도

전(鄭道傳)을 부르니, 도전이 병을 칭탁하고 가지 않았다. 근(近)이 임금께 아뢰었다.

"표(表)를 짓는 일은 신도 참예하였으니, 원컨대 사신을 따라 경사에 가서 변명을 하겠습니다."

임금께서 근을 부르는 명령이 없으므로 허락하지 않으니, 근이 두 번 청하였다.

근이 황제의 우례(優禮)를 받고 돌아오매, 도전이 헌사(憲司)를 사주(使嗾)하여, 근은 정총(鄭摠) 등이 모두 억류를 당하였는데 혼자 방환을 얻는 까닭을 탄핵하게 하고, 드디어 임금께 말하였다.

"총(摠) 등은 모두 돌아오지 못하였는데, 홀로 근은 금을 상 주어 보냈으니 과연 신의 헤아림과 같습니다. 청하옵건대, 국문하소서."

【태백산사고본】 3책 11권 11장 B면

- 정도전 남은 등이 군사 일으킬 계획을 했으나 조준이 반대하여 틈이 생기다
(태조 11권, 6년(1397 정축 / 명 홍무(洪武) 30년) 6월 14일(갑오) 1번째 기사)

판의흥삼군부사(判義興三軍府事) 정도전(鄭道傳)이 일찍이 《오진도(五陣圖)》와 《수수도(蒐狩圖)》를 만들어 바치니, 임금이 좋게 여기어 명하여 훈도관(訓導官)을 두어 가르치고, 각 절제사(節制使)·군관(軍官), 서반 각품 성중 애마(成衆愛馬)로 하여금 《진도(陣圖)》를 강습하고, 또 잘 아는 사람을 각도에 나누어 보내어 가서 가르치게 하였다. 당시 정도전(鄭道傳)·남은(南誾)·심효생(沈孝生) 등이 군사를 일으켜 국경에 나가기를 꾀하여 임금께 의논을 드렸는데, 좌정승 조준(趙浚)의 집에 가서 유시(諭示)하였다. 준(浚)이 병으로 앓고 있다가 즉시 가마를 타고 대궐에 나와 극력 불가함을 아뢰었다.

"본국은 옛날부터 사대(事大)의 예를 잃지 않았고, 또 새로 개국한 나라로서 경솔히 이름 없는 군사를 출동시키는 것은 심히 불가합니다. 이해관계로 말하더라도 천조(天朝)가 당당하여 도모할 만한 틈이 없으니, 신은 거사하여야 성공하지 못하고 뜻밖에 변이 생길까 염려되옵니다."

임금은 이를 듣고 기뻐하였다. 남은이 분연(憤然)히 아뢰었다.

"두 정승(政丞)은 몇 말 몇 되를 출납하는 데는 가하지마는 큰일은 더불어 도모할 수 없다."

이것으로 말미암아 은(誾) 등이 준(浚)과 틈이 생겨 뒤에 은(誾)이 준(浚)을 임금에게 무함하니, 임금이 노하여 질책(叱責)히였다.

【태백산사고본】 3책 11권 16장 B면

- 명나라 사신에게 정도전을 데려가라고 비밀히 권한 양첨식을 헌사에서 논죄하다

(태조 12권, 6년(1397 정축 / 명 홍무(洪武) 30년) 9월 7일(병진) 1번째 기사)

헌사(憲司)에서 상언하였다.

"양첨식(楊添植)은 명나라 사신 양첩목아(楊帖木兒)·우우(牛牛) 등으로 더불어 사람을 물리치고 비밀히 말하되, 사신에게 정도전(鄭道傳)을 데리고 돌아가라고 권하고, 또 조순(曹恂)에게 필백(匹帛)과 노비(奴婢)로 뇌물하여 그 죄를 면하려고 꾀하였으나, 죽기로 고집하고 승복하지 않아서 옥사(獄辭)가 이루어지지 않으니, 원컨대 가산을 적몰(籍沒)하고 해상(海上)으로 옮기게 하여 종신토록 조반(朝班)에 참예할 수 없게 하소서."

임금이 그대로 따랐다.

【태백산사고본】 3책 12권 5장 A면

– 정총·김약항·노인도가 명나라에서 죽었다는 소식을 정윤보가 전하다. 정총·김약항의 졸기

(태조 12권, 6년(1397 정축 / 명 홍무(洪武) 30년) 11월 30일(무인) 2번째 기사)

정총은 정도전(鄭道傳)과 더불어 《고려국사(高麗國史)》를 함께 편수하였다. 을해년에 고명(誥命)을 청하는 일로 명나라 서울에 갔었는데, 황제가 우리나라 조정에서 표문(表文)낸 것이 회피하는 자양(字樣)이 있음에 바야흐로 노하여, 총(摠)더러 표문(表文)을 지었다 하여 구류하고 사람을 보내어 처자를 데려갔는데, 황제가 진실이 아니라고 노하여 모두 돌려보내고, 또 사신을 보내어 정도전(鄭道傳)을 잡아가려 하였다. 도전(道傳)이 병이 들매, 권근(權近)이 청하기를,

"표문을 지은 일에는 실상 신도 참예하였사온데, 신은 지금 잡혀가는 것이 아니므로 용서받을 수 있고, 잡혀가지 않는 자들도 또한 의심을 면할 수 있겠지만, 신이 만일 후일에 잡혀가게 되면 신의 죄는 도리어 중하여질 것입니다."

하니, 임금이 보내었다. 황제가 권근을 보고 노여움이 조금 풀려서 근(近)과 총(摠)에게 날마다 문연각(文淵閣)에 나가 여러 선비의 강론을 듣기를 명하고, 장차 돌려보내려 하여 함께 옷을 주고 사흘 동안 돌아다니며 구경하게 하고, 제목(題目)을 주어 시(詩)를 짓게 하였다. 뜰 아래에서 하직할 때를 당하여 근(近)은 내려 준 옷을 입었는데, 총(摠)은 현비(顯妃)의 상사로 흰옷을 입었다. 황제가 노하여 말하였다.

"너는 무슨 마음으로 내려 준 옷을 입지 않고 흰옷을 입었는가?"

근(近)만 돌려보내고 금의위(錦衣衛)에 명하여 총(摠) 등을 국문하게 하였다. 총은 두려워하여 도망하다가 잡히게 되니 형(刑)을 당했고, 김약항(金若恒)·노인도(盧仁度)는 총(摠)

때문에 아울러 형을 당하였다.
【태백산사고본】3책 12권 8장 B면

- 봉화백 정도전을 동북면 도선무찰리사로 삼는 교서
(태조 12권, 6년(1397 정축 / 명 홍무(洪武) 30년) 12월 22일(경자) 1번째 기사)

봉화백(奉化伯) 정도전(鄭道傳)으로 동북면 도선무순찰사(東北面都宣撫巡察使)를 삼고, 교서(敎書)를 내리기를,
"경은 학문이 고금을 통하고 재주는 문무를 겸하여 일대(一代)의 전장(典章)이 경으로 말미암아 제작되었으므로, 이제 경을 명하여 동북면 도선무순찰사를 삼으니 경은 갈지어다. 무릇 원능(園陵)을 봉안하는 것은 모두 성전(盛典)을 따라서 빠뜨림이 없이 거행하고, 성보(城堡)를 수축하여 거민을 편안하게 하되, 적당히 참호(站戶)를 두어 왕래를 편하게 하며, 주군(州郡)의 경계를 구획하여 분쟁을 막고, 군민(軍民)의 호(號)를 정제하여 등급을 정하고, 단주(端州)로 부터 공주(孔州)의 경계가 다하도록 모두 찰리사(察理使)의 통치 안에 예속시키고, 그 호구의 액수와 군관(軍官)의 재품(材品)을 자세히 갖추어 아뢰되, 가지고 있는 백성을 편하게 할 조건을 편의에 따라 거행하라."
【태백산사고본】3책 12권 10장 A면

- 이지란을 도병마사로 삼아 동북면 도선무찰리사 정도전의 부행으로 삼다
(태조 12권, 6년(1397 정축 / 명 홍무(洪武) 30년) 12월 24일(임인) 1번째 기사)

참찬문하부사(參贊門下府事) 이지란(李之蘭)으로 도병마사(都兵馬使)를 삼아서 부행(副行)을 삼았다.
【태백산사고본】3책 12권 10장 B면

- 동북면 도선무순찰사 정도전이 주·부·군·현의 명칭을 정하여 아뢰다
(태조 13권, 7년(1398 무인 / 명 홍무(洪武) 31년) 2월 3일(경진) 2번째 기사)

동북면 도선무순찰사(都宣撫巡察使) 정도전(鄭道傳)이 주(州)·부(府)·군(郡)·현(縣)의 명칭을 나누어 정하고, 안변(安邊) 이북 청주(靑州) 이남은 영흥도(永興道)라 칭하고, 단주(端州) 이북 공주(孔州) 이남은 길주도(吉州道)라 칭하여 동북면 도순문찰리사(都巡問察理使)로 하여금 통치하게 하였고, 또 단주(端州) 이북의 주·부·군·현과 각 참로(站路)의 관

리를 두되……,

- 임금이 봉화백 정도전에게 글을 보내며 송헌 거사로 자신의 호를 정하다
(태조 13권, 7년(1398 무인 / 명 홍무(洪武) 31년) 2월 4일(신사) 2번째 기사)

임금이 송헌 거사(松軒居士)로 호(號)를 하였다. 임금이 좌승지(左承旨) 이문화(李文和)
에게 이르기를,
"내가 들으니 전조(前朝)의 충숙왕(忠肅王)이 거사(居士)라고 일컬어 예천군(醴川君) 권
한공(權漢功)에게 글을 보내었다. 나도 또한 봉화백(奉化伯)에게 거사(居士)라고 일컬어 글
을 보내려고 하는데, 무엇으로 호(號)를 할까?"
하니, 문화가 대답하였다.
"상감의 잠룡(潛龍) 때의 헌호(軒號)646)가 어떠합니까?"
임금이,
"좋다."
하고, 드디어 송헌(松軒)으로 호를 하였다.

- 동북면 도선무순찰사 정도전에게 보내는 서신. 옷과 술을 내려 주다
(태조 13권, 7년(1398 무인 / 명 홍무(洪武) 31년) 2월 5일(임오) 3번째 기사)

중추원 부사(中樞院副使) 신극공(辛克恭)을 보내어 동북면 도선위사(東北面都宣慰使)
를 삼아 글[書]을 가지고 가서 도선무순찰사(都宣撫巡察使) 정도전(鄭道傳)에게 옷과 술을
내려 주었는데, 그 글은 이러하였다.
"서로 작별한 지가 여러 날이 되니 생각하는 바가 매우 깊다. 신중추(辛中樞)를 보내어 가
서 행역(行役)을 묻고자 하였더니, 최긍(崔兢)이 마침 와서 동지(動止)를 갖추 알게 되니 조
금 위로되고 풀린다. 이에 저고리 한 벌로써 바람과 이슬을 막게 하는 것이니 영납(領納)하면
다행이겠다. 이 참찬(李參贊)과 이 절제사(李節制使)에게도 함께 저고리 한 벌씩을 부치는
바이니 권련(眷戀)하는 뜻을 말하여 주기 바란다. 나머지는 신중추의 구전(口傳)에 있다. 춘
한(春寒)에 때를 순(順)히 하여 스스로 보전해서 변방의 공(功)을 마치라. 갖추지 못한다. 송
헌 거사(松軒居士)는 쓴다."

- 임금이 글과 옷과 술을 내려 준 데 대해 도선무순찰사 정도전이 감사하는 글
　(태조 13권, 7년(1398 무인 / 명 홍무(洪武) 31년) 2월 29일(병오) 4번째 기사)

　동북면 도선무순찰사(都宣撫巡察使) 정도전(鄭道傳)이 전문(箋文)을 받들어 사은(謝恩)하였다.

　"글은 일찰(一札)을 전하였으니 성훈(聖訓)의 정녕(丁寧)함을 받자왔고, 옷은 구천(九天)에서 내리었으니 신의 몸의 장단(長短)에 맞았나이다.

　이번에 친히 밝은 명령을 받자와서 공연히 선릉(先陵)에 참알(參謁)하였습니다. 성읍(城邑)의 터[基]는 상존(尙存)하오나 인민의 생업은 회복되지 못하였습니다. 정부(丁夫)를 징발하여 와서 모아 밤낮으로 경영(經營)하였습니다. 불일성지(不日成之)하였다고는 말할 수 없사오나, 열흘이 넘어서 끝냈다고는 할 수 있습니다."

　【태백산사고본】3책 13권 7장 A면

- 정도전과 이지란이 복명하니 치하하다
　(태조 13권, 7년(1398 무인 / 명 홍무(洪武) 31년) 3월 20일(정묘) 2번째 기사)

　동북면 도선무순찰사(都宣撫巡察使) 정도전(鄭道傳)과 도병마사(都兵馬使) 이지란(李之蘭) 등이 복명(復命)하니 각각 안마(鞍馬)를 주고, 인하여 잔치를 내려 주고 임금이 도전에게 일렀다.

　"경의 공(功)이 윤관(尹瓘)보나 낫다. 윤관은 다만 구성(九城)을 쌓고 비(碑)를 세운 것뿐인데, 경은 주군(州郡)과 참로(站路)를 구획(區劃)하고 관리의 명분(名分)까지 제도를 정하지 않은 것이 없어서, 삭방도(朔方道)를 다른 도(道)와 다를 바 없이 했으니 공이 작지 않다."

　【태백산사고본】3책 13권 9장 A면

- 정도전이 표전 문제로 인한 황제의 입조 명령을 저어하여 《진도》를 연습케 하다
　(태조 14권, 7년(1398 무인 / 명 홍무(洪武) 31년) 윤5월 29일(갑진) 1번째 기사)

　또 《진도(陣圖)》를 연습하였다. 처음에 황제가 표사(表辭)로써 기모(欺侮)했다고 하여 공사(供辭)가 정도전에게 관련되어 칙지(勅旨)로써 입조(入朝)하게 하니, 도전이 병이 났다고 일컫고 가지 않았는데, 장차 죄를 묻는 일이 있을까 두려워하여 임금에게 계책을 올리었다.

　"군사들은 병법(兵法)을 알지 않아서는 안 될 것입니다."

　마침내 《진도(陣圖)》를 찬술(撰述)하여 올리고, 여러 도(道)의 절도사(節度使)와 군사들

로 하여금 약속을 정하여 갑자기 연습하게 하고 사졸(士卒)을 매질하니, 사람들이 이를 원망하는 이가 많았다.

【태백산사고본】3책 14권 11장 A면

− 요동 공략 문제로 조준 김사형과 남은 정도전 일파 간에 알력이 있다
(태조 14권, 7년(1398 무인 / 명 홍무(洪武) 31년) 7월 11일(갑신) 1번째 기사)

처음에 남은이 정도전과 더불어 친근하여 몰래 요동(遼東)을 공격하자는 의논이 있었는데, 남은이 임금에게 비밀히 말하였다.
"조준과 김사형이 매양 이의(異議)가 있습니다."
【태백산사고본】3책 14권 17장 A면

− 대사헌 성석용이《진도》를 익히지 않은 모든 지휘관의 처벌을 건의하다. 정도전 등이 요동 공략에 대해 조준을 설득하려다가 실패하다
(태조 14권, 7년(1398 무인 / 명 홍무(洪武) 31년) 8월 9일(임자) 1번째 기사)

대사헌 성석용(成石瑢) 등이 상언하였다.
"전하(殿下)께서 무신(武臣)들에게《진도(陣圖)》를 강습하도록 명령한 지가 몇 해가 되었는데도, 절제사(節制使) 이하의 대소 원장(大小員將)들이 스스로 강습하지 아니하고 그 직책을 게을리 하오니, 그 양부(兩府)의 파직(罷職)된 전함(前銜)은 직첩(職牒)을 관품(官品)에 따라 수취(收取)하되 1등을 체강(遞降)시킬 것이며, 5품 이하의 관원은 태형(笞刑)을 집행하여 뒷사람을 감계(鑑戒)하게 하소서."
임금이 말하였다.
"절제사(節制使) 남은·이지란(李之蘭)·장사길(張思吉) 등은 개국 공신(開國功臣)이고, 이천우(李天祐)는 지금 내갑사 제조(內甲士提調)가 되었으며, 의안백(義安伯) 이화(李和)·회안군(懷安君) 이방간(李芳幹)·익안군(益安君) 이방의(李芳毅)·무안군(撫安君) 이방번(李芳蕃)·영안군(寧安君) 양우(良祐)·영안군(永安君) 이방과(李芳果)·순녕군(順寧君) 지(枝)·흥안군(興安君) 이제(李濟)·정안군(靖安君) 이방원(李芳遠)은 왕실(王室)의 지친(至親)이고, 유만수(柳曼殊)와 정신의(鄭臣義) 등은 원종 공신(原從功臣)이므로 모두 죄를 논의할 수 없으니, 그 당해 휘하(麾下) 사람은 모두 각기 태형(笞刑) 50대씩을 치고, 이무(李茂)는 관직을 파면시킬 것이며, 외방(外方) 여러 진(鎭)의 절제사(節制使)로서《진도(陣圖)》를 익히지 않는 사람은 모두 곤장을 치게 하라."

처음에 정도전과 남은이 임금을 날마다 뵈옵고 요동(遼東)을 공격하기를 권고한 까닭으로 《진도(陣圖)》를 익히게 한 것이 이같이 급하게 하였다. 이보다 먼저 좌정승 조준이 휴가를 청하여 집에 돌아가 있으니, 정도전과 남은이 조준의 집에 나아가서 말하였다.

"요동(遼東)을 공격하는 일은 지금 이미 결정되었으니 공(公)은 다시 말하지 마십시오."
【태백산사고본】3책 14권 18장 A면

− 제1차 왕자의 난. 정도전·남은·심효생 등이 숙청되다
(태조 14권, 7년(1398 무인 / 명 홍무(洪武) 31년) 8월 26일(기사) 1번째 기사)

봉화백(奉化伯) 정도전·의성군(宜城君) 남은과 부성군(富城君) 심효생(沈孝生) 등이 여러 왕자(王子)들을 해치려 꾀하다가 성공하지 못하고 형벌에 복종하여 참형(斬刑)을 당하였다…….

도전 등이 또 산기상시(散騎常侍) 변중량(卞仲良)을 사주(使嗾)하여 소(疏)를 올려 여러 왕자의 병권(兵權)을 빼앗기를 청함이 두세 번에 이르렀으나, 임금은 윤허하지 아니하였다.

정도전·남은·심효생과 판중추(判中樞) 이근(李勲)·전 참찬(參贊) 이무(李茂)·흥성군(興城君) 장지화(張至和)·성산군(星山君) 이직(李稷) 등이 임금의 병을 성문(省問)한다고 핑계하고는, 밤낮으로 송현(松峴)에 있는 남은의 첩의 집에 모여서 서로 비밀히 모의하여….

정안군이 처음에 군사를 폐하고 영중(營中)의 군기(軍器)를 모두 불에 태워 버렸는데, 이때에 와서 부인이 몰래 병장기(兵仗器)를 준비하여 변고에 대응(對應)할 게책을 희었던 것이나. 이무(李茂)는 본디부터 중립(中立)하려는 계획이 있어 비밀히 남은 등의 모의(謀議)를 일찍이 정안군에게 알리더니…….

……이때에 이르러 민무구·민무질과 더불어 모두 모였으나, 기병(騎兵)은 겨우 10명뿐이고 보졸(步卒)은 겨우 9명뿐이었다. 이에 부인이 준비해 둔 철창(鐵槍)을 내어 그 절반을 군사에게 나누어 주었으며, 여러 군(君)의 종자(從者)들과 각 사람의 노복(奴僕)이 10여 명인데 모두 막대기를 쥐었으되, 홀로 소근만이 칼을 쥐었다.

……정안군이 산성(山城)이란 두 글자로써 명하고 삼군부(三軍府)의 문앞에 이르러 천명(天命)을 기다리었다. 방석 등이 변고가 일어났다는 말을 듣고 군사를 거느리고 나와서 싸우고자 하여, 군사 예빈소경(禮賓少卿) 봉원량(奉元良)을 시켜 궁의 남문에 올라가서 군사의 많고 적은 것을 엿보게 했는데, 광화문(光化門)으로부터 남산(南山)에 이르기까지 정예(精銳)한 기병(騎兵)이 꽉 찼으므로 방석 등이 두려워서 감히 나오지 못하였으니…….

……정안군이 말을 멈추고 먼저 보졸(步卒)과 소근(小斤) 등 10인으로 하여금 그 집을 포위하게 하니, 안장 갖춘 말 두서너 필이 그 문 밖에 있고, 노복(奴僕)은 모두 잠들었는데, 정도

전과 남은 등은 등불을 밝히고 모여 앉아 웃으면서 이야기하고 있었다.

…도전이 아들 4인이 있었는데, 정유(鄭游)와 정영(鄭泳)은 변고가 났다는 말을 듣고 급함을 구원하러 가다가 유병(遊兵)에게 살해되고, 정담(鄭湛)은 집에서 자기의 목을 찔러 죽었다. 처음에 담(湛)이 아버지에게 고하였다.

"오늘날의 일은 정안군에게 알리지 않을 수 없습니다."

도전이 말하였다.

"내가 이미 고려(高麗)를 배반했는데 지금 또 이편을 배반하고 저편에 붙는다면, 사람들이 비록 말하지 않더라도 홀로 마음에 부끄러움이 없겠는가?"

……대궐 안에 있던 사람이 송현(松峴)에 불꽃이 하늘에 가득한 것을 바라보고 달려가서 임금에게 고하니, 궁중(宮中)의 호위하는 군사들이 북을 치고 피리를 불면서 고함을 쳤다.

【태백산사고본】3책 14권 19장 B면

– 정도전의 졸기
(태조 14권, 7년(1398 무인 / 명 홍무(洪武) 31년) 8월 26일(기사) 2번째 기사)

정도전의 자(字)는 종지(宗之), 호(號)는 삼봉(三峰)이며, 본관(本貫)은 안동(安東) 봉화(奉化)이니, 형부 상서(刑部尙書) 정운경(鄭云敬)의 아들이다.

임금께서 왕위에 오르매, 공훈(功勳)을 책정(策定)하여 1등으로 삼고…,

봉화백(奉化伯)으로 봉해지고, 관계(官階)는 특별히 숭록대부(崇祿大夫)로 승진되었다.

임금을 따라 동북면에 이르렀는데, 도전이 호령이 엄숙하고 군대가 정제(整齊)된 것을 보고 나아와서 비밀히 말하였다.

"훌륭합니다. 이 군대로 무슨 일인들 성공하지 못하겠습니까?"

……군영(軍營) 앞에 늙은 소나무 한 그루가 있었는데, 도전이 소나무 위에 시(詩)를 남기겠다 하고서 껍질을 벗기고 썼다. 그 시는 이러하였다.

"아득한 세월 한 주의 소나무
몇만 겹의 청산에서 생장하였네
다른 해에 서로 볼 수 있을런지
인간은 살다 보면 문득 지난 일이네"

개국(開國)할 즈음에 왕왕 취중(醉中)에 가만히 이야기하였다.

"한(漢) 고조(高祖)가 장자방(張子房)을 쓴 게 아니라, 장자방이 곧 한 고조를 쓴 것이다."

무릇 임금을 도울 만한 것은 모의(謀議)하지 않은 것이 없었으므로, 마침내 큰 공업(功業)을 이루어 진실로 상등의 공훈이 되었다.

……남은 등과 더불어 어린 서자(庶子)의 세력을 믿고 자기의 뜻을 마음대로 행하고자 하여 종친을 해치려고 모의하다가, 자신과 세 아들이 모두 죽음에 이르렀다.
【태백산사고본】 3책 14권 26장 A면

－ 정도전의 아들 정진 및 그 일당을 순군옥에 가두다
(태조 14권, 7년(1398 무인 / 명 홍무(洪武) 31년) 8월 26일(기사) 4번째 기사)

정도전의 아들 정진(鄭津)과 그 당여(黨與)를 순군옥(巡軍獄)에 가두었다.

－ 정진을 수군에 충군하다
(태조 15권, 7년(1398 무인 / 명 홍무(洪武) 31년) 10월 10일(임자) 1번째 기사)

정진(鄭津)을 수군(水軍)으로 내쫓았다. 간관(諫官) 권숙(權肅) 등이 말씀을 올리기를,
"정진 등은 남은·정도전과 함께 몰래 반역을 도모하고 서자(庶子)를 세자로 세우고자 하여 종친(宗親)을 해치려고 하다가, 실정이 나타나고 일이 명백하게 되어……, 청하옵건대, 형법에 처하여 난적(亂賊)의 근원을 근절하게 하소서."
하였다. 이 때문에 이 명령이 있게 되었다.
【태백산사고본】 3책 15권 8장 B면

－ 명나라 태조 고황제의 부음과 연호를 알리는 예부의 자문
(태조 15권, 7년(1398 무인 / 명 홍무(洪武) 31년) 12월 22일(갑자) 1번째 기사)

명(明)나라 태조 고황제(太祖高皇帝)의 부음(訃音)이 이르니……,
그 자문(咨文)은 이러하였다.
"대명(大明)의 예부(禮部)는 의례(儀禮)에 관한 일을 말한다. 근일에 태조 고황제(太祖高皇帝)께서 승하(升遐)하시고, 금상 황제(今上皇帝)께서 유조(遺詔)를 받들어 제위(帝位)에 오르시어 명년(明年)을 건문(建文) 원년(元年)으로 하고 이를 천하에 포고(布告)하였다. 지금 해외(海外)의 조공(朝貢)하는 여러 나라에 조회(照會)하여 도리상 마땅히 통행(通行)해야 될 것이다. 지금 건문(建文) 원년(元年) 대통력(大統曆) 1본(本)을 발송(發送)한다."
【태백산사고본】 3책 15권 12장 B면

－ 영의정부사 평양 부원군 조준의 졸기

정축년에 고황제(高皇帝)가 본국(本國)의 표사(表辭)안에 희모하는 〈내용의〉 글자[字樣]가 들어있다 하여, 사신(使臣)을 보내 그 글을 지은 사람 정도전(鄭道傳)을 잡아서 경사(京師)로 보내게 하였는데, 태상왕이 준(浚)을 불러 비밀히 의논하니, 대답하기를 보내지 아니할 수 없다고 하였다. 도전(道傳)이 그때 판삼군부사(判三軍府事)로 있었는데, 병(病)을 핑계하여 가지 아니하고 음모하기를, 국교(國交)를 끊으면 자기가 화(禍)를 면할 것이라 하고, 마침내 건언(建言)하기를,

"장병(將兵)을 훈련하는 것은 군국(軍國)의 급무(急務)이니 진도 훈도관(陣圖訓導官)을 더 두고, 대소(大小) 중외(中外) 관리로서 무직(武職)을 띈 자와 아래로 군졸(軍卒)에 이르기까지 모두 연습하게 하여 고찰(考察)을 엄중히 할 것입니다."

하였다. 그리고 남은(南誾)과 깊이 결탁하여 은(誾)으로 하여금 상서(上書)하게 하기를,

"사졸(士卒)이 이미 훈련되었고 군량(軍糧)이 이미 갖추어졌으니, 동명왕(東明王)의 옛 강토를 회복할 만합니다."

하니, 태상왕이 자못 그렇지 않다고 하였다. 은(誾)이 여러 번 말하므로, 태상왕이 도전(道傳)에게 물으니, 도전이 지나간 옛일에 외이(外夷)가 중원(中原)에서 임금이 된 것을 차례로 들어 논(論)하여 은(誾)의 말을 믿을 만하다고 말하고, 또 도참(圖讖)을 인용하여 그 말에 붙여서 맞추었다. 준(浚)은 〈병으로〉 휴가(休暇) 중에 있은 지 한 달이 넘었는데, 도전(道傳)과 은(誾)이 명령을 받고 준(浚)의 집에 이르러 이를 알리고, 또 말하기를,

"상감의 뜻이 이미 결정되었다."

고 하였다. 준(浚)이 옳지 못하다 하여 말하기를,

"이는 특히 그대들의 오산이다. 상감의 뜻은 본래 이와 같지 아니하다. 아랫사람으로서 윗사람을 범하는 것은 불의(不義) 중에 가장 큰 것이다. 나라의 존망(存亡)이 이 한 가지 일에 달려 있는 것이다."

하고, 드디어 억지로 병(病)을 이기고 들어와서 〈태상왕을〉 뵙고 아뢰었다.

"전하께서 즉위하신 후로 백성들의 기뻐하고 숭앙(崇仰)함이 도리어 잠저(潛邸) 때에 미치지 못하옵고, 요즈음 양도(兩都)의 부역으로 인하여 백성들의 피로함이 지극합니다. 하물며, 지금 천자(天子)가 밝고 착하여 당당(堂堂)한 천조(天朝)를 틈탈 곳이 없거늘, 극도로 지친 백성으로서 불의(不義)의 일을 일으키면 패하지 않을 것을 어찌 의심하오리까?"

마침내 목메어 울며 눈물을 흘리니, 은(誾)이 말하기를,

"정승(政丞)은 다만 두승(斗升)의 출납(出納)만을 알 뿐이라, 어찌 기모(奇謀)와 양책(良策)을 낼 수 있겠소?"

하였다.
【태백산사고본】3책 9권 24장 A면

- 정도전의 전민을 적몰하고 자손을 금고하도록 명하다
(태종 22권, 11년(1411 신묘 / 명 영락(永樂) 9년) 8월 2일(신묘) 3번째 기사)

임금이 말하였다.
"개국의 공은 남은(南誾)이 많았으니, 심지어 눈물을 흘리면서 힘써 아뢴 일이 있었으나, 정도전(鄭道傳)은 개국할 때에도 일찍이 한 마디 말도 없었고, 그 뒤에 적서(嫡庶)를 분변할 때에도 한 마디 언급하지 않았고, 고황제(高皇帝)에게 득죄(得罪)함에 이르러서는 굳이 피하고 가지 않고 사(私)를 끼고 임금을 속이었고, 흉포(凶暴)한 짓을 자행하여 그 몸의 허물을 없애고, 이숭인(李崇仁) 등을 함부로 죽이어 그 입을 멸하였으니, 죄가 공(功)보다 크다. 마땅히 전민(田民)을 적몰(籍沒)하고 자손을 금고(禁錮)하라."
【태백산사고본】9책 22권 14장 B면

- 정도전·황거정 자손의 금고를 해제하게 하다
(태종 31권, 16년(1416 병신 / 명 영락(永樂) 14년) 6월 10일(경오) 3번째 기사)

정도전(鄭道傳)의 자손의 금고(禁錮)를 해제하게 하였다.
【태백산사고본】14책 31권 51장 B면

- 정도전의 아들인 정진에게 직첩을 주라고 하다
(태종 31권, 16년(1416 병신 / 명 영락(永樂) 14년) 6월 26일(병술) 5번째 기사)

정진(鄭津)에게 직첩(職牒)을 주라고 명하니, 정도전(鄭道傳)의 아들이었다.
【태백산사고본】14책 31권 56장 B면

- 정도전의 손자 정래와 정속·황거정의 아들 황효신 등에게 직첩을 주다
(태종 32권, 16년(1416 병신 / 명 영락(永樂) 14년) 7월 25일(갑인) 2번째 기사)

정도전(鄭道傳)의 손자 정래(鄭來)와 정속(鄭束) 등에게 직첩(職牒)을 주었다.
【태백산사고본】14책 32권 8장 A면

– 대왕대비가 정도전에게 공로를 회복시켜 주고 시호를 추증하라고 명하다
(고종 2권, 2년(1865 을축 / 청 동치(同治) 4년) 9월 10일(임신) 3번째 기사)

대왕대비(大王大妃)가 전교하기를,
"법궁(法宮)의 전각(殿閣)들이 차례로 완성되었다. 정도전(鄭道傳)이 전각의 이름을 정하
고 송축한 문구를 생각해보니 천 년의 뛰어난 문장으로서 격세지감을 느끼지 않을 수 없다. 그
리고 무학 국사(無學國師)가 그 당시 수고를 한 사실에 대해서는 국사(國史)나 야승(野乘)
에 자주 보이는데, 나의 성의를 표시하고 싶어도 할 곳이 없다. 봉화백(奉化伯) 정도전에게는
특별히 훈봉(勳封)을 회복시키고 시호(諡號)를 내리도록 하라. 그리고 해조로 하여금 봉사손
(奉祀孫)의 이름을 물어서 건원릉 참봉(健元陵參奉)으로 의망하여 들이도록 하라."
하였다.
【고종실록】6책 2권 46장 A면

– 주원장이 정도전을 얼마나 두려워하고 있었는가?
【명나라 태조실록】

1395년 4월 주원장이 요동에 나가 있는 요왕에게 궁실공사를 중지시키며 "만일 조선이 20
만 대군을 내어 쳐들어온다면 우리 군대가 어떻게 막겠는가"라고 경고하고 "최근에 조선이 수
도로부터 압록강까지 요충지대마다 매일 역마로 군량미 1~2만 석 또는 7~8만 석 내지 10만
석씩 운반하여 전쟁을 준비하고 있다" 방어태세를 잘 갖출 것을 지시……,

정도전 연표

*정도전 나이, 서기 연도, 재위 국왕, 날짜(음력), 내용 순

1세 / 1342 충혜왕 복위3
정운경의 장남으로 태어남

4세 / 1345 충목왕 원년
2월 5일, 나중에 공양왕이 될 왕요 태어남

15세 / 1356 공민왕5
12월 26일, 원나라 관할이던 쌍성총관부를 회복하다. 이때 만호 이자춘과 이성계 부자가 고
려에 귀화하다.

16세 / 1357 공민왕6
개경의 이색 문하에 들어감
7월 1일, 조선 국왕 정종이 될 방과가 태조 이성계의 둘째 아들로 태어나다.

19세 / 1360 공민왕9
성균시 합격

20세 / 1361 공민왕10
큰아들 정진 출생
11월 14일, 이성계(李成桂), 홍건적을 대파하다.

21세 / 1362 공민왕11
9월, 진사시 합격

22세 / 1363 공민왕12
봄, 충주 사록(司祿, 정8품)으로 첫 벼슬길에 오름

23세 / 1364 공민왕13
여름, 전교주부(종7품)에 임명됨

24세 / 1365 공민왕14
통례문 지후(정7품)
7월 7일, 고려 국왕 우왕이 될 왕우가 태어나다.

25세 / 1366 공민왕15
1월 23일, 부친상으로 3년간 시묘살이. 12월 18일에는 모친상

26세 / 1367 공민왕16
5월 16일, 조선 태종이 되고 정도전을 죽이게 될 이방원 출생

28세 / 1369 공민왕18
삼봉 옛집에 머묾

29세 / 1370 공민왕19
여름, 성균관 박사(정7품)에 임명

30세 / 1371 공민왕20
7월, 태상박사 겸직으로 특진
7월 11일, 신돈을 처형하다.

33세 / 1374년
9월 22일, 공민왕 피살되고, 우왕(禑王) 즉위하다.

34세 / 1375 우왕1
1월, 성균사예, 예문응교, 지제교로 승진함. 친원정책을 반대하다 유배
유배지에서 『신문천답』저술

36세 / 1377 우왕3
삼봉재라 이름 붙인 초막을 짓고 후학을 양성

10월 26일, 명나라 2대 황제 건문제가 될 주원장의 손자 주윤문이 태어나다.

39세 / 1380 우왕6
9월, 이성계가 전라도 운봉에서 왜적을 쳐서 격파하다.
이해, 고려 창왕이 될 왕창이 태어나다.

41세 / 1382 우왕8
7월, 이성계, 동북면도지휘사가 되다.

42세 / 1383 우왕9
10월, 함주막사의 이성계를 찾아가 역성혁명을 계획. 이듬해 봄까지 머물며 준비

43세 / 1384 우왕10
8월, 전교부령(정3품)으로 임명됨. 서장관으로 명나라에 감

44세 / 1385 우왕11
성균관 제주(종3품)으로 임명됨. 서장관으로 명나라에 다녀옴

46세 / 1387 우왕13
8월, 외직인 남양부사로 옮김. 이성계 천거로 성균관 대사성(정3품)에 임명됨

47세 / 1388 우왕14
5월 24일, 이성계의 위화도 회군으로 정도전 등 개혁파 전면에 등장
6월 9일, 이성계, 우왕을 폐하고 창왕(昌 王)을 세움
8월, 밀직부사(정3품). 전제개혁운동을 주도적으로 시작

48세 / 1389 창왕1
11월 14일, 이성계, 창왕 폐위하고 공양왕(恭讓王) 즉위시킴
11월 17일, 삼사좌사(정2품)로 승진

49세 / 1390 공양왕1
윤4월 17일 정당문학(종2품)
9월 17일, 한양으로 천도함

50세 / 1391 공양왕2

1월 7일, 이성계, 삼군도총제사(三軍都摠制使)가 되어 군사통수권을 장악함
9월 20일, 봉화로 유배됨. 과전법 반포

51세 / 1392 태조1
4월 4일, 이방원이 조영규를 보내 정몽주를 격살함. 고려 왕조 무너짐
7월 17일, 이성계를 임금으로 추대하여 조선 왕조 창업함. 개국일등공신에 봉해짐. 큰아들
정진은 개국원종공신에 녹훈되고, 일등공신 정도전의 적자라 하여 외직을 자청, 연안부사로
감
8월 20일, 이성계, 아들 방원을 제치고 방석을 왕세자로 정함

52세 / 1393 태조2
9월 13일, 종1품 삼사판사에 임명

53세 / 1394 태조3
5월 30일, 『조선경국전』완성함. 경상·전라·양광 3도도총제사에 임명

54세 / 1395 태조4
『고려사』37권 및『경제문감』을 완성

55세 / 1396 태조5
아들 정진, 승정원 도승지가 되었다.
7월 27일, 삼사판사에서 물러나고 봉화백으로 봉해짐

56세 / 1397 태조6
4월 10일, 나중에 세종이 될 이방원의 아들 이도 출생
12월 22일, 동북면도선무순찰사로 임명

57세 / 1398 태조7
2월 3일, 동북면 순찰하며 요동 정벌 준비를 마쳤음을 태조 이성계에 보고
5월 24일, 명나라 태조 주원장 사망
6월 5일, 큰아들 정진, 중추원부사에 제수
8월 9일, 이방원, 요동정벌 진도 훈련에 불참하여 정도전의 태형을 당함
8월 26일, 명나라 정벌 준비하던 정도전이 이방원의 습격을 받아 사망함
8월 27일, 큰아들 정진 등 정도전 일가, 순군옥에 갇힘
9월 5일, 이방원의 쿠데타로 태조 이성계가 왕위를 버리고, 방과(芳果)가 왕위를 잇는데,

그가 정종(定宗)임. 도읍을 개경으로 옮김

1400 정종2
1월 28일, 이방원이 다시 쿠데타를 일으켜 전에 함께 정도전을 쳤던 형 방간(芳幹)을 침. 방
간은 지중추 박포의 도움으로 왕위를 노렸으나 결국 패하고 유배 뒤 처형됨
11월 13일, 이방원, 정종 퇴위시키고 국왕으로 즉위

1414 태종14년
6월 10일, 정진 등 정도전 유가족의 금고를 해제
6월 26일, 정진 등 정도전의 자손들에게 직첩 돌려주고 실직에 임명

1422 세종4년
5월 10일, 이방원 사망

1425 세종7년
12월 7일, 정도전 장남 정진, 형조판서가 됨

1427 세종9년
3월 6일, 정진, 사망

1865 고종2년
9월 10일, 정도전을 신원하여 공신으로 복권, 유종공종(儒宗功宗)으로 받듦

1871 고종8년
3월 16일, 정도전에게 문헌(文憲)이란 시호를 내림